흘러간 세월의 흔적을
지우고 싶지 않다

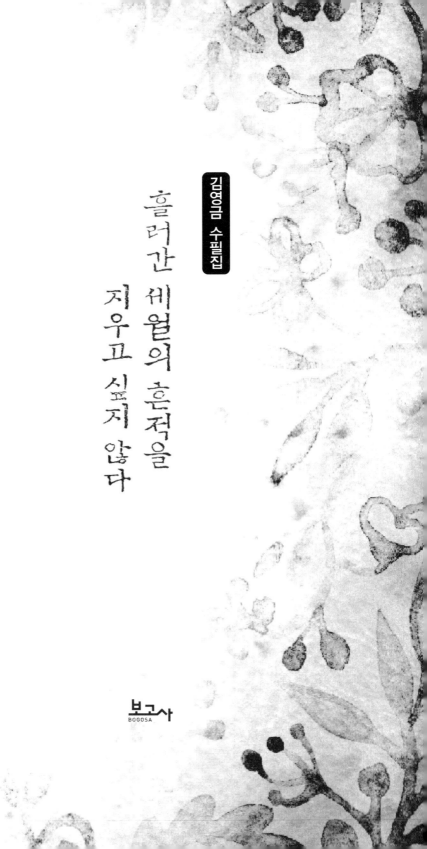

김영금 수필집

흘러간 세월의 흔적을
지우고 싶지 않다

보고사
BOGOSA

사람은 나이를 먹을수록 욕심이 더 많아지는가 보다.

상실에 대한, 영원한 이별에 대한 것을 새삼스레 느끼면서도 무언가 내가 걸어온 길에 세월이 남긴 흔적을 지우고 싶지 않다. 더 많은 이야기를 하고 싶어진다.

이미 몇 십 년 동안 펴낸 20여 권의 책에서 수많은 이야기를 하였다. 더 멋진 이야기도 더 고상한 이야기도 없는데, 욕심을 이기지 못해, 또 이 몇 년 동안 여러 잡지와 신문들에 발표했던 글과 다른 책들에 넣지 않은 문장들을 골라 책 한 권을 펴낸다.

지금은 독서하는 시대가 아니라고 말한다. 옛날에는 심지어 피까지 팔아 책을 사서 읽는 사람도 있었는데, 지금은 컴퓨터에서 뭐나 다 볼 수 있으니 책을 들고 앉아 보는 사람들이 적단다.

며칠 전 서점에 책 사러 갔더니 정말 서점 안은 옷가게처럼 사람들이 붐비지 않았다. 하지만 책 진열장 사이사이 '골목'에 쭈그리고 앉아 책을 보는 사람들이 여러 명 있었다. 머리가 허연 늙은이도 책을 사가지고 계산대 앞에 줄을 서있었다. 나는 속으로 마음먹었다.

글을 써야겠다, 책을 내야겠다, 내 인생에 남은 이야기들을 저 사람들과 나누어야겠다. 내 책을 읽어주는 사람이 몇 사람이라도 있다면 나는 어떤 방법으로든 책을 내야겠다.

내가 글을 쓰고 책을 내는 목적은 아주 간단하다. 내 일생에 선택한 유일한 직업에 충성하기 위해서다. 글을 쓰는 일은 내 생명과 같다. 생명이 끝나는 그 날까지 나는 진심으로 열심히 글을 쓰련다.

이 수필집의 한국 출판에는 여러 분들이 도움을 주었다. 먼저 우리 연변 조선말의 특색을 유지하면서 한국어 독자가 읽기 편하게 고쳐주고 다듬어준 최관 교수님께 깊이 감사드린다. 그리고 보기 좋은 책으로 만들고자 애써준 보고사의 사장님, 편집 담당자님께도 고마움을 전한다.

연길에서 저자

차례

제1장 / 수필

제2장
문화 기행

제3장
잊을 수 없는 ‘별’들을 찾아

제1장

수필

작은 노랑꽃 한 송이

저명한 작가 입센이 어느 글에서 "이 세상에서 가장 강한 것은 혼자 따로 서는 사람"이라고 말한 적이 있다. 이런 말은 고된 인생을 살아온 지성인이라면 어렵잖게 이해할 수 있을 것이다. 저명한 작가가 한 말이어서인지 아니면 나로서의 생각이 있어서인지 가끔 이 말이 새삼스레 떠오를 때가 있었다.

어느 날 시내로 나갔다가 돌아오던 길에 우연히 아파트 벽돌 틈에 피어난 한 송이 노란 들국화를 보게 되었다. 나는 발길을 멈추고 오래도록 그 꽃 앞에 서있었다. 작고 여린 들국화 한 송이가 그토록 나를 감동시킬 줄 몰랐다. 그 노랑꽃은 찬찬히 보지 않으면 누구의 눈에도 띄지 않을 정도로 송이가 작고 대가 여렸다. 화단에 울긋불긋 만개한 꽃들이나 들판에 흐드러지게 피어난 뭇 꽃들에 비하면 그야말로 보잘 것 없는 꽃이었다.

하지만 그날 이후로 그곳을 지나갈 때마다 웬일인지 그 한 송이 노랑꽃만은 그냥 스쳐질 수 없었다. 밤새 어느 개구쟁이의 발길에

상하지나 않았는지, 어느 술주정뱅이에게 밟히지나 않았는지? 나는 집을 나서면 우선 그 여리디여린 노랑꽃송이부터 살펴보았다. 그때마다 용케 살아있는 그 노랑꽃을 보면 얼마나 기쁘고 다행스럽게 생각되던지, 가끔 나는 그 꽃을 마주하고 앉아 한 식경씩 동무해주며 이야기를 나누기도 하고 따뜻한 눈길로 위안해주곤 하였다.

사실 그 노랑꽃은 우리 아파트단지 1층에 있는 이른바 '활동실'이란 간판을 건 노인정 벽 틈에 뿌리를 박고 비스듬히 가는 줄기를 뻗치고 피어난 것이다. 길 옆 벽 틈에서 무엇을 먹고 자랐을까? 많은 차들이, 사람들이 오고가는 길 옆 벽 틈에서 어떻게 밟히지 않고 용케 살아남았을까? 하도 신기해서 찬찬히 들여다보니 가지엔 꽃이 하나가 아니라 여러 개 달려있었다. 누렇게 시들어버린 꽃송이 옆에 또 새 봉오리가 노랗게 피어있었다. 그러니 하나가 쓰러지면 다른 하나가 피어났던 것이다. 이제 그 어떤 불행도 당하지 않고 피어난다면 두 달은 피어있을 것 같다. 릴레이 육상선수들처럼 이 노랑꽃도 서로에게 생명의 바톤을 넘겨주고 이어받으며 릴레이 경주를 하듯 아름다운 생명을 이어가고 있는 것이다. 누구 하나 물을 주거나 비료를 주는 사람도 없고 거들떠보는 사람도 없건만 노랑꽃은 조용히 어세게 살아있다.

골목을 누비며 한껏 목청을 뽑아내는 고물상들의 싸구려소리, 시도 때도 없이 잘그락잘그락 마작패를 섞어대는 듣그러운 소리, 빵빵 울려대는 차들의 아츠러운 경적소리, 개업을 한다고 요란하게 터뜨려대는 귀청을 찢는 폭죽소리⋯. 이 시끌벅적한 소음(세상) 속에서도 노랑꽃은 용케 모든 것을 수용하고 더불어 살면서 자기의 짧은 생명을 빛내고 있다. 신비한 꽃이다. 꽃은 묵묵히 연한 것이 강한 것을 이긴다는 도리를 나에게 설명해주고 있다.

나는 외출할 때마다 노랑꽃을 보고 또 본다. 이 복잡한 세상에서 버티어내느라 한없이 시들어버린 몸을 끌고 집으로 돌아오는 길에 그 꽃을 보면 나는 따뜻한 위안을 받곤 한다. 꽃도 이젠 자기를 사랑하는 나를 알아보고 반겨 맞는 듯했다.

참으로 용하다. 네가 살아있다는 것이. "이 세상에서 가장 강한 것이 혼자 따로 서는 사람"이라 했지!! 너를 두고 한 말이 아닐까! 불모지나 다름없는 벽 틈에 악착스레 뿌리를 내리고 강한 생명력을 과시하며 아름다운 꽃을 피우는 너, 산에 들에 화단에 화려하게 피어난 뭇 꽃들과 어여쁨을 겨루지 않고 너 홀로 고독을 이기며 고스란히 자기 삶을 살아가는 너, 누가 봐주든 말든 묵묵히 자기의 사명을 끝까지 완성해가는 너… 이것이 내가 너를 그처럼 좋아하고 그처럼 사랑하고 그처럼 감동하는 이유이다. 그것은 나도 너처럼 살고 싶기 때문이다. 나는 한 번도 너에게 이름을 물어보지 않았다! 알려고도, 알아도 불러주려고 하지 않았다. 그저 내 멋대로 너에게 '작은 노랑꽃'이라고 이름을 달아주었을 뿐이다.

날씨가 차가워온다. 인제 노랑꽃은 자연과 더불어 스러져갈 것이다. 그러나 꽃은 져도 열매를 맺을 것이며 그렇게 되면 내년 봄 우리는 또다시 만나서 그동안 못다 한 이야기를 나눌 수 있을 것이다.

창밖의 '상처나무'

우리 아파트 앞 큰 길 양편에 몇 미터 간격으로 작은 화단들이 여러 개 있었다. 화단에는 버드나무, 소나무, 라일락 같은 나무들이 심어져있었다.

10여 년 전 이 집으로 이사 왔을 때 창밖으로 내려다보이는 그 자그마한 화단에 심어진 크고 작은 나무들이 좋아서 틈만 있으면 내려다보았다. 희망을 안겨주는 그 버드나무는 무척이나 빨리도 자라서 2년이 지나니 2층집 창문을 넘어 자꾸만 위로 솟구쳤다. 이제 2, 3년 더 자라면 3층 우리 집 응접실 유리 창문에 기어올라올 것 같았다. 정성들여 심은 꽃은 피지 않아도 무심히 꽂은 버드나무는 잘 자란다거늘….

그런데 호사다마라고 그렇게 한 가슴 가득 기쁨과 희망이 차오르던 어느 날 시장에 갔다 오다보니 이게 웬일인가? 그 나무가 불행을 당했다. 줄기와 이파리들이 모조리 잘리고 거의 몸뚱이만 남았다. 영문을 몰라 두루 알아보니 옆집 아주머니가 하는 말이, 아래층 영감이

18

자기 집 창문을 막아 집이 어둡다고 도끼를 들고 나와 나무의 정수리를 꽉 찍어버렸다는 것이다. 말 못하는 나무는 억울하다는, 아프다는 말 한마디, 분노의 외침 한 번 내뱉지 못하고 조난당한 것이다.

나무는 아픔을 먹고 자란다더니 저 나무를 두고 하는 말인가! 여름이면 도시 한 구석에서 녹음방초승화시(綠陰芳草勝花時 : 나뭇잎이 푸르게 우거진 그늘과 향기로운 풀이 꽃보다 나을 때, 첫 여름을 의미)를 알리던 버드나무가 이젠 허물투성이 나무가 되어 초라한 몽둥이같이 박혀있었다. 그렇게 되도록 누구 하나 말리는 사람도, 항의를 제기하는 사람도, 책임을 추궁하는 사람도 없었다. 나무도 생명인데… 그저 제 이익이 기준이 된 현시대라도 이건 진짜 무법천지이다. 옛말에 밉나 하면 더 가지가지 한다더니 화단은 그 무지막지한 남자에 의해 남새(채소)밭으로 변해버렸다. 배추며 상추며 심지어 파까지 심어놓았다. 어찌된 영문인지 그 옆에 작은 소나무도 말라죽고 동쪽 편 나무도 없어져버렸다. 밸이 꼬이고 기분이 몹시 상했지만 나로서는 어쩔 수가 없었다.

엎친 데 덮친다고 지난해부터 갑자기 자가용들이 엄청나게 많아지더니 저녁이면 차들이 좁은 길에 제멋대로 세워져서 다니기가 매우 불편했다. 그러던 어느 날 굴착기 여러 대가 호호탕탕 들어서더니 화단 – 남새밭을 밀어버리고 벽돌장을 깔아버렸다. 길은 넓어졌지만 화단은 기억 속에만 남고 차 임자들만 좋은 주차장으로 변해버렸다.

다행히 내 집 창 앞에 도끼에 정수리를 찍힌 나무는 운 좋게 뽑혀지지 않았다. 화단에 유일하게 살아남은 나무이다. 긴 겨울 내내 몽둥이 같은 그 나무는 정수리가 시꺼멓게 되면서 앓고 있었다. 한겨울 눈보라를 맞으며 꺼멓게 되어 시름시름 앓는 나무를 내려다보니 마음이 아팠다. 그래서 나름대로 '상처나무'라 이름 지어놓고 매일 무시로 지켜보았다. 내가 너무 감상적이어선가? 아닌 게 아니라 나무는 아픔을 참지 못하고 언젠가는 죽어버릴 것 같아 가슴이 막 죄여들었다.

그런데 만물이 소생하는 새 봄이 되자 죽은 줄로 알았던 그 나무의 줄기에서 기적같이 여린 가지들이 하나 둘… 돋아나왔다. 희출망외(喜出望外: 기대하지 않았던 뜻밖의 기쁜 일이 생김)였다. 그 모진 상처를 입고도 줄기차게 재생의 찬가를 엮고 있는 것이다. 가지들은 하루하루 몰라보게 옆으로 뻗더니 여름에는 제법 잎사귀까지 달고 바람에 살랑살랑 춤을 추는 것이었다.

아, 끈질긴 생명이여! 나는 '상처나무'의 그 악착스러운 생명력에 감동되어 눈물까지 흘렸다. 2~3년 지나서부터는 묘하게도 아무렇게나 옆으로 이리저리 뻗었던 가지들이 점차 안으로 모아지며 보란 듯이 위로 위로 뻗어 올라갔다.

5년이란 세월이 흐르고 그 무지막지한 사람도 어디론가 이사 가버리고 그러는 사이 푸르싱싱 자라난 나무가 여름이면 우리 집 창문가에 녹음을 채워주고 있다. 푸른 잎을 가득 단 나뭇가지들이 창문을 마아주어 창가의 서탁에서 글을 쓰고 책을 보는 나에게 선선한 그늘을 선물하고 있다. 창문을 열어놓으면 싱그러운 나뭇잎 냄새가 방 안을 가득 채워준다. 창턱에 서서 내다보면 그 무성한 나뭇잎들이 줄기의 꺼먼 흉터를 덮어주어 전혀 상처 입은 나무라는 느낌을 찾아볼 수 없게 한다. 버드나무의 그 유연함이 무지한 인간의 횡포를 용하게 이겨낸 것이다.

겨울이면 잎새를 다 떨구어버리고 앙상해지는 버드나무이지만 결코 헛컸다고 생각하고 싶지 않다. 비록 헐벗어도 우리 집 뜨락을 지켜주고 있지 않는가! 여윈 가지에 새둥지 하나 없어도 외롭게 보이지 않음은 무엇 때문이지? 화단은 없어졌지만 내가 지킬 자리는 남아있다고 버티고 선 나무가 너무 장하지 않은가! 아프고 눈물겹던 그 한 때를 잊지는 않았겠지만 나무는 말이 없다. 그 침묵 속에는 나무의 철학이 있다.

그리하여 나무는 나의 절친한 친구가 되었다. 때론 열린 창문 앞에 서서 나무와 이야기도 나눈다. "용감한 나무야, 그 무서운 상처를 받고도 악착같이 살아가는 네가 정말 대단하다. 병마와 싸우고 아픔을 이기며 싱싱하게 자라는 너같이 나도 끈질기게 굴강하게 살아가야겠다…."

나는 봄, 여름, 가을까지 내내 이 친구를 지척에 모시고 용기도 얻고 피곤도 풀고 답답한 이야기도 나누며 희망에 부풀어 산다. 그러나 나무는 겨울이 되면 무성한 나뭇잎들을 다 떨어뜨리고 벌거숭이로 된다. 가지들 사이로 시꺼먼 흉터가 확 드러난다. '상처나무'는 눈보라에 시달리며 나에게 많은 아픈 이야기를 들려준다. 그러면 나도 이야기한다.

"그래 그렇지! 인생살이도 가만히 생각해보면 상처투성이야! 때론 실패도 하고 실수도 하고 실망도 하고 억울함도 당하고 아픔도 참으며 성공을 위하여 새롭게 도전하기도 하며… 이 세상에 상처받지 않은 사람이 어디 있고 실패하지 않은 사람이 어디 있을까! 그렇게 분투하다 보면 성공할 때가 있는 거야!"

사는 게 힘들어도 나무의 의젓한 자태를 내다보면 까닭모를 슬픔과 허전함을 나눌 수 있는 버드나무가 있어 그렇게 좋을 수가 없다.

나무가 나에게 따뜻한 사랑의 메시지를 전해주고 있지 않는가! 인생은 고해라 했거늘 울퉁불퉁한 이 인간세상을 살아가는 동안 어찌 좋은 날만 있기를 바라랴! 때로는 비에 젖고 폭풍에 마음이 찢기고 부대끼며 살아도 웃기도 울기도 하는 것이 우리네 인생이거늘…. 내 마음같이 되지 않은 세상이라도 내 마음 몰라주는 그 무지막지한 사람에 대한 원망이 앙금으로 남지 않게 마음을 비워놓고, 저 버드나무처럼 살아간다면 날로 노쇠해지는 나도 '고목봉춘'(枯木逢春)의 희열을 느끼리라! 그토록 아프고 힘들게 자란 '상처나무'야, 너도 햇볕과 이슬과 바람과 벗하고 살듯이 나도 너를 내 정신 기둥으로 삼고 인내와 손을 잡고 억세게 살련다. 세월은 멈추는 법이 없어도 너처럼 살련다! 오늘은 대한이다. 무서운 추위를 힘겹게 이겨나가는 '상처나무'야! 나는 너를 아픈 마음으로 보듬고 부러운 마음으로 지켜본다. 겨울이 이미 저물었거늘 봄날인들 멀소냐! 고맙다, 나무야, 힘내라, 너는 나에게 고통을 참고 이기는 인내심과 희망을 바라보며 살아가는 도리를 가르쳐주었다. 그리고 무성하던 잎들이 떨어져도 낙엽귀근(落葉歸根: 낙엽은 뿌리로 돌아간다, 즉 자기가 원래 난 곳으로 돌아감)으로, 자기의 터전을 가꾸며 엄한과 대결하는 너처럼 나도 인고의 한을 속으로 삭이며 강인하게 꿋꿋하게 살련다!

내 수의

오늘밤은 겨우내 기다리고 기다리던 큰 눈이 하얗게 펑펑 많이도 내린다. 쓰고 있던 글이 잘 되지 않아 창턱에 서서 멍청히 눈을 퍼붓는 하늘을 쳐다보았다. 금시 온 거리가 하얀 이불을 덮었다. 정말 신비하고 고마운 하늘이다.

돌아서서 뒤 창문으로 다가가 밖을 내다보니 화단에 서있던 벌거벗은 두 그루의 살구나무 가지에 하얀 눈꽃이 무너질 듯이 만개하였다. 이 세상에 저렇게 아름답고 정갈한 꽃이 또 있을손가!

눈이 오니 관절이 쑤셔나고 이빨도 아팠으며 허리도 바늘로 찌르는 듯하여 견딜 수가 없었다. 진작 수면제를 먹었는데도 잠은 점점 저만치로 달아나버린다. 아마 인간 생명의 한계에 도달한 모양이라는 생각이 들었다. 한 번밖에 없는 이 생명을 나에게서 빼앗아가려나 보다. 죽음의 차가운 손이 내 생명의 문을 두드리는 것 같았다.

문득 나는 내 수의를 보고 싶었다. 벽장 한 구석에 올려놓은 지 몇 년이 되도록 한 번도 꺼내보지 않은 수의였는데 이상하게 오늘따라 보고 싶었다. 내가 이 세상을 떠나 저 세상으로 갈 때 입고 갈 옷들과 덮을 이부자리를.

하얀 보따리를 내려놓고 보니 서너 근도 안 될 것 같았다. 정녕코 그 보따리 속엔 이 추운 겨울에 입을 솜옷이나 솜이불은 없을 것이 뻔하다. 저 세상으로 갈 때는 저 옷장에 가득 걸리고 쌓인 외투며 코트며 원피스, 꽃 치마 꽃 적삼들 그리고 오리털 이불까지 다 가지고 갈 수가 없단다. 서재에 쌓인 저 많은 책들, 심지어 피땀을 흘리며 내가 몇 십 년 동안 써낸 책들도, 얼마 안 되는 돈이지만 저금한 통장도, 내가 살고 있는 이 집도… 모든 것을 이 세상에 무상으로 바치고, 버리고 가야 한단다.

밤이 깊어 시계가 12시를 가리키는데 나는 미친 사람처럼 잠옷 바람으로 수의 보따리를 들고 침대에 앉아 멍하니 생각에 잠겼다. 이 수의는 몇 년 전 큰 집 조카가 손수 만들어온 것인데, 그는 자기가 불치병에 걸려 먼저 죽을 줄도 모르고 우리 늙은 부부에게 선물하였다. 그는 남편 수의와 내 수의를 따로따로 보자기에 싸서 종이에 이름까지 써놓았으니 헷갈리지 말라고 당부하였다. 그동안 자신이 받은 삼촌네 신세를 잊지 못해 한 달 동안 신경을 써서 순면으로 지은 것이라며 수의를 미리 준비해놓으면 오래 산다고 너스레까지 떨었다. 그 때는 수의라는 말이 그렇게 가슴을 서늘하게 만들 줄 몰랐다. 그의 정성에 감동되어 고맙다는 말을 몇 번 하면서 그걸 받아서 한편에 놓았지만 어쩐지 손이 굳어져 감히 꺼내고 볼 엄두도 내지 못했다. 그리고 그가 돌아가자 나는 바삐바삐 그걸 벽장에 가져다 올려놓았으며 그 후로 오랫동안 아예 열어볼 생각을 하지 않고 잊고 있었다.

조카 덕분에 우리는 80고개에 올라서는데, 손수 우리의 수의를 만들어준 조카는 몇 년 전에 저세상으로 급급히 떠나갔다. 아마 그는 오늘 밤도 저 눈보라 속에서 떨고 있을 테지!

새파란 50대 나이에 이 세상을 떠나다니. 두 아들을 대학에 보내놓고 낮에는 시장에서 고객들의 옷을 수선해주고 밤이면 밀린 일감들을 집에 갖고 가서 바느질을 하곤 했다. 그때 나는 이제 더는 사용하지 않는 우리 집 재봉틀을 그에게 주었고 또 천진으로 외출할 때 그를 데리고 가서 천을 구매해주기도 하였다. 늘 시장에 갈 때면 들러보고 물건이 잘 팔리지 않아 쌓아둔 속옷 따위를 몇 벌씩 사서 농촌의 친척들에게 나누어주기도 하였다. 이는 친척 간에 인지상정이었다. 헌데 그는 이런 일들을 은혜로 생각하고 병마와 싸우면서도 우리 늙은 부부의 수의를 만들어온 것이다. 어쩌면 자신이 이 늙은이들보다 먼저 떠날 줄을 알고 있었을지도 모른다. 그렇게 생각하니 나도 모르게 눈물이 줄줄 흘러내렸다.

언젠가 나는 이 보자기에 싼 수의를 입고 이 세상을 홀로 떠나야 한다. 갑자기 인생의 무상함이 느껴졌다. 보자기 끈을 풀다가 손이 떨려 그만두었다. 눈물이 나서 풀 수가 없었다. 그 안에 들어있는 옷과 이불 등을 보면 실망할 것 같기도 했다.

내가 어릴 때 외할머니가 사망하여 칠성판에 눕히고 숱한 사람들이 곡을 하며 우는 것을 보았다. 그런데 관까지 다 짜놓았는데 새벽에 외할머니가 되살아났다. 외할머니는 자신이 입은 수의를 보더니 대노하였다. 세 딸이 바삐 만들다보니 바느질이 어설펐던 것이다. 아직도 성의가 없다고 노여워하시던 외할머니를 보는 것 같다. 아마 나도 이 보자기를 풀어보면 그런 느낌이, 그런 서운함이 온몸을 감쌀 것 같다.

나는 실성한 사람처럼 비칠거리며 도로 보자기를 벽장 안에 올려놓았다. 이제 언젠가는 자식들에게 우리가 이 세상을 떠날 때 수의가게에 가지 말라고, 저 벽장 안에 준비돼있다고 알려줘야겠다.

한번은 CCTV 1채널에서 '장기자랑'이라는 프로그램을 보다가 깜짝 놀랐다. 어느 산골에서 왔다는 81세 할머니가 글쎄 택시만큼 큰 차에 세 사람을 앉힌 채 긴 밧줄을 걸고 이빨로 차를 10m나 끌어당기는 것이었다. 기가 딱 막혔다. 세상에 이런 일도 있다니? 참으로 경이로웠다.

사회자가 어떻게 이런 재간을 배우게 됐으며 또 어떻게 고령의 나이에도 이 같은 괴력을 과시할 수 있는가라고 물으니, 그 할머니는 자신은 젊었을 때부터 남들이 하는 일에 모두 도전하고 연습했다고 대답했다. 사회자가 계속하여 무슨 힘이 그런 의지와 용기를 주었는가 하고 물으니, 어릴 적 소련 전투영웅인 오스트로프스키가 쓴 『강철은 어떻게 단련되었는가』를 보고 크게 감동받았다고 하였다. 특히 "사람에게 생명은 한 번밖에 없다. 죽을 때 할 수 있었던 일을 못 한 것으로 하여 후회하지 말아야 한다."는, 앞을 못 보는 영웅의 그 한마디 말이 자신의 좌우명이 되어 그 후부터 매일같이 스스로에게 도전하며 살아왔다고 하였다.

사회자가 앞으로의 꿈이 무엇인가고 물으니 100살 때 공중낙하를 해보는 것이라고 하였다. 너무 엉뚱하고 신기해서 관중들은 모두 눈이 휘둥그레졌다.

자신감과 용기로 충만한 그 할머니를 보면서 머리가 숙어졌다. 내가 너무 작아보였다. 그 할머니 보다 네 살 아래인 내가 너무 아픔과 죽음에 집착한 것이 부끄러웠으며 그처럼 자신의 한계에 도전하며 죽는 날까지 글을 써야겠다고 맘먹었다.

어느새 밤 한 시가 되었다. 아까 먹은 수면제가 효력을 모조리 잃었는지 정신은 점점 더 말똥말똥해진다. 인생 뭐 별거 있는가? 죽을 때가 되면 죽고 사는 날까지는 일을 하면서 최선을 다 하는 게 인생이다. 욕심을 부려봐도, 절약을 하노라 너무 애면글면해도 남는 것 하나 없는 게 인생이다. 남한테 기꺼이 베풀고 필요한 만큼 스스로 취하며 명예 따위에 전전긍긍하지 않고 오늘 이 하루가 삶의 마지막 날인 것처럼 생각하며 최선을 다해 살아야겠다. 갑자기 포도주를 마시고 싶어 나는 한 잔 따랐다. 화장실을 다녀오던 남편이 아직도 책상에 마주 앉아있는 나를 보더니 "지금 몇 신데? 당신, 정신 있는 거야?" 하면서 야단을 친다. 그런 남편에게 이제 곧 자겠다고 둘러대고 내 멋대로 책상에 마주 앉아 이 글을 쓰고 있다.

날이 희붐히 밝아온다. 나는 책상을 떠나 창밖을 내다보았다. 눈은 그냥 소리 없이 내리고 있었다. 천지지간이 구별 없이 하얀 눈세계가 되었다. 아! 그래, 자연과 인간은 본래 하나인 것을! 자연은 위대하고 하늘은 아름답다. 이제 하늘나라로 가면 나는 한 송이 눈꽃으로 되리라! 눈은 1/3은 햇빛을 받아 하늘로 증발되고 1/3은 땅속에 스며들어 지하수가 되며 1/3은 녹아서 강물로 흘러들어 바다로 간다고 한다.

눈꽃이 되면 나도 하늘로, 땅속으로, 바다로 가리라! 세월은 길고 긴데 인생은 짧구나! 그래서 인생은, 생명은 귀중한 것이 아닐까!

이별의 옷가게

어느 날, 친구들과의 모임이 있어서 '우의식당'으로 가게 되었다. 버스정거장에서 내려 식당을 향해 걸어다가 보니 병원과 가까운 곳이라 그런지 수의를 파는 여러 가게들이 나란히 자리 잡고 있었다. 어제 먼 곳에 살고 있는 동창생 한 명이 저세상으로 갔다는 소식을 전해들은 때문인지 나는 수의 가게 간판에 눈길이 갔다. 그리고 무엇인가 수의 가게 문 앞에서 내 발을 멈추게 만들었다. 이젠 내 대학 동창들 중 절반은 저세상으로 돌아갔는데 나에게도 그런 날이 멀지 않은 것 같았다.

그 가게에 들어가 보고 싶었다. 시계를 확인해보니 아직 약속시간이 좀 남아있었다. 이집 저집 간판을 올려다보는데 한 조선족 수의 가게 주인이 문을 열고 나오며 반갑게 맞아들였다.

"어서 들어와 보세요. 우리 집에는 뭐나 다 있고 값도 쌉니다."

나는 아무 말도 안 하고 가게 안을 빙 – 둘러보았다. 그리 크지 않은 소박한 가게 안에는 그의 말마따나 저세상으로 가는 사람들이 가지고 갈 옷이며 물건들이 다 있었다. 벽에는 면으로 된 옷들과 비단으로 된 옷들이 여러 벌 걸려 있었다. 연한 분홍색 치마저고리도 있었다. 나는 죽은 사람은 꼭 흰옷만 입는 줄 알았는데 그것이 아니었다.

주인아저씨는 어떤 옷들을 사려는가 하고 물었다. 나는 머뭇머뭇하다가 오늘은 안 사고 먼저 보러 왔다고 솔직히 말했다. 손님은 나밖에 없으니 가게주인은 자상히 이것저것 설명해주는 것이었다. 매장 안에는 비닐포장을 해놓은 물건들이 가득 진열돼있었다. 내가 순면으로 된 걸 보자고 하니 그 주인은 하얀 보따리를 내놓으며 원래는 천 위안(약 17만 원에 해당)을 더 받았는데 내가 사면 400위안만 받겠다고 하였다. 비단 천으로 만든 것은 얼마인가고 물으니 천 위안을 넘는단다. 저세상으로 갈 때는 정말 많은 돈이 필요 없구나! 천 위안이나 2천 위안이면 되는 걸 가지고 사람들은 갖은 수단으로 거액의 돈을 제 손안에 넣으려고 하는구나! 바보 같은 인간들.

잘 포장된 '수의'를 손에 들고 찬찬히 여겨보았다. 서너 근은 될 것 같았다. 이 안에 이부자리도 있는가 하고 물으니 가지고 갈 물건이 빠짐없이 다 들어있으니 걱정 말란다. 흰 비닐 천으로 포장해서 환히 들여다보였다. 면실도 한 타래 있고 입쌀도 한 숟가락쯤 들어 있었다… 정말 있을 것은 다 있는데 너무나 간단했다. 내가 한참 들고 보다가 매장 위에 놓으며 "후 – " 한숨을 쉬며 "이불이 너무 얇아 춥겠는데?" 하고 말했더니 후더분한 가게주인은 "저세상 사람들은 두터운 이불이 소용없습니다."고 말했다.

"그럴 테지요. 짐이 무거우면 하늘로 날아오르기 힘들 테니깐요."

"교를 믿으세요?

"아니요."

"할머니 참 재미있게 말을 하시네요."

"그래요?"

"할머니도 자식들이 있을 텐데, 어느 친척분이 돌아가셨나요?"

"아니."

"저세상에 가는 후사처리는 산 사람들이 하니깐 노인들이 미리 준비할 필요는 없습니다. 할머니처럼 노인들이 가게로 오는 일은 적습니다."

"그런데 왜 손님이 이렇게 없나요?"

"그래도 매일 한둘씩은 있습니다. 어떤 때는 더 있고요."

"그럴 테지, 아무튼 사는 사람보다 죽는 사람이 적을 테니깐…."

나는 웃으며 가게 문을 나섰다. 주인이 문밖까지 환송했다. 세상에 이렇게 서비스가 좋은 가게는 없을 것 같았다. 이상하게 동정심이 들었다. 손님이 저렇게 없고서야 어떻게 생계유지가 될까? 내가 정말 별걱정을 다 한다. 죽는 사람은 계속 있을 테니 가게가 파산될 염려는 없을 것이다. 그래도 영업을 하는 사람들이니 가게주인은 손님이 많을 걸 바라겠지만 늙은이들은, 사람들은 이 세상에서 오래오래 살려고 하니 세상일이란 참으로 모순덩어리다.

가게를 나와 식당으로 가는 길은 이상하게 걸음이 잘 안되고 마음이 서글퍼졌다. 자연 속에서 나와 자연으로 돌아가는데 뭐가 서러운가! 원래 세상에 없었던 내가 이제 이 세상을 살아보는 행운을 가지고 와서 숱한 곡절을 겪고 복도 누리다가 다시 본래대로 없어지는 건데, 당연한 자연법칙이 아닌가! 인생은 원래 저 '수의보따리'처럼 간단한데 자기 몸밖에 가지고 갈 수 없는데 왜 사람들은 아글타글하며 재산을 모으고 남을 헐뜯으며 위로만 올라가려고 할까. 심지어 탐관들은 돈을 지하실에 쌓아놓기까지 한다니 정말 알 수 없는 일이다.

식당에 들어서니 진작 먼저 와 앉았던 친구들이 반갑다고 야단이다. 이 친구들이 모두 팔십을 바라보는 늙은이들이라 속으로 우리는 모두 오래도 살았구나! 하는 생각을 하였다. 웃고 있는 그들을 보면서도 내 기분은 내내 수의가게 주인과의 이야기가 머리에 맴돌며 기분이 개운치 못하고 가슴이 서늘했다. 무슨 말을 하며 친구들은 자꾸 웃어대는데 나는 울고 싶었다. 억지로 웃는 내 얼굴표정이 이상해보였는지 옆에 앉은 친구가 "어디 아프니?" 하고 물었다. "응, 어디나 다 아프지."

"아파도 웃어라, 이젠 아픈 것이 자연스러운 일이지! 여기까지 오는 날도 많을 것 같잖다. 철이를 봐라 침대에서 일어나지도 못하는 걸."

"네 말이 맞다. 거기에 비하면 우리는 얼마나 다행이니."

"그렇구나!"

몇 백 년을 살 것처럼 친구들은 어느 가게에서 옷을 세일한다며 나중에 같이 가보잔다. 한 친구는 나들이를 갔다 오면서 고운 목수건을 사다가 하나씩 나누어준다. 늙어도 서로 고운 색깔을 가지려고 한다. 나는 어두운 회색 수건을 하나 골라가지고 목에 둘러보았다. 고맙다고 말했다. 가만히 생각해보니 집에 수건이 열 개도 넘을 것 같은데 나는 좋아하며 또 챙겨 넣었다. 다른 한 친구는 곱게 포장한 시루떡을 하나씩 나누어주며 특별히 맛이 있어 사왔단다. 그래서 친구들은 또 웃어댔다. 아무 것도 준비해가지고 가지 못한 나는 미안해서 기어코 밥값을 계산하였다.

그런 친구들을 보면서 나는 언제나 내가 친구들의 신세를, 사랑을, 도움을 더 많이 받았다는 생각에 자신을 반성하기도 했다. 이제부터라도 나누며 살아야겠다. 정을 나누고 서로 모여 기쁨과 슬픔도 함께 나누며 살아야겠다. 시간은 지나가면 되돌릴 수 없다. 무심코 지나가고 있는 이 순간들을 사랑해야겠다.

한국 텔레비전에서 본 이야기이다. 꼬부랑 할머니가 바닷가에서 조개를 줍는 걸 보고 한 기자가 "왜 쉬지 않고 힘겹게 일하시나요?" 하고 물었다. 그 할머니가 "내가 지금 일할 수 있는 것이 얼마나 행복하오." 하고 대답하였다.

그 할머니의 짤막한 대답이 그때 나에게 큰 충격을 주었던 일이 다시 머리에 떠오른다. 그래 살아있는 것이 행복이고 일할 수 있는 것이 더 큰 행복이지!

집으로 돌아오자 나는 또 습관대로 컴퓨터 앞에 앉았다. 수의가게 주인과 곧 내게 다가올지도 모를 죽음에 대한 생각은 이제 저만치 뿌리치기로 했다. 그저 열심히 인생의 한계를 향해 전진하고 싶었다. 집착과 물욕을 버리고 한 번밖에 없는 인생의 이 행운을 고맙게 생각하며 아끼며 열심히 살아야 하지! 내가 가진 것에, 내 살아온 것에 자족해야겠다.

어느 시인의 글이다.

> 올 때가 있으면 갈 때가 있고
> 시작이 있으면 끝도 있는 법
> 세상의 모든 일이 그러하고
> 우리 인생 또한 그러하리라

한 순간의 찬란함을 위하여

　며칠 전 아침시장에 갔다가 화분을 파는 매장에서 발길을 멈췄다. 꽃을 좋아하는 나는 남새(채소)를 사러 왔던 일을 까맣게 잊고 주저앉아 이 꽃 저 꽃 정신없이 구경하였다.

　빨갛게 활짝 핀 장미꽃 화분들은 희한했지만 여러 번 사간 적이 있어 포기하고 이파리가 납작납작한 키다리 꽃나무는 멋지긴 해도 우리 집에 놓을 자리가 없어 포기하고 나라꽃이라고 구구히 선전하는 꽃은 고귀해 보이긴 해도 너무 비싸서 포기하고….

　고르고 고르다 결국은 꽃 주인이 선택해주었다. 그 무슨 사계절 피는 꽃이고 신비하게 아름다운 꽃이니 한번 사다 창턱에 놓아보라고 권하였다. 그가 말하는 꽃을 자세히 보니깐 자그마한 화분 통에 딱 하나의 붉은 꽃송이가 피어있었는데 내 손바닥만큼 크고 반들반들 윤기 돌고 유난히 아름다웠다. 왜 한 송이뿐인가 하고 물으니 꽃 주인은 여기저기 가지에 달린 작은 꽃봉오리들을 가리키며 이것들이 연이어 피어날 거라고 하였다. 하루 주는 기쁨이 열흘 주는 기쁨보다

33

더 클 것이라며 제법 미학을 들이댔다.

집에 돌아와 새 화분에 옮겨 심어놓고 물을 주고 창턱에 놓였던 다른 화분들을 한편으로 밀어놓고 한복판에 모셨다. 걸상까지 끌어다놓고 거기에 앉아 한참동안 그 꽃을 감상하였다. 꽃 이파리는 다섯 개인데 동글납작하였다. 기름을 바른 듯이 윤기 나서 햇빛에 반짝반짝 빛났다. 꽃 속으로 빨간 꽃대가 기다랗게 뻗어 나왔는데 꼭대기에 노란 꽃술이 구슬처럼 가득 달려있어 귀부인의 목걸이 같았다. 그 한 송이 꽃이 여지없이 다른 화분들의 위상을 눌러버리는 것 같았다.

하루 종일 기분이 붕 떴다. 몇 십 번 창턱에 가서 그 꽃을 감상하였다. 화분에 미쳐 이렇게 분주히 창턱에 달려가 서 있은 적은 없었던 것 같다. 이튿날 아침에도 일어나 잠옷 바람으로 창턱에 달려갔다. 어제 화분에 활짝 피었던 그 꽃송이는 웬일인지 꽃 이파리가 조금씩 안으로 오므라들고 있었지만 꽃 주인이 말하던 옆 봉오리는 아닌 게 아니라 밤사이에 활짝 피어있었다.

"아! 아름답구나!" 나는 저도 모르게 환성을 지르며 저 편에 서있는 남편을 불렀다. 꽃에 별로 흥취 없는 그도 꽃이 하도 크고 희한해서 "어제 잘 샀소." 하며 흡족해하였다.

하루가 지나갔다. 아침에 일어나 잠옷 바람으로 창턱에 다가갔다. 어제 오므라들던 그 꽃송이가 이파리로 자기 몸을 꼭 싸고 뿌리 밑에 조용히 누워있었다. 가엾게도 끝내 죽어버린 것이다. 그렇게 생생하던, 눈부시던 꽃이 하루를 피자고 온몸에 기름을 짜내어 빛을 내면서 세상을 향해 웃었구나! 유감스럽게도 어제 새로 피어났던 그 꽃송이도 죽은 '언니'처럼 꽃잎을 조금씩 오므리고 있었다. 그러니 그 꽃송이도 서서히 죽을 준비를 하는 것이었다.

잘못 샀구나! 세상에 이런 꽃도 있다니! 서운하고 아쉬워 내내 기분이 찜찜했다. 정말 이 세상에 하루를 빛내자고 피는 꽃도 있었나! 이름을 물어보지 않은 것이 다행이라 싶었다. 하루를 빛내자고 기나긴 시간을 '준비'했을 그 꽃송이가 불쌍하게 생각되면서 비장한 미도 가지고 있다고 느껴졌다. 탓하지 말자! 원망하지 말자! 이 세상에는 한 번 피자고 100년 동안이나 참고 견디는 신비한 꽃들이 얼마나 많은가! 용설란, 가시연꽃, 토란꽃, 소철나무꽃, 대나무꽃, 소나무꽃….

어디 식물뿐인가? 생명의 한 순간을 빛내고 죽어가는 동물들도 가득하지 않은가! 돌게의 짝짓기는 5~6시간이 걸린단다. 돌게는 짝짓기가 끝나면 암놈은 금세 굴속에 들어가고 기진맥진한 수놈은 조용히 죽어버린다. 암놈은 반달 동안 굴속에서 알이 체내에서 성숙되길 기다렸다가 바닷가에 기어 나와 알을 쏟아내고는 2~3일 내에 늙어 죽는다. 어찌 돌게뿐이랴! 먼 바다에서 강으로 기어 올라와 알을 쏟아내고 죽어가는 송어, 그리고 비장한 매미의 짧은 생명… 모두 기적 같은 짧은 순간이다.

늦가을 날씨가 추워지면서 창밖으로 내다보이는 가로수가 노랗게 단풍이 들었다. 그런데 참으로 그 꽃은 이상하고 신비로웠다. 유리창 안에서 햇빛을 도맡아 받고 있는 이 꽃나무도 단풍이 들지 않는가! 이파리들이 노랗게 물들더니 한잎 두잎 똑똑 떨어져 화분을 가득 채웠다. 이젠 영 죽어가나 보다고 자세히 관찰해보니 작은 봉오리와 파란 잎사귀들이 새로 돋아나고 있었다.

기다리기로 했다. 하지만 말이 쉽지 반 달 가야 필 지, 한 달 가야 필지 모를 화분을 창턱에 놓고 매일 물을 주고 여겨보면서 기다린다는 것이 짜증나기도 하고 일종의 자학인 것 같았다. 그래서 아예 내다 버릴 생각까지 했다. 그런데 그렇게 찬란한 하루, 한 순간의 즐거움을 준, 그 꽃이 눈앞에 선연히 다가오면서 도무지 버릴 수가 없었다.

기다려보자! 기다릴 줄 아는 것도 일종 지혜라 하지 않는가! 그래서 자리를 옮겼다. 곱게 핀 풀꽃을 복판에 놓고 그 꽃을 맨 안쪽 눈에 띄지 않는 곳에 놓았다. 사람도 그렇지 않은가, 높은 직에 있을 때엔 주석대에 번듯이 앉다가도 퇴위하면 한편으로 밀리지 않는가! 이런 비유에 서글픈 웃음이 나오지만 사실이 그런대야 어쩌랴!

하루가 여삼추같이 매일 애타게 기다려도 꽃은 피지 않았다. 그래도 기다리기로 작심했다. 포기하고 싶을 때, 물을 끓일 때 마지막 1도, 포기하고 싶었던 바로 그 1분을 참아내는 것이라고 누가 말했던가. 이 순간을 넘어야 그 다음 문이 열린다고. 또 누군가는 하루가 곧 일생이라고 인생을 비유해 말한 사람도 있다. 누구든지 하루를 짧은 일생이라고 여긴다면 하루를 헛되이 보내지는 않을 것이다. 하건만 우리는 가장 소중한 오늘을 무의미하게 때로는 아무렇게나 보낼 때가 많다. 사실은 하루하루가 인생의 한 페이지이고 그렇게 모여 평생이 되는데도 말이다.

그러니 우리에게 차례진 하루를 세상이 준 '선물'이며 '시간'이고 '생명'이라고 생각해보자! 저 꽃도 하루를 주어진 운명의 일생이라고 여기며 그 찬란함을 창조하기 위해 목숨을 바쳐 그것을 피워내 이 세상에 고스란히 선물하고 갔을 것이다. 그렇게 생각하니 고마운 하루, 즐거운 하루를 나에게 선물하고 간 그 꽃이 눈물 나게 그리웠다. 그리고 그 꽃은 나에게 눈부신 아름다움을, 순간의 즐거움을 선물했을 뿐만 아니라 오늘이라는 이 하루가 두 번 다시 돌아오지 않는다는 것, 그날 주어진 오직 하나 만의 하루, 그 하루의 주인으로 알차게 살아야 한다는 도리를 깨닫게 해주었다.

결코 화무십일홍이라는 고전적인 섭리의 재탕만이 아니다. (너, 이름 모를 꽃이여! 너와 나의 인연, 별처럼 기적처럼 하늘이 준 선물이다. 나에게 즐거움과 기쁨과 인생철학을 가득 안겨주고 가르쳐주고 간 하루 피는 꽃이여! 네가 다시 피어나 나에게 더 큰 하루인생 철학을 가르쳐줄 그날을 위해, 그 기적을 나는 참고 기다리련다!) 자신이 알뜰살뜰 가꾸는 꽃이 피기를 기다린다는 것은 참으로 기쁜 기다림이 아닐 수 없다.

"눈물을 머금고 파종한 사람은 꼭 웃음꽃 피우며 수확할 것이다." 라는 누군가의 명언이 떠오른다. 얼마나 의미심장한 말인가!

흘러간 세월의
흔적을 지우고 싶지 않다

어느 날, 가게에 들러 물건을 사고 계산을 하는데, 계산대 젊은 아가씨가 돈을 내미는 내 손을 보고 깜짝 놀라며 "할머니 손이 왜 그래요?" 하고 말했다.

그 '수양'이 모자라는 아가씨는 곧바로 내 늙은 '상처'를 짚어내어 공개했다. 그 아가씨의 말이 끝나자 옆에 서있던 사람들이 그 무슨 판다를 보듯 다투어 내 손을 구경하였다. 나도 무심중 내 손을 내려다보았다. 빨간 100위안짜리 지폐의 아름다움과는 상반되게 내 손등에는 검은 점들이 다닥다닥 돋아 마치 참나무에 돋은 목이버섯 같았다. 나는 그런 내 손을 보는데 습관이 되어 별 감각이 없었는데 이 순간 갑자기 그 무슨 쇠붙이에 찔린 듯 가슴이 찡해졌다.

나는 어색하게 웃으며 "아, 이건 세월이 피워준 꽃들이오." 하고 대답하니 주위 사람들이 나의 즉흥 유머에 와 - 하고 웃었다. 그 아가씨도 자기가 실언했음을 깨닫고 "할머니, 미안해요." 하고 사과하였다. 그렇게 진심으로 사과했지만 내 기분전환은 잘 되지 않았다.

성나면 보리방아를 더 잘 찧는다더니 그렇게 구겨진 기분이지만 버릇처럼 인생철학이 엮어졌다.

원래 보라는 눈이어서 보이는 대로 다 볼 수밖에 없지만, 입은 비록 말하라고 낸 것이라도 보는 대로 다 말해서는 안 되는 게 인생철학이다. 수양 있는 사람이라면 어떤 말을 어떤 장소에서 해야 하고 어떤 말은 하지 말아야 하고, 어떤 일은 어떤 장소에서 해야 하고 어떤 곳에서는 해서는 안 될 것이 있다는 것을 두루 알고 있다.

이를테면 앓는 사람을 보고 얼굴이 못 쓰게 됐다고 말해서는 안 되고, 먹을 때 떠들지 말아야 하고, 공공장소에서 담배를 피우지 말아야 하고, 아무데나 침을 뱉지 말아야 하고, 늙은이에게 자리를 양보해야 하며 장애인에게 길을 안내해야 하는 등등… 이러저러한 것들은 인간이 지켜야 할 최저한도의 예절이고 상식이고 인격이기에 지키며 살아야 어디 가나 인간대접을 받을 수 있을 것이다.

옆길로 빠진 화제를 돌려 내 손으로 돌아가 이야기하자.

어릴 때부터 나는 관절염을 앓아 손이 매끈하지 못했다. 게다가 아버지가 골짜기 안의 돌밭을 일구느라 고양이 손도 빌려 쓸 지경인지라, 내가 예닐곱 살 때부터 우리 형제들을 수레에 싣고 산골에 들어가 밭에서 돌을 줍게 하였다. 그때 내 쪼그마한 손으로 주어낸 돌이 얼마였는지 모른다. 그렇게 몇 년 동안 우리들이 주어서 쌓은 '돌산'이 여남은 개나 되었다. 원래 그 나이에 꽃술 같아야 할 손이 너무 일찍이 궂은일에 시달려 거칠어질 대로 거칠어졌던 것이다. 그렇게 커온 손이 매끈할 리 있겠는가?

고등학교 때 나는 자취생활을 하며 학교를 다녔다. 학교에서 돌아오는 길가에 나뭇가지든 석탄덩이든 보이는 대로 집어 들고 와서 밥

도 하고… 박달나무도 얼어터진다는 북국의 엄동설한에도 장갑을 한
번 끼지 못하여 얼어터지고 늘 벌겋게 부풀었던 내 손이다. 그야말
로 고난이 첩첩하였던 내 인생 경력의 산증인이라고 할까.

대학을 다닐 때도 이른바 경천동지의 대약진운동을 하느라 맨손으
로 벽돌에 흙을 발라 숯가마를 만들어 숯을 굽고, 농촌지원 모내기도
하고 저수지 일도 하고… 참으로 굳은일 마른 일 가릴 것 없이 해낸
내 두 손이다. 딱 맞는 말은 아닐지라도 일이 '상놈'을 만든다. 매끈하
고 하얀 농부의 손을 나는 본 적이 없다.

60~70년대, 세탁기란 것을 꿈에도 본 적이 없던 세월에 우리 주
부들은 한겨울에도 고무장갑도 끼지 못하고 강가에 나가 얼음을 깨
고 숱한 빨래를 해야 했다. 우리 세대 여성들은 매년 가을이면 천여
근의 배추와 2백여 근의 무, 백여 근의 감자를 준비해 움에 넣어야
온 식구들의 겨울나기에 시름을 놓았다. 고무장갑도 못 끼고 갖가지
김치를 몇 백 근씩 담고 나면 며칠씩 고추 물에 절어든 손이 아리고
쓰려 찬물에 담그면서 그 아픔을 이겨내곤 했다.

이렇게 흘러간 세월이 내 손등에 그처럼 보기도 처참한 '꽃'들을
피워놓은 것이다. 노동을 영광으로 생각했던 시대가 우리 세대 여성들
에게 준 '영광의 기념품'이다. 노동이 인간을 창조했다고 할진대 손이
야말로 인류를 진화시킨 주역이라 하리라. 여자의 손으로서는 못생긴
나의 손, 그러나 이런 손이 나의 보람찬 인생 밭을 가꾸어왔다.

손뿐 아니라 내 얼굴에도 큼직한 검은 반점(검버섯)이 돋아있다. 어
느 날, 식당에서 마주 앉아 국수를 먹던 친구가 보기가 안 되었던지
비결을 가르쳐주었다. 밀가루를 접시에 조금 담은 후 강초를 몇 방울
떨궈 넣고 반죽해서 그걸 반점에 바르란다. 몇 번 거듭하면 없어진단

다. 들을 때는 당장 돌아와 행동에 옮기려 했다. 내 얼굴과 손을 보기 싫게 만드는 그 검은 반점들을 '소멸'시키려고 했다. 늙은 손, 늙은 얼굴을 조금이라도 젊게 가꾸고 싶은 욕망이 절절했던 것이다.

하지만 유감스럽게 버스를 타고 집으로 돌아오고 나니 그 절절하던 욕망이 가뭇없이 사라져버렸다. 원래부터 화장을 하며 얼굴을 가꾸는 데 게으른 나는 이제 80을 바라보는 때 그런 '고생'을 하고 싶지 않았다. 세월 따라, 인생 따라 내 몸에 다투어 피어나는 '죽음의 꽃'들을 무슨 수로, 무슨 특효약으로 소멸시킬 수 있단 말인가?

때론 검은 반점이 다닥다닥한 두 손을 가지런히 펴놓고 감상에 잠길 때도 있다. 그 두 손으로 세 자식을 공부시키고 시집 장가보내고 이 두 손으로 수백만 자의 글을 써내고…. 참으로 고생도 많이 시킨 손이다. 정말 미안하고 미안한 손이다. 뼈마디가 울퉁불퉁하고 '검은 꽃'이 피어난 '위대한 손' 나의 두 손이여!

어쩌면 내 손은 지나온 내 인생의 파란곡절을 그려낸 유화 작품 같기도 하고 내 인생의 성공과 실패, 고생과 낙, 기쁨과 슬픔, 기대와 실망…들을 반죽해서 빚어놓은 조각품 같기도 하다는 생각을 해보기도 한다. 나는 이 영광스러운 세월의 흔적, 내 인생의 기록을 지우고 싶지 않다. 아무리 남의 눈길을 모으는 내 손이라도 내 인생의 귀중한 흔적을 지워서는 안 되기 때문이다.

외모에 너무 집착하는 이 시대가 걱정된다. 부모가 준 얼굴을 제 마음대로 뜯어고쳐 저마다 미녀로 미남으로 되려고 하는 사람들이 걱정된다. 싱거운 걱정일지 모르나 '환골탈태'시켜 자기의 본연을 잃게 하는 성형수술 병원이 더 늘어나지 말았으면 좋겠다. 오직 가꿀수록 늙지 않고 아름다워지는 것은 외모가 아니라 내면이다. 자기

답게 살려 한다면 흘러간 역사의 흔적을 귀중히 여기면서 지우지 말았으면 좋겠다.

화무십일홍이라 꽃도 한 철, 청춘도 한 철뿐이다. 세월을 이기는 장사가 없다고 사람은 누구를 불문하고 중년을 넘기면 미워지는 것이, 늙어가는 것이 자연의 법칙이다. 옛날 조선시대 우탁 노인이 세월을 개탄하던 나머지 읊조린 시조가락이 참으로 천고의 절창이라 하리라.

〈탄로가〉
한 손에 막대 잡고 또 한 손에 가시 쥐고
늙는 길 가시로 막고 오는 백발 막대로 치려터니
백발이 제 몬져 알고 즈럼길로 오더라

과연 그러하거늘, 나이가 들면서 얼굴에 주름살이 하나둘씩 늘어가는 내 모습을 보면서도 나는 억지를 부려볼 생각을 하지도 않았다. 세월 따라 찌들어가고 곱지 않게 변해가는 그런 모습을 한사코 감출 필요가 있으며, 감추고 싶은들 감출 수 있단 말인가? 사람들은 세월을 거슬러 멋진 모습으로 거듭나서 보란 듯 살려고 아득바득 애를 쓴다. 하지만 나는 내 인생의 흔적에 어느 한 가지도 지우지 않고 주어진 인생길 끝까지 지니고 가고 싶다. 막무가내로 비틀어진 아집인지는 모르겠지만서도. 세월은 긴데 인생은 짧다. 그러나 인생은 짧아도 예술은 길다. 늘어나는 '검은 꽃'들은 내 인생길을 재촉하고 있다. 보이지 않는 시간을 빼앗고 있다. 그런데 "산속에는 천년수가 있지만 세상에는 백세를 만나기 어렵거늘(山中也有千年樹, 世上難逢百

歲人)" 육체적 생명은 어찌할 수 없어도 정신 생명은 내 할 탓이리라. 그것은 어쩌면 날마다 나더러 여생을 아끼고 빛나게 살라고 울리는 경종 같기도 하다.

인정은 물과 같아 높고 낮음을 가르지만 세상사는 구름 같아서 종잡을 길 없도다. 사람이 먼 근심이 없어지면 필경 가까운 근심이 또 생기거늘 어찌 근심걱정 다 털어 버리고 살 수 있으랴. 그러니 더욱 못생긴 손 때문에 근심을 사서 하지 않으리라.

여기까지 횡설수설하고 보니 옛 시구가 자연히 떠오른다.

> 꾀꼬리와 꽃도 봄빛이 스러짐을 걱정하는데
> 어찌 사람들이 춘광을 헛되이 보내리오.
> 鶯花猶怕春光老, 豈可教人枉度春.

농촌 소풍 유감

  오늘 단풍수필회 노작가 여러 명이 교외 농촌마을로 들놀이 나갔다. 참 좋은 날씨다. 올해 따라 지구온난화로 무덥다고 야단이다. 충청 일대는 가물이 들어 마실 물을 차로 날라다 공급하는 형편이고 후난성 일대는 홍수가 져서 수만 명이 곤경을 치르는데, 우리 연변(延辺: 조선족 자치주)만은 너무 덥지도 않고 비도 맞춤 와서 벼밭(논)이 누렇게 익어간다. 참외가 만풍년이고 풋옥수수가 한창이다. 산이 푸르고 물이 맑고 사람이 적은 연변 땅은 참으로 살만한 고장인데, 사람들은 번화한 상해요, 북경이요, 청도요, 한국이요… 떠나간다. 늙으면 걱정거리가 많기도 하다. 스스로 걱정을 사서 하는 것이 늙음의 징표인가!

  넉넉하지 못한 한 노작가가 공기 좋은 이 교외에 헐값으로 샀다는 허름한 초가에서 그가 알뜰히 가꾼 옥수수며 토마토, 고추, 가지 등을 삶고 찌고 해서 먹는 재미가 참으로 좋다. 고생은 한 사람이 하고 복은 여럿이 누린다. 금방 삶아낸 옥수수를 이삭채로 들고 보글보글

끓는 세치네국(추어탕) 쟁개비 앞에 둘러앉아 훌훌 불며 먹는 재미도 좋거니와, 활짝 열어놓은 창밖으로 대롱대롱 달린 포도를 내다보면서 마당 앞에 만개한 빨간 국화꽃들이 풍기는 향기를 안주삼아 마시는 포도주 맛도 기막히게 좋다.

흥이 도도해 고량주를 마시던 선배작가들은 80고개를 넘나드는지라 진작 윗방에 드러누워 천정을 쳐다보며 인생의 무상함을 한탄한다. 모두 젊었을 때는 이름이 뜨르르했던 분들이다. 누군가 이런 옛 시조를 읊조리었다.

　　뉘가 날 늙다던고 늙은이도 이러한가
　　꽃보면 반갑고 잔 잡으면 웃음난다
　　추풍에 흩날리는 백발이야 낸들 어이하리오.

왜 이리, 행동거지는 느려도 마음만은 퍼렇다. 푸른 하늘이 좋고 풍년 든 논벌이 좋고 꽃들을 보는 멋이 좋아 백발을 날리며 예까지 찾아온 것이다. 선배들의 모습이 거울에 비친 내일의 내 모습 같다. 이제 몇 년 후이면 나도 저러리라! 그래도 나는 항시 마음이 낡지 않아 위 시조보다는 이황의 시조를 좋아하는 편이다.

　　청산은 어찌하여 만고에 푸르르며
　　유수는 어찌하여 주야에 긋지 아니는고
　　우리도 그치지 마라 만고상청하리라.

푸르른 청산처럼 흐르는 강물처럼 푸르게 흐르며 주어진 인생을 빛나게 살고픈 것이 나의 소망이다. 그런 인생이 없을 줄 번연히 알면서도, 선배님들도 나 같은 심정으로 무거운 팔을 놀리며 지금도 열심히 글을 쓰리라.

맛나는 음식을 만포식하고 우리는 마을을 산책했다. 깨나 큰 마을이다. 논밭으로 한참 내려가던 우리는 모아산(帽兒山: 연길시 국가산림공원) 식물원보다 더 아름다워 보이는 식물원 앞에 멈춰 섰다. 인공동산에 갖가지 꽃들이 만개하고 아래로 뻗은 늪가에는 푸른 숲이 우거지고… 엄엄한 철문에는 '출입금지'라는 팻말이 걸려 있었다.

모두 머리 좋은 촌간부들이 관광업을 발전시킬 전망을 세우고 하는 일이라고 칭찬하는데 그게 아니란다. 어떤 권리가 막강한 간부가 농민들의 땅을 사서 꾸리는 거란다. 그 맞은편에 더 엄엄한 건물이 나타나 우리 일행을 오리무중에 빠지게 했다. 연길교도소 담장을 방불케 하는 벽돌담장 위에는 철조망까지 걸쳐있어 그 안에 무슨 금은보물이 있는지 도무지 볼 수가 없었다. 담장 위로 멋진 양옥지붕이 보일까 말까 하는데 한 농민의 말이 그 담장 안에 양어장이 있다고 한다. 그것도 어떤 급이 높은 간부가 농민의 땅들을 사서 만든 거란다.

길을 에돌아 나오는데 학생이 없어 폐교된 넓은 교사가 나타났다. 어떤 사람이 샀다는데 무슨 산장을 만든다고 굴착기가 한창 우릉우릉 땅을 파헤치고 있었다. 모두 눈이 둥그레졌다. 서생티가 다분한 이 한 패의 노작가들의 눈과 머리로는 도저히 이해할 수가 없는 현실이다. 이러쿵저러쿵 의론이 분분하다. 이 땅에 살던 농민들은 어디로 갔는가? 헐값에 집과 땅을 팔고 모두 시내로, 국외로 돈벌이를 갔단다.

어떤 사람은 돈을 벌고 어떤 사람은 얼마 안 되는 돈을 다 써버리

46

고 시내에서 셋집살이 하며 품팔이를 한단다. 세상이 왜 이렇게 돌아가는지? 인민을 위한다는 공산당 간부들이 이렇게 해도 되는 건가? 푸르른 하늘도 흐르는 물도 말 없는 청산도 욕심을 안 부리고 그냥 그 모습인데 인간들은 왜 이처럼 탐욕스럽게, 요사하게, 쌀쌀하게 변해갈까? 제발 "아흔 아홉을 가진 놈이 하나를 가진 놈의 걸 빼앗는" 세월이 돌아오지 말았으면 좋겠다.

  흥이 도도해 하루를 즐겼던 우리 일행은 분노하고 걱정하던 끝에 가슴마다 근심을 가득 안고 돌아오는 차에 앉았다. 모두 한숨을 쉬면서 이래도 되는 건가? 누군가 또 큰소리로 말했다. 글을 써서 폭로할 테다! 또 누군가 또 큰 소리로 말했다. 우리 글을 그 사람들이 읽을까? 높은 양반들이 알아서 하겠지요. 명년에 다시 와보기요. 잔뜩 주눅이 들어 나는 아무 말도 못하고 구석 쪽에 고개를 숙이고 있었다. 작가의 무능을 뼈저리게 느끼고 있는 내 모습은 차마 형용할 수 없이 처참했을 것이다.

영원한 유감 '5'자와 '8'자

밤잠을 잘 자지 못하는 병은 내 인생의 불행이라고 할 수 있다. 눈은 피곤해서 뜰 수조차 없는데 머리는 점점 말똥말똥해진다. 뜰 수 없는 눈으로 글을 볼 수 없으니 자연히 머리는 오만가지 생각을 하게 된다. 중국어에 호사란상(好思亂想), 실없는 허튼 생각을 하게 되는 것이다. 그런 속에서 해탈되어 몇 시간이라도 푹 자는 유일한 방법이 수면제를 먹는 것이다. 그걸 많이 복용하면 치매도 오고 여러 가지 병이 온다는 것을 번연히 알면서도 방법이 없는 것이다.

누가 카드 패를 떼는 방법을 가르쳐줬다. 잠을 청하고 시간을 쫓는 좋은 방법이란다. 그래서 제일 수준이 낮은 '글자 맞추기'를 배웠는데 어떤 날 밤에는 이상하게 처음부터 척척 맞아 떨어진다. 그럴 때면 웬일인지 기쁘기보다는 싱겁기 짝이 없다. 또 어떤 날 밤에는 아무리 떼도 떨어지지 않을 때가 있다. 그럴 때면 공연히 신경질이 나서 툴툴거리다 보면 잠은커녕 정신이 더 도도해진다. 그래서 혼자 감상하는 드라마 몇 편씩 엮어내기도 하고.

오늘 저녁은 공연히 심사가 틀리면서 몇 번 패를 뗐지만 떨어지지 않는다. 다른 꽃은 다 떨어졌는데 매화꽃 줄에 이상하게 아래쪽에 놓일 '5'자가 '8'자 자리에 와 앉아 심술을 피운다. 두 글자가 엇서는 바람에 다 떨어진 패가 파동이 난 것이다. '5'자와 '8'자? 갑자기 무엇이 머리를 아프게 탁 치고 지나갔다. 채 아물지 않은 상처자리를 다쳐놓은 것처럼 가슴이 찡 아팠다. 언제나 느릿느릿하고 게으른 내 본성이 빚어낸 아픔이라 해야 할까?

어느 해인가 이젠 10여 년 되는 것 같다. 신분증을 낸다고 동사무소에서 호적부를 거두어갔다. 얼마 후 신분증을 타왔다. 남새(채소)를 살 때도 값이 얼마인가를 묻지 않고 달라는 대로 주는 식인 나는 신분증을 받은 즉시로 서랍에 넣고는 바쁜 출장을 갔다. 얼마 후에야 신분증을 보고 깜짝 놀랐다. 내 출생일이 나보다 세 살 위인 남편 것과 똑같이 돼버렸던 것이다. 그러니 38년생이 35년생으로 돼버린 것이다.

어느 놈이 졸면서 한 짓이구나! 책임감이란 하나도 없이 부아가 치밀었다. 당장 고쳐와야지! 그런데 기자 일을 하는 나는 바쁘기만 했다. 그 신분증을 가지고 북경도 가고 천진도 가고… 별 불편이 없으니 고치려던 일은 까맣게 잊고 말았다. 세월은 유수같이 흘러 1년이 훌쩍 지나버렸다. 어느 날 며느리가 어머니 바쁘면 자기가 가서 신분증을 고쳐주겠다고 하니 너무 고마워 제꺽 내주었다.

그런데 저녁에 며느리가 안 좋은 얼굴로 말하기를, 신분증을 발급해서 한 달인지 두 달인지 그 사이에 와서 고치라는 통지를 진작 텔레비전에 여러 번 내보냈는데 뭘 하고 이제야 왔는가 하면서 이젠 여기서는 할 수 없으니 어느 어느 곳에 가서 고치라고 하더란다. 자기네가 잘못하고서도 미안하다는 말 한마디 없이 질책만 받고 돌아온 며느리의 기분이 좋을 리 있겠는가!

참 이 일을 어쩌지? 35년생이면 어떻고 38년생이면 어떤가, 그런데 3년 이상인 오빠보다 생일이 앞섰으니 내가 누나로 되고 형이 동생으로 돼버린 것이다. 이미 저세상으로 간 오빠가 찾아와 왜 자기 자리를 빼앗았는가 하고 걸고 들리는 없겠지만 미안하고 미적지근했다. 하긴 남편 일도 그렇다. 나보다 서너 살 더 먹은 성숙된 사람을 고르는 것이 젊었을 때의 한 가지 조건이었는데, 그렇게 만난 남편인데 이제 와서 동갑이 된 일도 맹랑하다. 문뜩 우스운 일이 한 가지 떠오른다. 중학교 때 나보다 반년 늦게 태어난 남자애가 나에게 연애편지를 보내왔었다. 내가 "난 널 동생으로 생각한다야"하고 단 마디 명창으로 회답쪽지를 쥐어주었더니, 성이 나서 풀풀거리던 모습이 떠올라 피식 웃었다.

세상에 이런 괘씸한 일이, 재수 없는 일이 왜 나한테 걸렸을까? 게으른 나는 또 그까짓 걸, 38년이면 어떻고 35년이면 어떠냐? 어디 시간이 있어 여기저기 찾아다닌단 말인가? 인제 살면 몇 년 살 건데? 금방 죽을 것 같아 놔둔 그 신분증이 여간 시끄럽지 않다. 퇴직증과 의료증 같은 데는 모두 38년이고 비자에는 35년이고… 비행기에 오를 때마다 정신을 도사리고 출생일을 35년으로 적어야 한다. 그럴 때마다 내 게으름에 짜증나고 졸면서 남의 일생을 망친 그 사무원이 괘씸하고 또 괘씸하고 또 괘씸하고… 그런데 일은 더 억울하게 되었다.

어느 날 동사무소에서 신분증과 호적부를 거둔 일이 있었다. 후에 알고 보니 신분증에 의해 호적부의 내 출생일까지 고쳐버렸던 것이다. 이제 어디에 가서 해본단 말인가! 그 억울하고 통분한 기분도 얼마 안 가서 사라지고 또 그까짓 걸로 돼버렸다. 이젠 70고개인데 이제 살면 얼마 살겠는데 연길시를 여기저기 수없이 헤매고 다닐 일이 아득했다. 혈압이 올라가기 전에 그대로 놔두자! 35년이면 어떻고 38년이면 어떻고 남편이고 오빠고 내가 형 노릇하면 되는 거지!

몇 달 전에 상해에 있는 딸애가 우리 비행기 표를 상해에서 끊어 보내겠다고 했다. 신분증번호를 적겠단다. 아뿔싸! 35년생이 된 사정 설명을 구구히 안 했더니 그 애가 내 나이를 제대로 적어서 끊었다는 것이다. 큰일 났다 했는데 이렇게 저렇게 무사히 가긴 했지만, 그 '5'자와 '8'자가 여간 나를 힘들게 만들지 않는다. 잠을 청하려고 패를 뗀 노릇이 그놈의 '5'자와 '8'자 때문에 심정이 비틀어져 잠이란 놈은 진작 서산너머로 달아나버렸다. 그러니 살다 보면 이렇게 글자 하나를 잘못 썼거나 말 한마디를 잘못하여 남에게 일생동안 지울 수 없는 상처를 줄 수 있다는 것, 일을 제때에 맺고 끊듯이 처리하지 않고 질질 끌면 만회할 수 없는 유감을 빚어낼 수 있다는 것… 이러한 교훈을 알면서도 그까짓 것 하는 성질 때문에 내 신분증, 호적부는 내 나이를 지금까지도 35년생이라고 증명하고 있다. 내 인생은 내 육체보다 언제나 3년을 앞당겨 내달리고 있다.

내 인생의 영원한 유감 – '5'자와 '8'자!

선배 '단풍잎'들이 비운 자리

세월의 물결을 따라 하나 둘, 많은 사람들이 떠나가는 삶의 현장, 오래 살다가 간 사람이든 단명하여 총총하게 떠나간 사람이든 살다 간 흔적은 남기기 마련이다. 특히 지기들의 삶의 흔적은 세월의 흐름에도 씻기지 않아서 그런지 가끔씩 고인이 된 지인들을 추억의 언덕에 모셔놓고 이왕지사를 함께 나누고 싶어지는 내 마음이다.

'연변 단풍 수필회' 창설 15돌을 맞으면서 초창기의 선배님들이 각별히 그리워지는 것은 그저 인정사정 때문만은 아닌 듯싶다. 십몇 년 전에 이름도 혁혁히던 노작가들의 발기 하에 단풍 수필회가 세워졌다. 그렇게 태어난 문인들의 협회가 어느덧 15여 성상 굽이도 많은 먼 길을 걸으며 각자 나름대로의 인생의 흔적을 역연히 남겨놓았다.

자초에 한 선배님이 전화로 수필회에 참가하라고 나에게 권고하였다. 나는 아무 고려도 없이 참가하겠다고 흔쾌히 대답하였다. 그 주요한 원인이라면 단풍 수필회에 원로 선배작가님들이 운집하여 있기에 내가 배울 점들이 많다는 것이었다. 내가 존경해온 최정연 선생님, 오태호 선생님, 권철 선생님, 현룡순 선생님, 한원국 선생님….

단풍 수필회가 묶여져서 해마다 어렵사리『단풍잎』이라는 회원작품집 한 권을 펴낸다. 편집자들이 연령별로 작품들을 배열하는 게 관례로 되었는데 나는 선배님들의 글부터 읽길 좋아하였다. 읽을수록 감동을 받고 계시를 받았으며, 인간이 살아가는 도리와 인생이란 바로 파란곡절과 다 풀 길 없는 유감임을 알게 되고, 내가 모르던 세상일도 새록새록 알게 되어 만년의 내 삶을 의미롭게 풍미해준다.

파란만장한 인생을 살아온 최정연 선생님의 글을 읽을 때면 가슴이 쓰리고 눈물이 저절로 흘러나왔다. 오태호 선생님의 글은 편마다 논리가 째어지고 시비가 밝고 사유가 명철해서 읽으면서 많은 감동을 받았다. 현룡순 선생님의 글은 선생님의 성격처럼 조용하고 잔잔하고 진실하며 언어표현이 너무 구수해서 참으로 읽을 맛이 있었다….

이런 훌륭한 선배님들이 있어 참 좋았다. 선배님들과 함께하던 그 시절이 그립다. 선배님들이 앞에 턱하니 계시기에 아무 말을 해도 무섭지 않았고 글을 어설프게 써도 별로 걱정되지 않았다. 그분들이 선배답게 넉넉히 이해해주며 조언을 주면서 내가 나아갈 길에 등불을 높이 걸어주기 때문이다.

그러던 선배님들이 세월 따라, 인생길 따라 한 분 한 분 속절없이 떠나가셨다. 가까이 계실 때는 잘 몰랐는데 선배님들이 비워놓은 자리가 날이 갈수록 더 커져서 서글프고 허전하다. 화장터에 갔다 올 때마다 마음이 쓰리고, 쓰린 마음처럼 걸음이 무거웠다.

오래 전에 들었던 말이 지금도 잊히지 않고 가끔 떠오른다. 남방에 어떤 식당에서는 산 원숭이들의 뇌수를 빼먹는 관습이 있다고 한다. 듣기만 해도 소름이 쭉 끼치는 일이다. 인간은 왜 그처럼 지독할까? 영민한 원숭이들은 주인에게 끌려 나가면 죽는 줄 알고 주인이 붙잡으러 오면 늙은 원숭이들을 등 떠밀어 내보낸다고 한다. 죽고 싶지 않은데 죽어야 하는 생명, 죽음에 대한 공포, 죽지 않고 오래 살려는 욕심…. 이 모든 심리는 동물이나 사람이나 마찬가지 본능인 것 같다.

우리 수필회는 몇 년에 한 번씩 '주소록'을 다시 찍어 나누어준다. 떠나간 이들이 있고 새로 입회한 '젊은이'들이 있어서 주소록 변동이 크기 때문이다. 글에는 허구를 쓰지만 주소록은 한 자도 틀림없이 진실해야 한다. 어느 해, 어느 달에 이 세상에 나왔고 어디서 사업하다 퇴직했는가, 그리고 집 전화번호, 핸드폰 번호를 적는다. 남의 '자리'를 빼앗아서는 안 되기 때문이다. 생년월일에 따라 주소록 순서가 배열된다.

금년에 수필회 비서장이 새로 찍은 회원 주소록을 나누어주었다. 그걸 받아 쥐고 처음부터 한 줄 한 줄 내려 보다가 깜짝 놀랐다. 여러 선배님들이 떠나가 버려 비워지고 지워져 원래는 내 이름이 첫 페이지 마지막쯤에 가서 있었는데 지금은 40년대, 50년대 후배들에게 떠받들리어 앞으로 네댓 번째로 껑충 뛰어올랐다.

내가 언제 이렇게? 주소록을 보면서 저도 모르게 한숨을 쉬었다. 인간의 한계를, 내 인생의 한계를 가슴 아프게 느끼게 되었다. 할 수 없는 일이다. 무슨 힘으로도 어쩔 수 없는 자연의 법칙이다. 새로 입회한 50년대 '젊은' 작가들의 주소록을 보면서 부러운 생각이 들었다. 나에게도 정력이 푸들거리고 패기로 넘치던 시절이 있었던가?

단풍 수필회는 자리가 비기도 하고 차기도 하면서 어김없이 한 달에 한 번씩 모여서는 '동서남북'의 국내외 정사를 논하고 살아가는 이야기도 하고 맘속의 고민도 나누면서 한 때를 즐긴다. 그래서 모두 즐거운 만남을 기다리는 심정들이다.

단풍 수필회는 가끔 모여서 식도락을 누리며 잡담만 하는 것이 아니라 한 해에 한 책씩 펴내는 회원작품집을 놓고 의논하기도 한다. 나로 말하면 한평생 전업으로 붓대 잡고 살아 왔는데 글이 잘 안돼서 스스로 고민을 많이 한다. 사람은 늙어도 자존심은 늙지 않는 법인가, 신로심불로(身老心不老)라 마음은 퍼런데 머리회전이 느리고 필이 무디어 뜻대로 안 된다. 사람은 늙어도 사상 정감의 결실인 글은 부디 늙지 말아야겠는데… 하지만 세상에 마음대로 안 되는 일이 글짓기인 것 같다. 그래도 놓아버릴 수 없는 것이 내 삶의 지탱점인 붓대요, 그 붓으로 한평생 일심불란으로 갈아온 글밭이다.

어떤 분들은 중병으로 손이 떨려 도저히 글을 쓸 수 없는 형편인데도 쓰고 싶어서 한 손으로 팔을 붙잡고 한 자 한 자 써내려간다. 그렇게 모아진 글들이 우리 『단풍잎』을 알차게 채워간다. 우리 '단풍잎'들이 쓴 글들은 인생에 대한 애틋한 사랑을 담은 노래이고 흘러간 세월의 기록이며 인생길에 남기고 가는 흔적이기도 하다.

산과 들에 만개한 단풍잎들은 가을이 가고 겨울이 오면 미련 없이 땅에 떨어진다. 이제 봄이 오고 여름이 오고 가을이 되면 또다시 천산만산에 오색찬란한 단풍을 피울 수 있기 때문이다. 자연의 순환인 것이다. 하지만 인생의 '단풍잎'들은 한 번 떨어지면 그만이다. 다시 피어나지 못한다. 그래서 아쉽고 더없이 귀중하다.

오늘 주소록을 보면서 이미 떨어진, 지워진 '단풍잎'들이 눈물 나게 그리워진다. 그들이 비운 자리가 너무 크고 소중했음을 새삼스레 느껴지기 때문이다. 20년대 '단풍잎'들이 비운 자리에 '영광'스럽게

'승급'한 우리 30년대 '단풍잎'들은 자연히 어깨가 무거워진다. 선배 작가님들이 우리를 아끼고 사랑해주고 리드해주던 것처럼 우리도 후배작가들을 아끼고 사랑하고 이끌어주면서 선배들처럼 꾸준히 글을 쓰고 후배들의 새로운 시각을 따라 배우면서 존엄 있게 살다가 기꺼이 '자리'를 넘겨야겠다.

인생은 가면 다시 오지 못하지만 우리의 '단풍잎'은 한 세대 한 세대 넘겨주고 이어받으면서 영원히 더 아름답게 피어났으면 하는 마음이어서 더욱 절절한 마음이다. 여기까지 쓰고 나니 저도 모르게 진자앙(陳子昂)의 '등유주대가'(登幽州臺歌)가 외워진다. 유유창천(悠悠蒼天)을 바라보며 앞서간 훌륭한 선배들의 명복을 기리는 마음이리라.

앞에는 옛 사람 보이지 않고
뒤에는 따를 이 보이지 않네
무궁한 천지를 생각해 보니
나 홀로 슬퍼져 눈물 흘리네.
前不見古人, 後不見來者,
念天地之悠悠, 獨愴然而涕下.

재수 없었던 어느 날

지난해 어느 날, 비어있는 훈춘(琿春) 아들집으로 휴양하러 갔다. 고향 훈춘의 밤거리는 참으로 아름다웠다. 큰 거리 양편에 세워진 전선대들에 줄줄이 달아놓은 '연등'들이 오색찬란한 불빛을 발사하며 춤추는 광경이 마치 채색 용들이 공중에서 춤을 추는 것 같았다. 집 앞에 있는 크지 않은 아담한 숲 공원에는 갖가지 풀과 꽃나무, 소나무들이 가득 심어져 산보하러 나가면 어찌나 공기가 맑은지 가슴이 활짝 열리는 것 같았다. 고층 아파트지만 엘리베이터를 타고 오르내리니 높다는 느낌이 없고 늙은이들에게는 편리했다.

그러던 어느 날, 아침에 옛 친구가 놀러오겠다고 전화가 왔다. 급급히 냉동실에 얼려둔 고기랑 꺼내어 물에 담가 두고 쌀을 씻어 전기밥솥에 안치며 서둘렀다. 새 밥솥이라 주인이 바뀌었다고 그러는지 스위치를 넣고 눌렀는데 빽빽 하는 소리만 나오고 작동하지 않았다. 어제도 문제없었는데 재수가 없었다. 우선 밥을 지어놓아야 손님대접을 하겠는데, 진땀을 흘리다 연길에 있는 며느리에게까지 전화를 걸어 알려준 대로 눌러봐도 안 되었다.

남편이 복도에 나갔다 오더니 큰일 났단다. 엘리베이터가 고장 나서 잠시 수리한다는 통지를 붙여놓았다는 것이다.

이런 변이 어딨나! 손님이 당장 오겠는데 어떻게 14층으로 걸어 올라온담? 그래서 그 손님에게 엘리베이터가 수리된 다음에 연락드리겠다고 전화를 거니 전화가 통하지 않았다. 이상하다? 정말 귀신이 곡할 노릇이다. 전화 연결도 할 수 없고 14층에서 내려갈 수도 없고 밥솥까지 말을 듣지 않으니 그야말로 설상가상이었다. 설상가상이란 단어를 이처럼 처참하게 느껴보긴 처음이다. 현대화가 나에게 이 같은 재난을 주다니!

한 시간 동안 안절부절못하는 사이가 1년처럼 사람의 속을 태워주었다. 어쩔 바를 모르고 집 안에서 맴돌았다. 평소에 별로 귀중함을 못 느꼈던 전화와 전기가 우리 생활에 얼마나 큰 편리를 주었는가를 절감하였다. 있을 때는 몰랐는데 고장 났을 때에야 그 소중한 가치를 깨닫는 인간, 스스로도 야속했다.

한 시간이 다 지나서 엘리베이터가 수리됐다고 알려왔다. 숨이 확 나왔다. "고장"났던 집 전화기에서 노래 소리가 흘러나왔다. 전화선이 수리되었는데 통화가 정상인가 물어왔다. 화는 쌍으로 온다더니 복도 쌍으로 오는 법인가?

시험 삼아 밥솥에 전기를 다시 꽂고 차분한 마음으로 밥솥 뚜껑을 힘을 주어 닫고 '취사'를 꾹 눌렀더니 세상에 귀신이 곡할 노릇이다. 밥솥도 정상으로 돌아갔다. 한두 시간 안달복달한 것이 아마 몇 년은 더 늙어버린 같았다. 오만근심이 순식간에 달아나버렸다. 어쩌면 이럴 수가? 동시에 고장 나고 동시에 풀리다니! 아무리 생각해도 이상하고 이상했다. 이래서 인생을 새옹지마라고 하는 것일까?

흘러간 인생도 곰곰이 생각해보면 화가 쌍으로 덮쳐들다가도 참고 견디고 또 남들의 도움도 받고 자기도 노력을 하고 지혜를 발휘하면 행운의 길이 열릴 때가 있더라. 오늘도 수리공들이 제때에 땀을 흘리지 않았더라면 엘리베이터도, 전화도 안 통했을 것이다. 그러면 얼마나 큰 심리고통을 받고 안달을 떨었겠는가!

전기밥솥 문제는 자세히 글자를 보고 찬찬히 다루어야 하는데 급급히 여기저기 눌러 안 되니 안달이나 틀린 동작을 거듭하는 바람에 실패를 했던 것이다. 두 시간의 고통을 겪고 나서 사람은 불행을 당했을 때, 곤란에 직면했을 때일수록 침착해야 하고 참아야 하며 세심히 방법을 연구해야겠다는 도리를 깨달았다. 친구 접대는 순조롭게 끝났지만 참으로 잊을 수 없는 무서운 하루였다.

까치와 매의 싸움

우리 수필회 일행은 올 여름철에 들어서서 두 번째로 농촌유람을 떠났다. 뜻깊은 활동이다. 대부분 노작가들이 산골마을 출신이라 시내에 몸을 담고 있지만 마음 한구석엔 내내 고향 – 농촌마을이 깊숙이 자리 잡고 있다.

농촌으로 간다고 하니 중병탁에 지팡이 신세로 겨우 움직이는 노작가 최일균 선생은 제일 먼저 버스정거장에 와서 앉아계셨다. 얼마나 마음이 간절했으면 안해(아내)의 도움으로 저렇게 일찍 와계실까.

이번에 간 곳은 '어곡전'(御穀田:황제가 먹는 쌀을 생산하는 논)으로 유명해진 개산툰진(開山屯鎭) 광조마을인데 집들이 모두 푸른 지붕에 붉은 띠를 두르고 나지막한 담장에다도 기와를 얹어놓아 정말 아름다운 새마을이었다. 농한기라 밭에도 논에도 사람이 보이지 않았다. 두 뼘 정도 자란 푸른 벼들이 바람에 한들한들 춤을 추고 있었다. 파란 하늘, 따뜻한 바람, 조용한 논벌…, 그야말로 살기 좋은 시골마을이다.

어곡전은 듣던 소문보다 엄청나게 작아서 실망이 갔다. 만주국 황제가 먹었다는 입쌀 고향이고 보면 대단히 큰 줄 알았는데, 학교 운동장만 한 논밭만이 어곡전이란다. 옆에 이어진 널따란 논밭들은 아니란다. 딱 그 운동장만한 논밭만이 어곡전인데 여느 땅과 달라서 거기서 자란 벼는 특수하단다. 쌀맛이 별미란다. 지금은 고가로 모두 수출되다 보니 시장에서 팔리는 '어곡전 입쌀'은 대부분 가짜란다. 점심에 황제가 먹었다는 그 귀중한 쌀로 지은 밥을 먹었는데 모두 맛이 별미라고 칭찬하였다. 하지만 내 입은 맛을 잘 몰라 그런지 훈춘 - 내 고향 입쌀밥이나 별다름이 없었다.

한 가지만은 내내 잊을 수 없다. 마을 앞 어곡전을 지키는 초병 같은 늙은 백양나무 한 그루가 나의 호기심을 끌었다. 얼마나 늙었는지 뚱뚱한 몸뚱이에 입은 '옷' - 피부는 터들 터들 갈라져 곁에 가 손으로 살살 만졌는데도 뭉텅뭉텅 떨어져 내렸다. 어쩌면 고기비늘 같기도 했다. 허리통은 시꺼멓게 죽은 것 같은데 신기하게도 그 시꺼먼 허리통으로 푸른 줄기가 하늘 높이 쫙 뻗어있었다. 동네에서 사는 한 농민이 말하는데 이 나무가 130살이 넘는다고 한다. 이곳에 처음 이민해온 농민의 말이, 자기가 이 마을로 왔을 때 이미 이 나무가 있었다는 것이다.

더구나 신기한 것은 해마다 따뜻한 봄이 오면 까치가 어김없이 찾아와서 집을 짓고 새끼를 낳아 키운다는 것이다. 그런데 금년에는 난데없는 매 한 마리가 날아와 까치와 '집터' 싸움을 크게 벌였다는 것이다. 꼬박 보름이나 죽기내기로 싸웠는데, 나중에 끝내는 힘이 약한 까치가 신기하게 이겼다는 것이다. 그러니 까치가 생명으로 자기 둥지를 지켜냈다는 것이다. 마을사람들은 한결같이 까치편이였지만, 높은 나뭇가지 사이를 날아다니며 싸우는 판에 어쩔 바를 모르고 손에 땀을 쥐고 구경했다는 것이다. 까치가 보금자리를 지키려고 자기보다 힘이 센 매와 보름 동안이나 결사적으로 싸워 끝내 지켜냈다니! 그 싸움에서 까치도 만신창이 되고 기진맥진하였지만. 어떤 사람들은 둥지를 지키는 까치의 용감한 행동과 정신에 감동하여 눈물까지 흘렸다고 한다.

사람은 동물보다 더 총명하다고 자부하지만 더 잘 살기 위한 욕심에서 고향을 버리고 외국으로, 타향으로 가서 10년이고 20년이고 돌아오지 않는다. 진작 고향을 버린 사람들도 가득하다. 그런데 미물이라도 까치는 해마다 바람이 불던 비가 오던 어김없이 제 고향을 찾아오고 제 둥지를 살리기 위해 생명을 내걸고 싸우다니 정말 경이롭다. 까치야! 까치야! 너야말로 어곡전을 지키는, 고향을 지키는 고마운 천사구나.

너무 감동되었던지 밤에 꿈을 꾸었다.

늙은 백양나무 위에서 까치와 매가 싸우고 있었다. 매의 부리에 찢기고 발톱에 긁혀 까치의 몸에서는 피가 줄줄 흘러내린다. 동네사람들이 손뼉을 치며 까치! 까치! 까치야 이겨라! 하며 응원을 한다. 한 할아버지가 몽둥이를 들고 와 매를 쫓으려 해도 안 된다. 아름드리나무 위에 무성한 잎 사이로 둘이 이리 날고 저리 날고 하는 판에 속수무책이다. 나도 나뭇가지를 들고 소리쳤다. 까치야 힘내라! 이겨라! 그렇게 소리치다가 깨어났다.

까치가 자꾸 눈앞에 떠올랐다. 까치가 노래하면 기쁜 일이 생긴다고 사람들의 귀여움을 받는 동물로만 알았던 까치에게 그런 무서운 정신과 힘, 인내력을 가지고 있을 줄은 정말 생각 못 했다. 사람은

62

아무리 어째도 까치보다 못한가 보다! 보금자리를 목숨으로 지키려는 까치 앞에서는 힘이 센 매란 놈도 결국 어쩌지 못하고 돌아갔다니. 신념의 힘이란 얼마나 무서운가!

어곡전을 떠나면서 고향을 굳게 지키고 있는 이 마을 농민들과 유서 깊은 백양나무에 절하고 싶었다. 귀여운 까치에게도 박수를 보내고 싶었다. 그리고 이 마을을 빛내려고 민속원을 꾸리고 도서관까지 꾸리는 오정묵 선생이 그지없이 돋보였다.

아름다운 어곡전이여, 130살 백양나무와 까치와 더불어 장수하라!

사람은 정 하나로 산다

기나긴 세월에 나는 정말 많은 사람들을 만나고 헤어지고 하였다. 대학까지 다니면서 인연을 맺었던 스승, 동창, 선배, 후배, 30년 기자생활에서 찾아가 만났거나 찾아와 만난 수 없이 많은 여러 계층 사람들, 나뭇잎처럼 많은 형제 조카 친척들….

하지만 많은 사람들은 이름은 생각나는데 얼굴이 안 떠오르거나 얼굴은 생각나는데 이름이 도무지 생각나지 않을 때가 있다. 두루 돌이켜보면 내 잘못이 더 많은 같다. 바쁘다고, 시간이 없다고, 몸이 안 좋다고 차일피일 미루다 보면 마주 앉아 다정히 차를 마시며 속마음을 나눌 기회를 잃어버리곤 하였다. 그래서 가깝던 사람이 멀어지고 가까워질 수 있었던 사람을 잃어버린 경우가 많다. 참으로 아쉽다…. 지난 날 이런저런 도움을 많이 받아 마음속으론 잊지 않는다고 했는데 실제는 갚지 못해 늘 빚지고 사는 마음이다. 어떤 이는 나의 유감을 안고 이미 고인이 되고 말았다.

가끔 전혀 인연이 없는 사람들이 전화를 걸어오거나 찾아와 통성

명하고 책을 빌리거나 내 쓴 글들을 읽고 많이 감동되었다는 이야기를 할 때면, 비록 모르는 사이지만 가까운 친척이거나 친구를 만났을 때처럼 반갑고 커피를 마실 때처럼 기분이 좋아진다. 그래서 가깝지 않던 사람이 가까워지기도 한다. 글 쓰는 사람치고 자기 글을 열심히 읽는 독자가 있다는 것부터가 얼마나 즐거운 일이고 얼마나 대견한 일인가! 자기 생각엔 최선을 다해 쓰고 감각이 괜찮아서 어느 잡지나 신문에 발표했는데, 또 책으로 묶어 출판했는데 한 사람도 좋다는 반응이 없으면 그것보다 더 쓸쓸하고 슬프고 부끄러운 일이 없다. 무재무능한 자신을 원망하고 한탄하고 그래서 때로는 실망도 하고.

글이란 다른 업종과 다르다. 기술공들을 보면 자기 직업을 오래 할수록 능숙해져서 한석봉 어머니처럼 캄캄한 밤에도 똑같은 모양으로 떡을 썰 수가 있다. 하지만 글 쓰는 일이란 많이 쓴 작가라 해서, 오랜 경력을 가진 작가라 해서 글이 척척 나오는 것이 아니다. 한 편의 새 글을 쓸 때마다 사막의 오아시스를 발견하는 것만큼이나 힘 드는 일이다. 세상이 놀랜 명작을 쓴 작가라 해서 그의 모든 글이 죄다 사람들의 환영을 받는 것이 아니다. 명작가라 해서 붓을 들면 글이 척척 나오는 것도 아니다.

그러니 작가는 천부적 재능이 있어야 하고 끈질긴 노력도 있어야 하고, 풍부한 지식과 넓은 견식과 경력도 있어야 하며 부단히 탐색하여야 새 맛 나는 글을 계속 써낼 수가 있다는 말이다. 천부는 있는데 노력이 없어 성공 못 하는 사람이 있는가 하면, 노력은 남보다 곱절 하는데 작가적 사유나 상상력이 부족하여(나를 포함하여) 성공 못 하는 사람이 있고, 끝없는 의지력으로 계속 지식을 쌓지 않아 '답보'상태에 머무르는 작가도 있다. 그러니 글을 쓰는 대오에 참가했다가도 다수는 중도퇴장하게 되는 것이 상례이다. 글이 남 보기에는 그닥잖아도 실은 작가의 피땀의 열매인 것이다.

모 여사는 나한테 여러 번 전화를 걸어오면서도 자기는 직위도 없고 글도 못 쓰는 보통 백성이고 주부라고 말하면서 자기 이름과 전화번호를 알려주려 하지 않는다. 그녀는 나를 '위대한 작가'로 착각하고 있었다. 그녀는 매번 나를 자기가 가장 숭배하는 남영전 시인이나 유연산 작가와 더불어 칭찬을 한참씩 하는 것이었다. 그녀의 이유라면 내가 우리 조선족 과학자들을 글로 써내어 만방에 알린 것이 공로이고, 유연산 씨는 수만 리를 답사하면서 우리 민족의 명인들과 유적지들을 글로 써내어 후세에 알린 것이 큰 공로이며, 남영전 시인은 토템시라는 것을, 그것도 한문으로 써서 한족작가들과 어깨를 겨루고 있다는 것이다. 나는 그녀의 과찬에 마음이 불안해서 여러모로 해석해주었지만 막무가내였다. 그러던 그 모 여사가 갑자기 어느 날 나와 같이 식사하고 싶은데 시간을 낼 수 있겠느냐고 하는 것이었다. 너무 미안해서 쓰던 글을 놓고 만나기로 하였다.

식당에서 처음 만난 모 여사는 내가 상상했던, 그녀가 강조했던 그런 '주부'나 '백성'이 아니라 빨간 모자에 멋진 코트를 입은 싱싱하고 깔끔한 여성이었다. 나보다 한두 살 아래라 하니깐 역시 할머니였다. 어렵게 고달픈 가정에서 눈물 흘리며 자라고 공부한 그녀는 소설은 질색이고 실화와 수기, 평론을 애독하였다. 내 책 『빛나는 탐구의 길』을 읽고 평론을 쓴 임범송 교수에게까지 전화를 걸어 감사를 드렸다는 이야기를 듣고 진심으로 감동되었다. 자기 글도 아닌 남의 글을 평해준 사람에게 친히 전화를 걸어서 감사를 드리다니, 지금 이 세월에 정말 찾아보기 어려운 사람이다. 그가 자기 민족을 사랑하지 않는다면 절대로 할 수 없는 일이다.

좋은 글을 지어내어 독자들에게 감동을 주는 일은 쉽지 않지만 작가들은 그걸 바라고 빈곤에 쫓기면서도 한평생 글을 쓰는 것이다. 나는 지금 적잖은 글을 써내었지만 멋진 글을 써내지 못해 실망하고 안달을 떨고 하는데….

오늘 모 여사는 나에게 돈으로는 바꿀 수 없는 그 어떤 힘과 위안과 희망을 주었고 붓을 쥔 나에게 부과된 작가의 사명감을 새삼스레 느끼게 하였다. 과학자들을 쓴 실화집『한 세대의 별』을 서점에 가서 29권이나 사서 온 친척 친구, 자손들에게 나누어주었다는 그녀의 말을 듣고 나는 너무 고맙고 놀라 멍청히 그녀를 쳐다보기만 하였다.

그녀가 드문드문 걸어오는 전화는 늘 나를 놀라게 하고 감사한 마음에 잠 못 이루게 한다. 하루에 반 시간씩, 한 시간씩 웃으면 면역력을 키우고 생명을 더 연장할 수 있다느니, 매일 시내로 한 번씩 걸어 다니면 몸도 가벼워지고 관절염도 나아진다든지… 그녀는 진심으로 내가 건강히 오래 살면서 글을 많이 쓸 것을 바랐다. 더욱 나를 깜짝 놀라게 한 것은 하얀 면포 조각을 손으로 기워서 만든 크고 작은 주머니 여러 개를 갖다 주면서 비닐주머니는 사람에게 안 좋으니 남새(채소)나 냉동식품들을 그 주머니들에 넣으라는 것이었다. 하지만 미안하고 미안한 것은 그 많고 많은 음식물을 어떻게 다 면주머니에 넣을 수 있겠는가, 하물며 비닐봉지 시대에 사는 우리들임에랴, 그래서 그 주머니들은 내가 귀중한 물건들을 넣어두는 바구니에 잘 보관되고 있다. 모 여사는 나에게 글을 쓰는데 정신적 에너지를 보충해줄 뿐만 아니라 사람이 살아가는 동안 어떻게 베풀며 살며 우정이나 인연을 어떻게 부단히, 소중히 키울 것인가 하는 귀중한 인생도리도 가르쳐 주었다. 사람은 자기가 사귄 벗이나 친구를 숫자로 셀 것이 아니라 진심어린 정으로 믿어주고 이해하고 용서하면서 살아야 하고, 그런 벗을 다만 몇 사람이라도 가졌다면 행복한 사람이라고 생각한다. 나는 항상 나보다 더 행복한 사람들을 부러워했는데 오늘 문득 내가 참으로 행복하다고, 자족해야 한다고 생각하게 되었다. 오고가는 정이 있기에. 그녀처럼 겹쳐있는 물건은 쌓아두지 말고 없는 사람과 나누고, 앓는 친구나 가난에 허덕이는 사람은 찾아가 도움을 주고, 입고 먹는 욕심은 끝이 없으니 늘 자제하고 스쳐 지나는 거지도 업신여겨 보지 말며, 사귀었던 친구에게 유감스러운 일이 있어도 참고 사랑하고 깨우치며 정을 키우고… 그래야 하겠다. 고마운 여성이여! 내 친구여!

그런 의미에서 사람은 정 하나로 산다고 말할까!

하늘 아래 첫 동네
─이도백하(二道白河)에서

해마다 백두산으로 찾아가는 이유는 간단하다. 몇 십 년을 살아온 도시지만 가끔씩 싫어지고 짜증나고 미워질 때가 있다. 창문으로 반갑게 바라보이던 나무숲을 막아버리는 아파트공사가 벌어져 진종일 차 소리, 기계 소리에 귀가 멍해진다. 전화벨이 아침부터 울리는데 별로 기쁜 소식은 없고 그저 누구 입원했다, 출국한다, 수술했다, 회갑 쇤다… 이다. 다 돈 때문이다. 돈 때문에 전하는 소식은 아니지만 나는 그것을 주어야 한다는 긴박감, 의무감, 책임감으로 머리를 써야 한다.

산보를 다니던, 그렇게 좋던 언덕길이 눈 깜짝할 사이에 고속도로로 변해버려 강가로 나가자 해도 바람같이 달리는 차들 때문에 신경을 잔뜩 도사려야 하니. 떠나자, 산으로 가자, 백두산으로 가자, 천당 같은 곳으로, 아들며느리가 그곳에 직장을 옮기지 않았더라면 어떻게 해마다 이런 낙을 누리겠는가! 떠난다고 보따리를 챙기니 웃음이 나오고 노래가 나온다.

백하마을은 무성한 미인송 숲속에 금박처럼 박힌 아름다운 곳이다. 어디나 나무고 풀이고 꽃이고, 집 문을 나서면 마을 복판을 가로질러 흐르는 이도백하의 물소리가 노래처럼 들린다. 강가에는 나무숲이 우거지고 이름 모를 새들이 춤추며 우짖는다. 자연과 더불어 사는 기쁨보다 더 큰 향수가 또 어디 있으랴!

밤이면 자리에 누워 창밖을 내다보노라면 수많은 별들이 오손도손 속삭이는 모습이 나를 고향으로 끌고 간다. 하늘로 간 할아버지, 할머니, 어머니, 아버지, 그들은 지금 모두 하나 하나의 별이 되어 나와 이야기를 나눈다, 그 옛날 옛적의 이야기를, 나도 언젠가는 하나의 별이 되어 이 땅을 내려다보면서 나의 자손들과 밤마다 이야기를 나누리라.

시계도 때가 되면 충전을 해야 하듯, 사람도 마찬가지이다. 기진맥진하면 '기'를 보충해야 한다. 백두산이 그것을 준다. 백두산의 산소는 샘물처럼 써도 써도 축나지 않고 누구에게나 공평하다. 그래서 찾아간다 백두산 성산으로.

벌써 3년째나 해마다 이 맘 때면 산 좋고 물 맑은 하늘 아래 첫 동네라고 일컫는 이도백하에 와서 휴양하게 되니 얼마나 큰 행운인가! 일생동안 한 번도 못 와 보고 죽는 사람도 가득한데, 날마다 장엄한 백두산을 쳐다보면서 우리 민족이 성산으로 모시는 그 이미지를 가슴으로 피부로 느껴보는 그 감각 또한 감개무량하다.

오늘은 파란 잔디밭으로 이어진 백하를 따라 걷다가 문득 높다란 언덕 위에 빨간 기와집들이 쳐다보이기에 호기심이 동해 숨을 헐떡이며 돌층계를 따라 올라갔다.

아, 진짜 딴 세상이다. 옛날 우리 세대 사람들이 늘 말하는 지주

집이나 자본가 집들을 방불케 하는 높다란 돌담벽, 어마어마한 철대문, 그 속에서 숨바꼭질 하는듯한 붉은 기와지붕 그런 집들이 큰길과 골목길 양쪽에 수없이 이어져있었다. 여태 와보지 못했던 신비로운 고장이다. 걷다가 반쯤 열려진 어느 집 대문 틈으로 들여다보니 아 참, 큰직한 정원에는 꽃들이 만발하고 새파란 남새들이 가득 자라고 있었다. 인적을 알아차린 황둥개 한 마리가 뛰쳐나오며 컹컹 짖어댔다. 아, 이런 신비한 곳도 있었구나!

유럽 사람들은 담벽은커녕 대문 하나 달지 않고 알뜰히 꾸린 자기네 정원과 멋진 자가용들을 만방에 자랑하며 살아가는데, 어찌하여 중국 사람들은 옛적부터 높은 담벽을 쌓아올리고 살아가는 것일까? 자기 집을 외계에 감추고 자기와 관계없는 남의 집 일에는 참견하지 않고 살자는 것일까? 감춰야 할 재물을 깊숙이 감추고 또 도적의 침입도 방지하고….

옛날에는 "낮 말은 새가 듣고 밤 말은 쥐가 듣는다."고 했지만, 근자에는 대낮에도 쥐란 놈들이 아무리 깊은 집안이라도 들락날락 판을 치는 형편인데, 제아무리 담을 높이 쌓고 두텁게 쌓는다 한들 건물을 어찌 감출 수 있으랴! 담벽이 높고 대문이 으리으리할수록 그것은 외려 "여기에 은 300냥이 있다.(중국속담)"는 홍보가 될 것이다.

걸음을 멈추고 서서 높다란 담벽을 쳐다보면서 나는 명상에 잠겼다. 성이 나면 주먹부터 휘둘러 돈이 있으면 흥청망청 써버리기 좋아하는 우리 민족보다 한족은 정반대로 앞뒤를 재며 참을 인(忍)자 셋을 가슴에 묻고 사는, 아무리 돈이 있어도 내색을 하지 않고 죽을 때까지 돈을 놓지 않는 민족이다. 그 어떤 인내와 인고도 이겨내는, 어디 가나 나무를 심어 가지를 채우며 불어나는 민족, 그래서 이 민족이 무섭고. 부럽다!

　오늘은 추석이다.

　백두산 아래 첫 동네 - 이도백하 거리마다 월병 천지다. 중국 사
람들은 추석날 월병을 먹는 것이 전통인데, 지금은 교자(물만두)를
만들어 먹고 월병은 습관적으로 사서 선물로 주거나 간식으로 먹는
것이 상례이다. 습관이란 고정불변한 것이 아니라 세월과 더불어 변
하고 희미해지기 마련인데 한족들은 참으로 완고하다. 어떤 나라에
서 살든지 자기 민족 습관이나 전통을 잊지 않고 대대손손 이어가고
있으니! 우리 조선족들은 추석날 햅쌀로 찰떡을 쳐 먹는다고도 하고
오곡밥을 먹는다고도 하는데, 지금은 중국 땅에 오래 살면서 한족
습관을 많이 닮아가고 있는 것 같다. 아직까지 변하지 않은 것이라
면 조상들의 산소에 가서 제를 지내고 하는 일이다.

　밤에 반듯이 누워 내다보니 노란 달이 파란 하늘에 두둥실 떠서
창문으로 나를 빠끔히 들여다보고 웃는다. 하늘은 물로 씻은 듯 말
쑥하다. 문득 내가 지금 달을 수놓은 비단이불을 덮고 푸른 잔디밭
위에 누워있는 듯한 감각 속에 빨려 들어갔다. 몇 십 년 만에 처음
이처럼 푸르고 파란 하늘, 노란 달, 눈부신 별들을 보노라니 어린 시
절 그 가난한 산골마을 고향이 그립다. 지금은 아무 친척도 없는 황
막해지고 서글퍼져 버린 마을이. 그래서 누군가 고향은 마음속에 있
다고 한 것 같다.

　나는 눈 한번 깜빡 않고 멍청히 달을 쳐다보았다. 달나라에 올라
가 다녔던 오웬의 말에 의하면 달은 황막하고 쓸쓸한 인적도 없고
물도 없는 곳이란다. 지금껏 탐색한 우주 행성을 두루 살펴보면 모
두 물이 없다. 물이 없다는 말은 동식물이 없다는 뜻일 것이다. 그럼

우리 지구도 장차 저 달 같은 황막한 행성으로 되지 않을까. 차라리 우주과학이 발전하지 않고 누구도 달에 올라가 보지 않았더라면 얼마나 좋을까! 그러면 사람들은 예전과 마찬가지로 옥토끼가 살고 옥황상제가 있는 달나라로 가고 싶은 아름다운 꿈속에서 살고 있겠는데! 사람들의 아름다운 공상과 환상과 꿈을 여지없이 철저히 깨어버린 것이 과학이다. 에누리 없이 냉정하고 확실한 과학시대의 열차에 오른 우리는 학문으로 무장하지 않으면 버림을 받게 되기에 이처럼 서로 아득바득 뛰고 있는 것이다. 생존을 위해서.

변함없는 저 둥근 달처럼 우리 인생도 둥글둥글 서로 어울려 살아가면 안 되는 걸까? 그래 그렇지! 하늘에 달도 15일에 한 번씩 둥글었다간 이지러지고 이지러졌다간 다시 둥글어지고 하거늘 우리 인생이 어찌 둥글기만 하고 부족함이 없이 완벽할 것인가! 이해하고 용서하면서 어울려 살자, 결함 있고 부족하고 모자라고… 그래도 열심히 살려고 애쓰는 사람들을 부추기며 살자, 그게 재미있는 인생이 아니겠는가!

큼직한 창문 앞에 서서 남쪽을 내다보니 눈이 모자라게 들어선 미인송림이 푸르다 못해 검푸르러 보인다. 독일의 온천도시 바덴바덴에 갔을 때 병풍처럼 둘러싸였던 흑삼림을 보고 감탄했던 그때 그 기분이다.

좁은 난간에 딸린 창문 앞에 서서 앞을 내다보면 언덕마을 집집 정원에 심은 능금나무에 다다다닥 열린 빨간 능금들이 눈을 즐겁게 해준다. 이런 멋에 산골마을에 사는 것일까?

그런데 창문 아래를 내려다보면 기분이 잡친다. 원래는 창고로 지은 낮은 집들이 지금은 모두 연통이 달리고 온돌을 놓아 가난한 사람들의 안식처로 돼버렸다. 그러다 보니 이리저리 주어들인 나무토막, 넝마, 가구들이 되는대로 쌓여있어 숨통을 꽉 막는 것 같아 기분이 안 좋다. 거기에 다 꺼지지 않은 담뱃불이라도 떨어지면 이 아파트들은 순식간에 잿더미로 돼버릴 텐데 누구 하나 신경 쓰는 사람이 없다. 나이 많은 사람의 노파심일까? 한숨이 난다. 빈부의 차, 등급의 차, 나라에서는 그걸 줄이느라고 몇 십 년 공산주의혁명을 해왔지만 갈수록 빈부의 차는 더 심각해지는 것이 현실이다. 유럽에만 가도 잘 사는 사람은 별장 몇 개씩 차지하고 있지만 빈한한 사람은 여전히 단칸짜리 셋집살이를 평생 하고 있었다. 한국에 가보아도 으리으리한 부자들이 있는가 하면 달동네에서 살아가는 빈민이 부지기수이다. 하느님을 아무리 믿어도 하느님도 어쩔 수 없는 엄연한 현실이다.

오늘 밤은 백하 임업국 '93'경축공연이 성대히 열린다고 아들이 가보라고 하기에 웃옷을 걸치고 떠났다. 택시 요금은 연길과 마찬가지로 5위안이었다. 택시는 미인송림 속으로 한참 달리다가 옆으로 꺾어져 달렸는데 길 양 켠 집들은 모두 단층집들이었다. 백두산 밑에 이렇게 넓은 벌을 선사한 자연이 고맙다. 천연 광천수를 마시고 온천에 목욕하고 깨끗한 공기를 마시고 소나무의 냄새에 취해 사는 이처럼 좋은 고장에 왜 사람들은 구경은 오면서 살려고는 안 할까? 신문잡지에 드문드문 백두산 화산 폭발 주기가 예전엔 200~300년이었는데 진작 지났다는 둥 하는 소문 때문에 놀라 투자를 안 하는 것일까? 하긴 화산이란 무서운 것이다. 백두산이 폭발한다면 이곳은 물론 사방 몇 십 리 몇 백 리는 잿더미로 돼 버릴 거니까. 하지만 이곳 토박이 사람들은 그런 소문에는 아랑곳 않고 집을 올리고 상가를 짓고 큼직한 대문을 달고… 부자가 돼가고 있다. 화산과 지진의 나라 일본인들이 피해를 입고는 다시 나라를 건설하고 집을 짓고 하면서 세계 강국을 건설한 것처럼. 몇 만을 수용할 수 있는 운동장에는 진작 만여 명은 족히 되게 모여 있었다. 시골 사람들은 정말 구경을 좋아하는구나! 연길 같으면 내가 이런 모임에 아예 갈 생각조차 안 하겠는데, 숲 속에서 살아가는 사람들의 모습을 보고 싶은 것이, 그런 호기심이 나를 이곳으로 밀어온 것 같았다.

800명 무용수들이 직장별로 나와 춤을 추었는데 대부분 사교춤을 추었다. 깊은 산골인데 멋진 무용복들을 차려입고 나섰다. 놀라운 것은 혼례드레스처럼 가슴을 활짝 드러낸 옷들이어서 나를 또 한 번 놀라게 하였다. 이곳 인구의 5% 밖에 안 되는 조선족들을 대표해 나왔다는 노인협회 무용대는 30여 명 여인들로 구성되었는데, 모두 흰 치마에 빨간 저고리를 입어 눈부시었다. 그런데 이상하게도 한족 노래에 맞추어 부채춤을 추어 흥이 깨지고 말았다. 그도 그럴 것이 이전엔 조선족들이 많아 조선족학교도 있었지만 점차 한족학교로 가는 바람에 학생이 없어 문을 닫고 지금은 모두 한족학교를 다니니, 이름은 조선족이지만 글은 모르거나 혹은 부모한테서 배워 조금 뜯어보는 정도이고 조선말 수준은 엉망이고 습관도 많이 변해가고 있었다. 한족들이 더 능력이 있고 잘 살고 하니 조선족 처녀들이 한족 총각들한테 시집가는 일이 많다고 한다.

우리 민족의 성산이라고 모시는 백두산 밑 아름다운 이도백하 마을에 우리 겨레가 이처럼 적고 이 같은 모습이니 참으로 유감스럽고 섭섭하다. 하루 지나 이도진(二道鎭)에 가보았다. 신달호텔을 기준으로 백하 임업국과 이도진을 갈라놓았는데 미인송림과 쭉쭉 뻗은 여러 갈래 포장길, 아파트, 파란 풀밭과 빨간 정자들을 구비한 백하 임업국 주택구역에 비해 이도진 거리는 길도 어수선하고 집들도 많이 낡아보였다. 그러나 한적한 백하보다는 온 거리가 상가고 풍성한 노천시장이 펼쳐져있어 살아가는 멋이 있었다. 거리에서 조선족 장사꾼 여럿을 만났는데 한어도 잘하고 조선말도 잘했다. 시장 안에서 김치를 팔거나 국수를 팔거나 옷을 파는 조선족 여인들도 여럿을 만났는데 모두 괜찮게 살고 있었다. 이도진 정부는 자치주조례에 의해 진의 대표는 조선족이고 아래 부서에도 조선족이 배치돼있었다. 백하의 인구가 2만을 넘기고 이도진 인구가 3만을 헤아리는 이곳은, 한족, 조선족, 만족, 회족 등 여러 민족이 어울려 백두산을 모시고 백두산을 찾아오는 관광객들에게 서비스하면서 그 혜택에 모두 잘 살고 있어 마음이 기뻤다.

백두산 약수동을 찾아

내일은 일요일이어서 온 식구가 약수동으로 놀러 가잖다. 아들의 말이 떨어지기 무섭게 나는 세 살 먹은 애처럼 들떠 야단이다. 약수를 받을 물통을 마련한다, 들꽃을 따다 꽂을 물병을 찾아놓는다, 운동복을 찾는다, 사진기를 꺼낸다… 내 모습을 지켜보던 남편이 시무룩이 웃으며 "아프다던 사람 같지 않네!"하고 빈정댄다.

밤새 내리던 비는 아침에도 안 끊긴다. 백두산 밑에 있는 이곳은 하늘에 구름 두어 장 정도만 보여도 비가 내린다. 남편의 말에 의하면 연길보다 이곳은 강우량이 배나 더 많단다. 연길은 연평균 600mm쯤 된다는데 백두산은 1,200mm를 넘긴단다.

"이런 날에도 갈 수 있나?" 내가 잔뜩 흐린 얼굴로 물으니 아들 며느리는 환한 얼굴로 "가고말고요, 이곳 비는 산을 허물듯이 쏟아지다가도 끊어졌다 하면 빗물이 온데간데 없어집니다."고 장담한다.

한 시간쯤 지나니 애들 말마따나 비가 뚝 멈추고 해가 바짝 났다. 정말 신비로웠다.

차는 어김없이 우릴 싣고 약수동으로 달린다. 확 트인 포장길이 끝나자, 숲 속으로 빠져나간 수렛길에 들어섰다. 길은 울퉁불퉁한데 하늘을 쳐다보니 숲이 우거져 가느다란 푸른 띠같이 보였다. 40여 분 걸렸을까? 마을에 도착하였다. 다섯 호가 살고 있는 조선족마을 이다. 손님들에게 밥도 끓여주고 잠자리도 해결해주는 집은 강 씨네 밖에 없었다. 그저 동산, 서산, 북산, 남산이라 부르는 산들로 둘러 싸여 있는 분지에 마을이 앉았다. 서산 밑으로 작은 강이 도란도란 흐르고 있었는데 이도백하(二道白河) 상류란다. 이전에는 깊고 넓은 강이 흘렀는데, 위쪽에 수력발전소가 들어서면서 강줄기가 옮겨져 지금은 홍수가 지는 때 외에는 이 정도란다. 숭숭 얽은 돌들이 여기 저기 널려있는 강바닥에 가담가담 깊은 웅덩이가 패여 '작은 못'을 이루고 있었는데 찬찬히 보니 버들치들이 무리를 지어 다녔다. 지질 을 배운 남편의 말에 의하면 여기가 바로 화산구이고 이 얽은 바위 들은 화산이 폭발할 때 터져 나온 용암들이 식으면서 공기가 빠져 숭숭 구멍이 생겼단다. 이런 바위들을 현무암이라고 하는데 제일 젊 은 암석층이란다.

강씨네 집 마당은 어쩌면 나의 고향집을 방불케 하였다. 옛날 우 리 집처럼 큼직한 널대문이나 참나무 울타리, 돼지우리, 방앗간 같 은 것들은 없었지만, 집 앞에 가득 쌓아올린 땔나무와 뜰 안에서 구 구거리며 다니는 닭 무리와 거위 떼, 멍멍 짖어대는 황둥개며 한창 피고 있는 감자꽃과 푸르싱싱한 남새, 퐁퐁 솟는 샘터를 보니 내 집 에 들어선 듯한 착각 속에 빠졌다. 산속에서 자연과 더불어 해 따라 달 따라 살아가는 강씨 부부는 얼굴이 타고 주름살이 많았지만 알고 보니 우리보다 10여 년 아래였다. 그러기에 그들의 행동이 그렇게

78

민첩하지!

신을 벗고 온돌에 오르다가 화뜰 놀라 "아이구 제비있네!"하고 소리 질렀다. 옛날 우리 집에도 해마다 저렇게 제비들이 날아와 처마 밑에 둥지를 틀고 새끼를 깠는데, 집 안에다도 여기저기 둥지를 틀고 새끼를 키우고 하였다. 그것들이 똥을 쉴 새 없이 누기에 할아버지는 둥지 밑에다 널빤지를 대주곤 하였다. 날아 들어오고 날아나가는 그것들의 모습을 보노라니 흥부이야기가 떠오르고 아름다운 동화를 감상하는 것 같았다. 강씨는 우리에게 제비 자랑을 한참 하고 나서 저것들이 지금 새끼들에게 날아다니는 훈련과 먹이 찾는 훈련을 시키고 있는데, 이제 찬바람이 떨어지면 남쪽 나라로 무리를 지어 날아 가버린다는 것이다. 자식을 낳아 키우고 사랑하는 섭리는 짐승도 사람과 똑같았다.

비가 멎자, 주인집 아줌마는 목이 긴 빨간 장화를 나에게 꺼내주면서 약수동으로 올라가자면 산등성이를 타고 한참 걸어야 하는데 비가 와서 이슬이 많을 거라며 신을 바꾸어 신으라고 하였다. 어디가나 산골 사람들 마음은 저 온돌처럼 따뜻하였다.

화산재로 형성된 이곳 땅은 비가 그처럼 많이 내렸는데도 신에 진흙이라곤 묻어나지 않았다. 풀숲으로 덮인 오솔길을 나는 기분이 잔뜩 떠서 젊은이들의 뒤를 잘도 따랐다. 길옆에는 늙어버린 고사리며 취나물이며 이름 모를 풀들이 무성하고 하얗고 노란 들꽃들이 가득 피어있었다. 오르고 내리며 반 시간 거의 되게 걸어서야 우리는 깎아놓은 듯한 벼랑을 뚫고 새어나오는 약수터에 이르렀다. 약수가 흘러내리는 주위는 온통 빨간 색칠을 한 것처럼 붉었다. 이건 샘물에 철분이 많이 섞여있기 때문이란다. 우리 고향집 샘물은 마시면 시원하고 달콤한데, 이 약수는 말 그대로 한약처럼 쓰기도 하고 시큼 텁텁하기도 하고 조금은 짠 것 같고 비릿한 냄새가 나서 마시기 어려웠다. 옆에서 누군가 약수는 원래 그렇게 한약처럼 마시기 어려운데 마시고나면 속이 시원하다고 한다. 권고에 못 이겨 한 컵 들이마셨더니 과연 입은 쓴데 속은 편안했다. 그래서 많은 사람들이 전기도 없고 전화도 없는 이곳으로 위병이나 신경통을 치료하러 찾아와서 한두 달씩 투숙하면서 약수를 마신다지 않는가! 낮에는 산속에 들어가 약재나 버섯을 따고 밤이면 청청한 하늘에 돋은 별이나 달을 쳐다보면서 마음을 비우고 가슴을 넓히며, 피곤한 몸과 정신을 쉬다 가는 한국 사람들도 많단다.

해방 직후 자치주 간부 요양소가 이곳에 있었다고 한다. 주덕해(朱德海: 연변조선족 자치주 첫 주 지사) 대표도 여러 번 이곳에 다녀갔다고 한다. 문화대혁명 후에 사람들도 가고 집도 무너지고 했는데, 그때 이곳에서 일했던 강선모네 일가만은 돌아가지 않고 그냥 눌러 앉아 '산속 사람'이 되었다는 것이다. 30여 년 이렇게 이 고장을 지키면서 낮이면 산에 가서 산나물을 뜯거나 버섯을 따고 가을이면 신선한 산꿀을 떠오는 재미가 그렇게 좋다는 것이다. 요양 오는 손님들이 많아 외롭지도 않고 세상 돌아가는 소식도 심심찮게 듣는다는 것이다. 이젠 자식이나 친척들이 사는 연길이나 명월구 같은 곳에 갔다가도 이틀 묵기 힘들다는 것이다. 벅적거리는 시내생활이 지겹고 공기가 나빠 숨쉬기조차 어려워 이런저런 핑계를 대고 금세 돌아온단다.

다섯 호 조선족마을, 정말로 희귀한 일이다. 수많은 조선족들은 조상들이 피땀 흘려 가꾼 터전을 버리고 도시로 외국으로 떠나는데, 그 거세찬 물결 속에서도 끄덕 않고 성산 백두산 약수를 지키며 산에 의지해서 재부를 창조하는 이 동네 사람들과 이 부부가 참으로 돋보인다. 강씨네는 번 돈으로 무너져가는 옆집 두 채를 헐값으로 사서 허물고, 그 터전에 안마실, 목욕탕까지 갖춘 여관을 한창 짓고 있었다. 시내 기업가 부럽지 않게 산에서 돈을 벌면서 장수하련다. 그러나 그들에게도 고민과 우려가 있었다. 그들이 가리키는 방향을 보니 산 밑에 두 개의 별장이 세워지고 있었고, 현(縣) 정부 아래 부서에서 짓는다는 붉은 별장도 보란 듯이 솟고 있었다. 그 작은 약수 하나에 명줄을 걸고 이제 곧 벌어질 상업경쟁의 앞날이 우려된다. 약수동 자연화원에서 뜯은 들꽃을 한아름 안고 돌아오는 차창으로 내다보이는 무성한 숲이 내 마음을 한없이 즐겁게 해주고 있다. 차 안에서 모두 점심에 먹은 주인집 아줌마가 끓여준 생선국과 산나물 무침 맛이 좋았다고 칭찬이 자자하다.

하루 동안 나를 고향으로 어린 날로 돌아가게 해준 약수동이 참으로 고맙다. 이런 꿈을 마련해준 아들며느리가 고맙다! 부뚜막처럼 따뜻한 인정을 베풀어주고 누룽지를 내놓으며 먹으라던, 조리로 떠온 버들치로 맛좋은 생선국을 끓여준 '아저씨' 같고 '아줌마' 같은 약수동 부부가 고맙다!

이제 산꿀이 익고 다래와 머루가 달콤해지는 시절, 하늘이 높아지는 가을에 나 또 찾아오리라. 성산을 지키는 고마운 약수동 부부를 찾아오리라!

3월의 '소금전쟁'

친구들과 조용한 식당에서 점심을 먹었다. 갑자기 핸드폰들이 울렸다. 남편들과 자식들 혹은 친척들이 보내온 전화들 같았다. 옆에 손님들도 핸드폰으로 전화를 거느라 받느라 금시 소란스러워졌다. 어쩌면 이렇게 많은 전화들이 동시에 걸려오고 걸려가는 것일까? 소식에 민감하지 못한 나는 어정쩡해졌다. 들어보니 모두 어슷비슷한 내용들이었다.

"한 봉지도 못 샀다구?"

"온 시내에 없다구요?"

똑같은 물음이고 대답이었다. 나는 영문을 캐물었다. 어제 저녁부터 소금을 다투어 사들인다는 것이다. 일본 핵발전소 폭발로 바다가 오염되어 사들인다는 것이다. 사람마다 핸드폰을 들고 다니는 세상이라 대련에도 북경에도, 상해에도… 모두 '소금난리'가 났다는 것이다. 연길시 수많은 가게에 그 많던 소금이 밤새로 거덜이 났단다.

세상에 이런 변이? 쌀도 아닌 소금을 먹으면 얼마나 먹는다고? 어

82

떤 사람은 몇 십 근, 무려 한 톤을 산 사람도 있단다. 아들, 손자 때까지 먹어도 다 못 먹을 소금을 장만했단다. 어떤 소매점에서는 한 근에 1위안짜리 소금을 10위안에 팔았는데도 거덜이 났단다.

얼떨결에 나도 집에다 전화를 걸까 하고 생각하다가 그만두었다. 이미 사놓은 소금이 두어 봉지 있는데다 전화했다 한들 '꼿꼿한' 성품에, 80을 바라보는 분이 어느 가게에 가서 기웃거릴 것 같지 않았다. 소금에 대한 지식이 깊지는 못해도 언젠가 자료에서 중국 소금은 주로 청장고원에 있는 '소금산'에서 석탄덩이를 캐듯 덩이소금을 캐내어 가공한다는 것을 본 적이 있었다. 타리무(塔里木)호수는 소금 호수인데 세계에서 제일 크다는 것이다. 연해지구에서 만드는 소금으로는 어림도 없다는 것이다. 그래서 은근히 자신이 있었다. 내가 그러그러한 말을 꺼내도 누구 하나 듣는 사람이 없었다.

점심식사가 끝나서 돌아오는 길에 제 눈으로 확인해보려고 소매점 두 곳에 들러보았더니 사실이었다. 안 팔리던 소금 열 몇 상자가 하루아침 사이에 다 팔렸다는 것이다. 간장과 된장도 소금을 넣고 만드는 것이어서 소금 못지않게 잘 팔린다는 것이다. 점원의 '선전'에 덩달아 2위안주고 간장 두 봉지를 샀다. 점원은 이상하다는 눈길로 나를 보며 모두 열 봉지 이상씩 사가던데 어째 두 봉지만 사는가? 이제 몇 봉지 밖에 안 남았는데 한참 후면 다 없어진다는 것이다.

"이거면 두 달 먹을 수 있어요."

집으로 돌아오면서 생각하니 웃음이 나왔다. 소금을 안 넣고 만드는 음식이 얼마나 될까? 이제 김치가 거덜이 날 것이다. 저녁에 자연과학을 하는 남편과 낮에 일어난 일을 말하니 무식하다고 야단이었다. 중국에서 소금은 대부분 육지에서 생산한다는 것이다. 이 큰 나라에서 소금을 공급 못 할까봐 난리를 피우니 백성들 수준을 알만 하다며 한숨을 쉬었다. 그러지 않아도 남편 친구가 전화로 훈춘은 편벽한 곳이어서 아직 있을 것 같은데 친척들께 부탁해달라고 했단 다. 그래서 소금에 대한 상식을 말하면서 근심 말라고 하니 그건 당 의 선전이라며 전혀 믿지 않더란다.

저녁에 연변 텔레비전에서 슈퍼 앞에 소금을 사려고 장사진을 이 룬 장면을 보도하였는데 나는 가슴이 차가워 옴을 느꼈다. 우리네 백성들, 아니 간부, 지식인, 나를 포함해서 소양이 얼마나 낮고 이기 적인가 하는 것을 반성하게 되었다. 손자 때까지 평생 먹을 소금을 장만하다니, 맘속에 남이란 티끌만치도 없는 우리네 수준, 너무 한 심하다는 생각을 다시 하게 되고 저런 장사진을 외국 사람들이 보면 얼마나 웃을까 하는 생각을 하니 부끄럽기 그지없었다. 내가 별로 급하지도 않는, 평소에 사지 않던 간장 두 봉지를 덩달아 산 것도 마찬가지로 부끄러운 일이었다.

어떤 나쁜 놈이 조작한 '여론'에 덩달아 동원되어 온 나라가 '소금 전쟁'을 벌인 이 하나의 사실은 중국 사람들의 수준과 도덕, 각오에 대한 시험대가 된다. 자리에 누워 자려고 해도 잠이 오지 않고 자꾸 그 긴 소금장사진이 눈앞에 나타났다. 아무런 생각과 분석이 없이 덩달아 나선 사람들이 대부분이겠지만 내가 몇 백 근씩 사들이면 다 른 사람은 어떡하지 하고 생각 한번 안 해보는 이기적인 인간들, 얼 마나 한심한 일인가. 짧디 짧은 하루 이틀간의 일이였지만 사회적 영향과 국제적 망신은 무엇으로 미봉할까? 나는, 우리는 모두모두 가슴에 손을 얹고 반성해보아야 한다. 우리의 소질은, 우리의 각오 는, 도덕수양은 0점과 어느 정도 차이가 있을까?

이튿날, 산보하러 나왔던 길에 시험 삼아 어제 들렀던 가게에 가보니 소금봉지가 가득 쌓여있었다. 점원의 말에 의하면 사회혼란을 막기 위해 밤새 창고에 쌓여있던 소금을 관계부문에서 사람을 동원하여 가공하여 포장했다는 것이다. 몇 백 근을 사간 사람들이 찾아와 물려달라는 것을 가게에서 거절했단다. 한 톤을 샀다는 사람은 그 소금을 어쨌을까? 바다에 넣었을까? 아니면 소금 소매점을 꾸렸을까? 정말 부끄러운 하루였다.

가로수를 보면서

차들이 통하지 않는 강둑길이 욕심나서 죽을 때까지 살겠다고 강 옆의 아파트를 사서 이사 왔다.

젊었을 때 빨래하고 목욕하던 그런 깨끗한 강물은 아니지만, 강둑으로 산보하러 나오면 시름없이 흘러가며 노래하는 강물을 볼 수 있어 좋고 강물을 보며 가슴을 열 수 있어 좋다. 더구나 제멋대로 달리는 차들이 없어 시름 놓고 걸을 수 있어 좋다. 몇 십 년 전에 심은 늙은 백양나무들이 줄지어 서있는데 해마다 불어치는 눈보라에 맞아 어떤 나무는 허리가 굽어져 금시 넘어질 것 같다. 그리 넓지는 않지만 나무 밑에는 파란 잔디와 키 낮은 꽃나무들을 심어 봄 여름이면 볼 멋이 있다. 이런 강둑 덕분에 그리 깨끗하지 못한 연길시가 전국위생도시에 들었는지 모르겠다.

그 늙은 나무들이 은근히 나의 걱정을 자아냈다. 관계부문에서 저 나무들에 받침대를 세워주든지 아니면 베어버리고 새 나무를 심든지 할 것이지, 참으로 늙으니 걱정도 팔자다. 중풍을 맞은 사람들이 지팡이를 짚고 허리 굽은 나무 밑으로 간신히 몸을 끌고 다니는 모습을 보면서 식물도 늙으면 사람과 같구나! 하는 서글픈 마음이 괴여 올랐다.

어느 날 아침, 산보하러 강둑에 나갔다가 와뜰 놀랐다. 기중기에 달린 톱인지 칼인지가 요란한 소리를 지르며 그 늙은 나무들의 정수리를 잘라버리는 것이었다. 하늘로 치솟던 나무줄기와 가지들이 무참히 잘려 언덕길에 무더기로 쌓였다. 머리와 팔이 없는 몸뚱이만 남은 꺼먼 나무통들이 줄지어 있었다. 내 팔다리가 잘린 듯 가슴이 저리고 무언가 잃은 듯이 허전하였다. 제멋대로 해치우는 인간들이 야속했다. 인간은 정말 못해내는 짓이 없구나! 어제까지 그 늙은 나무들이 민망스러웠는데, 이 지경으로 잘린 걸 보니 웬일인지 동정심이 들고 불쌍하기까지 하였다.

서너 달이 지나 봄이 돌아왔다. 잔디밭도 파랗게 되고 꽃들도 피어났다. 하늘에 꽃 구름도 피어나 세상은 아름답다. 신기한 것은 그 뭉텅 잘린 나무들의 허리에 여기저기 어디서 어떻게 나왔는지 파란 나뭇잎을 달고 여린 가지들이 돋아나왔다. 인간에 대한 보복일까? 아니면 보답일까? 식물의 힘이 얼마나 강한지 맘속으로 깊이 느꼈다. 한여름이 지나서 초가을이 될 때쯤 해서는 뚱뚱한 늙은 나무통들이 저마다 파마머리를 한 여인처럼 무성한 가지와 잎을 피워 행인들의 감탄을 자아냈다. 정말 감동되고 고마웠다.

문인들은 (나를 포함해서) 이 가로수들을 보면서 자연과 더불어 생존 못하는 인간에 당하는 나무들의 처지를 슬퍼하고 '호소'했다.

어느 날, 이공대를 졸업한 고등학교 동창과 같이 이 강둑을 걸으며 허리를 잘린 나무들을 대신하여 불평했더니 그는 판판 다른 소리를 하는 것이었다. "나무라고 왜 산에만 살겠니? 인간과 더불어 살면 안 돼? 인간도 자연과 더불어, 숲과 더불어 사는데? 저 늙은 나무들을 그대로 두면 몇 년 못 가서 죽어버리거든, 사람이 늙으면 죽는 것처럼. 저렇게 인공적으로 잘라버리면 새 이파리와 가지들이 자라나 나무는 청춘을 회복하는데, 우리 늙은이들이 보건품(건강식품)을 사먹으며 생명을 연장하는 것 같은 도리야. 이 나무들은 우리 연길의 역사를 증명해주는 것 같지 않니? 내 보기에는 참 좋은데 너 문인들은 무어든 비틀어 보는 게 이상하다."

듣고 보니 그의 이야기도 도리가 당당하다. 어쩌면 한 그루의 나무를 보는데도 두 사람의 생각이 이처럼 판판 다를까? 그러니 매 사람의 사유관념, 사고방식, 처한 위치, 각도에 따라 사물을 보고 느끼는 견해도 달라질 수 있다는 생각이 들었다.

봄비가 내리면 농민들은 좋아서 야단인데 한가한 사람들은 길이 질퍽거린다고 나무란다. 창밖으로 내리는 비를 보며 어떤 사람들은 노래를 흥얼거리는데 어떤 사람들은 눈물을 흘린다. 저 사람은 무슨 상을 타서 흥분되어 밤잠 못 이루는데 다른 사람은 심술이 나서 아무 것도 아니라며 비방한다.

세상일이란, 인간이란 이렇게 묘하고 불가사의한 것이다.

베풀고 받는 것이 인생이다

아들며느리가 챙겨준 70돌 생일을 쇠고 집에 돌아와 소파에 누우니 생각이 무성하다. 흘러간 세월은 길고 길었는데 어쩐지 짧은 것만 같다. 이제 10년이면 80이 되고 인생의 한끝이겠는데 하냥 무언가 기대하게 된다. 아직도 해야 할 일이 많은 것 같다. 그래서 사람은 자꾸 더 살고 싶어 하는 모양이다.

평소 늘 제가 베푼 것이 더 많고 한 일도 '대단'한 것 같아 제 자랑도 많이 한 것 같다. 그러니 나는 바보스러운 어딘가 좀 모자라는 인간이다. 이건 내가 수양이 부족한 탓이다.

밤에 메일을 열고 보니, 북경 한끝에서 그것도 큰 돈은 없어 부드러운 인조면 천을 사서 제 손으로 한 땀 한 땀 박아 만든 잠옷 두벌을 우편으로 보냈다는 친구의 편지를 읽으며 눈시울이 뜨거워졌다. 그 지극한 정성이 나를 감동시켰다.

어제 독일에 있는 작은 딸애의 시어머니가 지구의 저 한끝에서 보낸 70개 꽃송이를 오려붙여 만든 생일카드를 받고 그 정성에 가슴이 뜨거워졌다.

자기 월급도 없이 한국 한끝에서 딸 손녀를 보면서, 내 70돌 생일을 기념하는 선물을 사려고 이틀이나 남대문시장을 돌며 모시한복 한 벌을 골라 사서 부쳤다는 중학교시절 친구의 전화를 받고 얼마나 감동했는지 모른다. 대학 다닐 때 내가 자기에게 쓴 편지들을 50년 세월이 지난 지금까지 상자 안에 보관해두어 누렇게 황이 들었다는 친구다….

이런 일들을 생각하며 지나온 나날을 추억하니 내가 베푼 것들이 그들의 정성에 비하면 아무것도 아니라는 생각이 들었다. 정말 인정 빚을 많이 지고 사는 사람이구나! 하는 생각이 들었다. 그들이 나에게 베푼 우정은 돈으로도 살 수 없고 계산할 수 없는 귀중한 '재산'이라는 도리를 가르쳐주었다.

생일상을 받는 내 옆에 반생을 지켜준 남편이 앉고 왼쪽에는 친정집 큰형님이 앉았다. 팍 늙어버린 형님의 얼굴을 보며 많이 반성하였다. 죄송스러웠다. 젊었을 때 6형제 맏아들인 오빠한테 시집 와서 변변한 옷 한 벌 입지 못하고, 일찍 부모를 잃은 두 시누이를 공부시키고 나뭇잎처럼 무성한 친척들을 돌봐주었다. 나까지 갑자기 출장갈 때면 애들을 병원에서 간호사로 일하는 그녀한테 떠맡기고, 음식이 생기면 네 시누이를 불러들여 함께 먹으며 떠드는 것을 기쁨으로 생각하는 천사 같은 그런 분이다. 그래도 성질이 강하다고 많이 나무람했었다. 생각할수록 죄송했다. 앞으로는 많이 베풀어주어야겠다, 보답해야겠다.

허물 많은 이 여자를, 이 안해(아내)를 반세기 가까이 변함없이 지켜준 남편을 내가 하늘같이 생각했던가? 이래저래 너무너무 미안하고 죄송하다. 후반생에는 유감없이 잘 챙겨주고 잘 모셔야겠다.

빙 둘러 앉은 동생들이며 조카들이며 자식들이 어느 하나 고맙지 않은 사람이 없다. 부모의 속을 태워주지 않은 일만 해도 고마운데 세 자식이 모두 당당하게 고급지식인으로 살아가니 이 이상 더 큰 효성이 어디 있겠는가!

...

영국의 막시무스가 쓴 재미있는 한 토막 이야기가 다시 생각난다. 인생이 무엇인가를 깊이 깨닫게 해주는 이야기이다.

늦은 밤, 폭풍우가 몰아치는 스코틀랜드의 오지에서 한 정치가가 타고 가던 마차가 고장 났다. 천만다행으로 우연히 그곳을 지나치던 동네 청년의 도움으로 마차를 수리하고 그 정치가는 여행을 계속했다. 폭풍우 속에서도 몸을 아끼지 않고 남을 도와준 청년의 모습에 감동된 정치가는 청년에게 장래의 희망을 물었다. 청년은 의학을 전공해 의사가 되고 싶다고 했다. 그래서 정치가는 청년이 의과대학에 진학할 수 있도록 도움을 주었다.

그로부터 50년이 지나 아프리카의 모로코에서 폐렴에 걸려 다 죽게 된 어떤 사람이 마침 몇 년 전 개발된 페니실린이라는 기적의 약 덕분에 목숨을 건졌다. 그런데 페니실린을 발명한 사람은 50년 전 스코틀랜드에서 어떤 정치가의 마차를 수리해준 바로 그 청년이었다. 그리고 그가 발견한 페니실린 덕분에 목숨을 건진 사람은 그 청년에게 감사의 표시로 대학에 가서 의학공부를 할 수 있도록 해준 바로 그 정치가의 아들이었다. 페니실린을 발명한 의사는 스코틀랜드 출신의 의학자 플레밍이고 플레밍이 발명한 페니실린으로 목숨을 구한 사람은 영국의 수상을 지낸 윈스턴 처칠이다. 플레밍에게 의학

공부를 할 수 있도록 해준 사람은 처칠의 아버지였던 랜폴드 처칠이었다.(다른 한 자료에는 마차를 수리해준 것이 아니고 물에 빠진 것을 구해준 것으로 되어있음.) 사실이야 어떻든 인생이란 바로 이런 것이다.

베풀기만 하는 인생이 없고 받기만 하는 인생이 없다. 남에게 많이 베풀수록 언젠가는 좋은 보상도 받을 수 있는 것이다. 이 이야기는 두고두고 잊을 수 없는 미담이고 교훈이다.

주고받고 오고가며 살아가는 것이 인생이다. 남에게 준 것을 잊고 자기 받은 것을 오래오래 고맙게 생각하고, 어려운 사람을 도와주면서 함께 살아가는 삶을 살 수 있을까?

바보 같은 엄마

매주 토요일 오후 3시나 4시면 독일에서 살고 있는 작은 딸한테서 먼저 전화가 온다. 그때면 독일은 오전 9시나 10시가 되기 때문이다. 제때에 전화가 오지 않으면 오만가지 나쁜 생각이 든다. 하많은 좋은 일은 제쳐놓고 혹시 앓지나 않나, 무슨 사고라도 나지 않았을까… 하는 불길한 생각만 쏙쏙 골라서 머리를 앓는다.

송수화기에서 작은 딸의 맑은 음성이 들려온다. 쾌활한 성격을 가진 작은 딸은 한 주일 동안에 생긴 이런저런 일들을 전화비야 얼마 들든 상관없이 한 시간 넘게 이야기한다. 그것도 그럴 것이 온 한 주일 동안에 조선말을 나눌 대상이라고는 한 사람도 없으니까. 두 아이를 데리고 출근하는 일이 너무너무 바쁘단다. 재미없는 수치 계산이요, 논문이요 하면서 돌아치다 보니 컴퓨터 앞에 앉으면 커피 마실 시간도 없단다.

하소연 하는 소리를 들으면서 이 엄마는 말한다. 견디어내라, 젊은 이 시절이 너의 인생의 황금시절이다. 다시는 돌아올 수 없는 소중한 시절이고 억만장자도 부러워하는 인생의 청춘시절이다. 힘내라, 등등 묵어빠진 충고, 욕심 많은 엄마의 당부를 늘어놓는다.

    …

저녁 8시나 9시면 천진에 있는 큰 딸한테서 전화가 온다. 역시 연구와 번역으로 눈코 뜰 새 없다고 지친 목소리로 전화한다. 약속대로 전화해야만 시름을 놓고 잘 수 있는 엄마 때문에 전화한단다.

바빠도 힘내라, 얼마나 소중한 청춘인데, 후회 없게 열심히 뛰어라, 바쁜 이때가 황혼의 가장 아름다운 추억이 된다.

역시 욕심 많은 엄마의 묵은 소리이다. 한없이 아까우면서도, 쉬면서 일하라고 만류하고 싶으면서도 말하지 못하는 바보 엄마다.

토요일 아침에 아들이 문을 열고 집에 들어선다. 외지에서 책임자로 사업하는 아들이 주말이면 돌아온다. 그것도 바쁠 때는 한동안씩 얼굴을 구경하지 못한다. 진작 50이 다 돼가는 아들인데도 '검은 돈'을 받지 말라, 술과 담배를 줄여라, 인간관계를 잘 처리해라… 쓰던 필을 놓지 말고 짬짬이 글을 써라 등등 당부를 끝없이 늘어놓는다. 몇 십 번 아니 몇 백 번은 했을 그 당부를. 뛰고 있는 아들에게 쉬면서 하라는 말은 깍쟁이처럼 아끼고 더 열심히 뛰라고만 채찍질한다. 참 한심한 엄마다. 나는 예전에 김장김치 천 근을 담그면서도 밤새워 글을 썼다고 묵은 자랑을 자꾸 한다. 부끄러운 줄도 모르고.

한번 가면 다시 돌아오지 않는 청춘이고 젊은 시절이기에 그 값진 시절을 헛되이 보내서는 안 되기 때문이다. 젊은이들에게 쓴 조병화 시인의 수필을 읽고 너무 감동되어 베껴둔 글 한 단락을 베껴서 자식들에게 메일로 보내준다. 분명 소득이 있을 거니깐 아무리 바빠도 한번 읽어보라고.

"자연적인 환경의 변모, 역사적인 환경의 변모, 사회적인 환경의 변모, 그러한 급전하는 환경 변모 속에서 견디어낼 건 견디어내고 이겨낼 건 이겨내고, 순응해야 할 건 순응하고 버려야 할 건 버리고 스스로를 견고히 지키며 성장시키며 목표한바 스스로의 꿈을 찾아서 용감히 살아가는 것이 건전한 현대인의 모습이 아닌가 생각한다.

어물어물 세월에 흘러내려 가고 있는 인생처럼 무미한 게 어디 있으며 시간에 떠내려가고 있는 인생처럼 헛되고 아까운 인생이 어디 있겠는가.

…

자기를 사는 것, 자기를 살리는 길, 자기를 살 줄 아는 길, 그걸 먼저 우리 현대인은 찾아야 하겠다."

내가 많이 감동되어 베껴서 보냈지만 아이들도 꼭 감동받을 거라고는 장담할 수 없다. 하지만 나는 지금까지 이 구절보다 더 훌륭하고, 맘에 꼭 드는 글귀를 찾지 못했다.

"시간을 헛되이 흘러 보내지 말고 멋지고 당당히, 열심히 살아라."

이것이 바보 같은 엄마의 마음이고 욕심이고 부탁이다. 애들아, 명심해라.

기다리던 눈이 온다

오늘은 4월 5일, 아침에 일어나 보니 눈이 내린다. 겨울 내내 고대하고 기다리던 눈이다. 얼마나 기다렸는데.

봄눈이 펑펑 쏟아져 내린다. 산불이 날까봐 온 식구 걱정하던 겨울이다. 사흘째나 기상예보가 '거짓말'을 했다. 눈이 온다고 해서 시름을 놓았는데. 그런데 숨바꼭질을 하듯 가득 몰렸던 구름장들이 금시 찬바람에 밀려가고 하늘은 청청하게 개었다. 하기야 천화만변하는 하늘의 조화를 틀림없이 맞춘다는 것이 어디 쉬운 일인가! 하도 기대와 어긋나니 하는 말이다.

내가 눈을 이처럼 기다리는 이유는 모 임업국에서 지도사업을 하는 아들 때문이다. 청명에 산불이 날까봐 남들이 다 쉬는 날에도 집으로 오지 못하고 밤에 낮을 이어 산을 지키고 있으니, 내내 하늘을 쳐다보는 것이다.

내 팔자 탓인지 남편이 퇴직 전까지 반생을 수리국에서 사업을 하였기에, 비가 안 오면 가뭄방지로 따라다니고 비가 많이 오면 홍수방지로 따라다녔다. 특히 지도사업을 맡은 20여 년은 정말 산과 물과 살다시피 하였다.

어느 해였던가, 홍수가 져서 돈화(敦化)시가 큰 피해를 입었다. 현장으로 가던 작은 배가 엎어져 몇이 죽고 구사일생으로 살아나기도 했다. 그래서 우리 온 집식구는 날마다 어김없이 기상예보를 시청하고 하늘을 보며 살았다.

아버지 걱정이 좀 적어지니 아들이 삼림을 지키는 임업국에 배치돼갔다. 연변은 80% 땅이 산이다. 훈춘도 80%가 산인데 200리도 넘는 국경선을 끼고 있다. 국경을 넘어오는 산불 때문에 눈이 안 오는 겨울이나 비 안 오는 늦가을, 이른 봄은 근심이 태산 같다. 그래서 늙어서도 이날 이때까지 하늘걱정을 하며 살아간다.

어릴 때는 고향산골에 왜 그렇게 많은 눈이 왔던지, 너무 눈이 많이 와서 문을 열지 못해 뙤창문으로 아버지가 나가 눈을 쳐서야 한쪽 문을 열고 밖으로 나갈 수가 있었다. 배가 고픈 꿩들도 산에서 날아 내려왔다가 머리를 눈에 처박고 죽는 일이 많았다. 그래서 오빠들이 꿩을 주어들고 기뻐하며 들어오던 일이 생각난다. 그렇게 눈이 많이 온 날이면 우리는 어른들의 등에 업혀 학교에 가거나, 헌천을 얼어 발과 짚신을 한데 동이고 이불을 둘러쓰고 벌벌 떨면서 학교로 다녔다. 그렇게도 많던 눈이 어디로 갔을까. 지금은 눈을 기다리고 기다려도 온 겨울 몇 번 안 온다. 저수지에 물이 줄어들어 걱정이란다. 농촌 수돗물이 나오지 않아 얼음을 깨고 강물을 길어 먹는단다. 연변은 그래도 산이 많고 강물이 많은 덕에 물 고생은 그리 안 한다. 요즘 운남과 사천에 일부 지역은 오랫동안 비가 안 와서 주민들이 몇 리 밖에 가서 물을 길어다 먹기도 하고 식수차들을 동원해서 물 공급을 하기도 한단다. 물이 생명인데, 이상 현상이 모두 인간이 자연을 파괴한 때문이란다. 하늘을 아껴야겠다. 눈과 물을 아껴야겠다.

정말 다행이다. 어쩌다 이렇게 눈이 많이 와서 산불도 문제없고 농촌에 봄갈이도 문제없겠다. 온 거리가 깨끗해지고 공기가 말쑥해졌다. 고마운 눈이다. 고마운 하늘이다. 자연을 정복한다고 너무 떠들지 말자. 인간의 제일 큰 흠집은 욕심이고 오만이다.

실패와 성공
-친구에게

친구야 울지마. 네가 죽고 싶도록 인생을 원망한다고 했지. 그리고 우연한 실수 때문에 상처를 주고 미움을 받고 끝없는 고독 속에서 방황한다고 했지. 앞날이 캄캄하다고 했지. 너는 실패한 인생이라고 했지.

나는 지금 나의 과거를 너한테만 고백하고 싶어. 너에게 그 무슨 설교를 하는 것이 아니야. 너도 언젠가 말했잖아, 성공과 실패는 상대적이라고. 아인슈타인이 그래서 위대한 거야.

나를 막다른 골목에 밀어 넣은 실패가 있었어. 인격은 영하로 떨어지고, 그 가시가 돋친 눈길들, 가슴을 저미는 칼날 같은 비난과 욕설, 그 무시무시한 하루하루를 죽어서 살았어. 마치 망망한 고비사막 속에서 길 잃고 방황하는 행인처럼 절망에 빠졌던 시기도 있었어. 앉았던 새들이 다 날아가버린 고목처럼 처량했던 그 무서운 외로움….

나는 지금 친구의 심정을 이해하고 있어. 내가 그렇게 무서운 고통을 씹으며 하늘을 저주했고 인간을 저주하고 내 운명을 저주했기 때문에.

하지만 그 고독, 그 실패, 그 불행이 나를 무수히 자신을 반성하게 만들었고 나더러 천길 나락에서 다시 기어오르게 만들었어. 오르고 오르고 또 오르면 못 오를 정상이 없음을 깨달았어. 바위에 찢기고 가시에 찢겨 피투성이 되면서 기어올랐어. 실패도 내 인생, 성공도 내 인생인데 살기 위해, 인격을 찾기 위해, 성공을 하기 위해 나는 온 몸이 찢겨 죽더라도 피 흘리는 노력을 하려고 작심했어. 내 인생의 발자국 하나를 남겨놓고 싶었어. 자랑스러운 자식들을 길러낸 이악스러운 엄마로 되고 싶었어. 노력과 분투만이 성공할 수 있다는 도리를 내 행동으로 실천하고 싶었어. 재능이 모자라는 나는 정말 남들이 자는 시간, 남들이 웃고 떠드는 시간까지 다 이용했어. 수천 수만의 밤을 글을 읽고 글을 쓰고… 그래서 평생 고칠 수 없는 불면증에 걸리기도 했지. 실패의 구렁에서 빠져나오는 길은, 성공하는 길은 정말 눈물겨웠어. 이 세상에 그 누구도 이해할 수 없을 거라고. 성공한 사람의 이야기를 들어보면 실패하지 않은 사람이 없더라. 이를 악물고 다시 시작하는 자만이 성공의 기회를 가질 수 있다는 것을 알았어. 평탄한 길이 성공의 길이 아니다. 따뜻한 봄바람이 꽃을 피울 수는 있어도 열매는 맺지 못하잖아. 그런 눈물겨운 분투가 없었더라면 내가 오늘 이렇게 하늘을 쳐다보며 웃을 수 없을 거야. 어쩌면 그저 그러한 여인이 되고 말았을 거야. 하긴 남들이 기대하는 큰 성공은 못 했지만 모든 힘을 다했기에 자족하는 거야.

물론 여기엔 따뜻한 마음을 가진 사람들의 이해와 손길이 커다란 용기를 주었지! 그들은 나에게 실패한 인생을 성공으로 바꾸는 데는 어디까지나 자기 자신의 노력과 분투만이 가능하다는 도리를 깨우쳐주었어. 그리고 나를 저주하고 미워하고 비난하던 사람들도 지금

돌이켜 생각하면 나에게는 분투하고 성과를 이룩하는데 채찍이 되고 밑거름으로 되어주었다는 것도 깨달았어. 그때는 몰랐는데, 그러니 좋은 데도 나쁜 점이 있고 나쁜 데도 좋은 점이 있다는 것, 좋은 친구에게도 결함이 있고 미운 사람에게도 취할 점이 있다는 것 그것도 상대론이겠지.

요전 날 CCTV에서 '백가강단'(百家講壇)이라는 프로를 시청하며 청나라 때 명장이고 충신이었던 증국번(曾國藩)의 천재적인 지혜에 감탄한 적이 있었어. 의심 많은 서태후는 한족인 증국번의 막강한 군사력과 뛰어난 지혜와 재능에 은근히 위험을 느끼고, 의심을 품고 언젠가는 트집을 잡아 없애버리려고 하였어. 언젠가 한 번은 증국번이 전투 실패로 처벌을 당할 처지에 빠졌는데 아주 뛰어난 지혜로 죽을 운명을 면했다는 이야기는 참으로 감동적이었어.

그는 살기등등한 서태후 앞에서 "싸움마다 패하고 패하면서 계속 싸웠습니다(類戰類敗 類敗類戰)." 하고 아뢰었다. 패배를 거듭하면서도 계속 싸웠다는 것은 충성을 의미하니 그를 죽일 수가 없었던 것이겠지.

그는 우리들에게 명성이 높을수록 우환이 따르니 조심해야 하고, 성공할수록 겸손해야 하고 권력과 명예에 도취되지 말고 욕심을 버리고 때가 되면 물러서야 하고 지식과 지혜를 쌓아야 하는 인생의 생존도리를 깨쳐준 것 같아.

성공과 실패는 어쩌면 책의 앞면과 뒷면과 같다. 안 그래?

생명 같은 시간

내가 이처럼 감동되어 다시 다시 거듭 읽은 시는 없는 것 같다. 읽을수록 사색에 빠지고 연상을 하게 하는, 생명 같은 시간을 보내는 인간의 아픔을 쓴 시이다. 시간을 쓴 글 같지만 실은 인생을 쓴 것이다. 다하지 못하고 가야 하는 인생, 가는 인생, 무엇으로도 바꿀 수 없는 시간의 한계, 그 한계가 바로 죽음이다.

시간(세상)은 무한한데 인생은 짧은 우주여행이다. 시간은 인색한 고리대금 업주처럼 한 푼도 양보 없이 받아가고 앗아간다. 조병화 시인의 글을 옮기면서 감상을 적어본다.

지금 너와 내가 살고 있는
이 시간은
죽어간 사람들이 다하지 못한
그 시간이다.
그리고 지금 너와 내가 살고 있는

이 오늘은
죽어간 사람들이 다하지 못한
그 내일이다.
아, 그리고 너와 나는
너와 내가 다하지 못한 채
이 시간을 두고
이 시간을 떠나야 하리
그리고 너와 나는
너와 내가 다하지 못한 채
이 오늘을 두고
이 오늘을 떠나야 하리

그리고 너와 나는
너와 내가 아직도 보지 못한 채
이 내일을 두고
이 내일을 떠나야 하리

오, 시간을 잡는 자여
내일을 갖는 자여
지금 너와 내가 마시고 있는
이 시간은
죽어간 사람들이 다하지 못한
그 시간

그리고 지금, 너와 내가

잠시 같이 하는 이 오늘은
우리 서로 두고 갈
그 내일이다.

　시인은 "이 시는 이미 죽어서 가버린 자와 지금 살아있는 자와 머지 않는 미래에 이곳으로 올 자와의 생존의 상관관계를 시로 따져본 것이다. 시간이라는 일직선상에 놓여있는 간 사람과 가는 사람과 오는 사람의 시간적 관계, 그걸 생각하고 쓴 것이다."라고 해석했다.
　"시간"은 이처럼 무한정으로 연장되면서도 매 사람에게는 그렇게 야박하게 한정해준다. 그런 시간을 생명으로 묘사하고 해석한 시인을 오늘 처음 만났다.
　나는 스스로 하루하루의 시간, 생명을 매우 아끼는 사람이라고 생각한다. 나에게 하늘이 부여한 시간이 참으로 길었는데도 아직도 할일이 많고 할 말이 많고 쓸 글이 많고 돌아볼 꿈과 비밀이 많다. 욕심쟁이 여자가 틀림없다. 이제 아들딸들에게, 그리고 그들의 자녀들에게 무언가를 남겨주고 떠날 이 시간(생명)이 얼마 남지 않았다고 생각하니 더구나 시간이 물처럼 흘러가는 것이 한없이 아쉽고 슬프다. 앞날이 코앞에 왔다고 허무하게 놀며 세월을 낭비하는 것은 시간(생명)에 대한 죄악이다. 하냥 바쁘게 쫓기며 사는 인생이 그래도 좋다.
　글 한 편이라도 더 쓰면 그것은 시간을 저축하는 것이고 생명을 연장하는 것이 아니겠는가. 어느 저수지 공사장에서 만났던 일꾼이 자꾸 떠오른다. '바보'같이 남들이 쉬는 시간에도 땀 흘리며 일하는 이유를 물었더니, 엉뚱하게 "힘을 남기고 죽으면 얼마나 아깝습니까, 다 쓰고 가야지요." 하였다. 그때는 너무 바보스럽다고 생각하기까지 했는데 지금 생각해보니 그 '바보'야말로 시간에 대해, 생명에 대해 가장 깊이 이해하고 있는 고상한 인격자라는 것을 새삼스레 깨닫게 된다. 세상을 살면서 몸도 마음도 지혜도 다 바치고 가는 인생이야말로 가장 바람직하다. 하기야 원만한 인생이 어디 있고 완전무결한 가정이 어디 있으랴만.

시간이야말로 억만금과도 바꿀 수 없는 세상에서 가장 소중한 것이다. 가면 다시없는 것이기에 그토록 귀중한 것일까. 하루 동안 지칠 대로 지치며 글 한 편을 겨우 완성하였다. 그 쫓기는 시간을, 그 시간이 나에게 준 고통과 압력을 생각하면서 나는 온 몸에 솟구친 땀을 닦으며 행복해한다. 그 글이 졸작일 수도 있다. 하지만 나는 나에게 차려진 행운스러운 이 하루 – 시간을 충분하게 썼고 바쁘게 살았다는 데서 충분히 자족한다. 영국의 저명한 스펜서는 "인간은 태양에서 나와서 태양으로 돌아가는 짤막한 여정을 사는 데 불과하다. 그러나 위대한 인간은 이 짤막한 여정 속에 자기의 이름을 하나 서명하고 간다."고 말했다.

나는 비록 위인은 못 되지만 이제 남은, 나에게 차려질 앞으로의 시간을 인색하게 쪼개며 바쁘게 살고 싶다. 이제 나에게서 "시간"을 빼앗아 이어갈 자손들을 위해서, 내 걸어온 인생길에 부모가 지어주고 간 이름 석 자를 '서명'하고 발자국 하나를 남기고, 그렇게 살고 싶은 마음이다.

고독할 때

　이 세상에 고독하지 않은 사람이 어디 있으랴. 그러나 나이를 먹으면 고독할 때가 많아진다. 이는 기실 우리에게 한가한 시간이 많아지기 때문이다. 많이 아플 때, 보고 싶은 자녀들이 먼 곳에서 살면서 약속한 날에 전화가 없을 때, 그들에게도 자기에게도 아무런 소용이 없는 열두 가지 걱정을 만들어 머리를 아프게 만든다. 말짱 나쁜 쪽으로 이유를 만들어가지고는 걱정을 하고 부러 화를 낸다. 아무리 바빠도 전화해야지. 사실 알고 보면 그들은 전화할 새도 없이 바빠서 그러는데도, 나는 한가하니깐 공연히 있는 걱정, 없는 걱정 만들고 노염을 만들고 고독을 찧는 것이다.

　비 오거나 눈 오거나 바람이 세차게 불거나 하는 날이면 웬일인지 책상 앞에는 앉았는데 기분이 안 좋다. 세월이 덧없이 내 인생을 빼앗아간 것 같고 남보다 보람 없이 산 것 같아 쓸쓸해지고 마음이 허전해지기까지 한다. 이상하게 이런 고독한 날엔 반가운 전화 한 통 안 걸려온다. 바쁠 때면 모이자는 전화가 연속 걸려와 안타깝기도 했는데….

모든 인간은 본래 혼자이다. 고독을 씹으며 살다가 고독하게 간다. 누구도 동무해서 못 간다. 고독감은 삶의 공포일뿐이다. 옛날 왕들은 혼자 가기 싫어서 사랑했던 왕후나 비빈, 궁녀들을 '데리고' 갔다. 죄 없는 그들은 본의 아니게 억울하게 생죽음을 당했다. 얼마나 잔인한가! 그게 무슨 소용이 있는가, 왕은 왕대로 그들은 그들대로 고독하게 각각 떠나갔는데.

고독해서 좋을 때가 있고 많이 아파서 좋을 때가 있다. 웬일인지 지독하게 고독할 때, 아주 죽게 아플 때 바보 같은 내 머리 속에는 숱한 생각들이, 숱한 글들이 떠오른다. 금시 이 세상을 떠날 것 같아서 아픔과 씨름하면서, 때론 아스피린을 한 알 넘기고는 무엇인가 쓰고 또 쓴다. 이 세상에 만병통치약이 있다면 첫째로 꼽히는 약이 아스피린이 아닌가 싶다.

나로 말하면 가장 행복한 시간은 자기 일에 몰두하는 때라고 해도 거짓말이 아니다. 후에 다시 읽어보면 별볼 것 없는 글이지만 그 시각처럼 진실하게 내 마음을 반영한 글은 없다. 그래서 고독이 글을 낳고 글은 아픈 사람에게서 나온다고 했을까. 고독은 어떻게 대하고 어떻게 이용하는가에 따라 그 의미가 달라진다는 것을 나는 살면서 깨달았다. 제일 좋은 방법은 책을 읽는 것이다.

어찌 생각하면 고독이란 혼자 있는 즐거움을 의미하는지도 모른다. 혹은 재미있는 텔레비전을 보는 것이다. 책 속의 이야기에 빠져들거나 영화 속의 주인공의 운명에 빠져들면 자연히 자아를 잊게 된다. 책 속에서, 영화 속에서 계시를 받고 감동을 받고 깨달음을 받을 때가 많다. 고독하다고 허망세월을 보내서는 안 된다. 누구에게나 죽음은 공평하게 차려진다. 짧게 살아도 길게 사는 사람이 있고 길게 살아도 짧게 사는 사람이 있다. 지지리 쓸모없이 사는 긴 세월은 그 본인에게나 사회에게나 모두 낭비이다. 이런 장수는 불행이다.

"재능은 고독 속에서 이루어지고 인격은 세파 속에서 이루어진다."는 괴테의 말이 떠오른다. 별 볼거리가 없지만 고독을 달래기 위해서 나는 글을 쓰는가 보다. 고독이 이 글을 낳았는가 보다. 나는 고독을 좋아하지 않지만 고독은 그림자처럼 나를 따라다닌다. 쫓을 수도 없다. 쫓고 싶지도 않다. 고독을 이기기 위해, 고독을 배우기 위해 책을 읽자. 인생의 페이지들을 멋지게 장식해주는 아름다운 여행을 해보자. 쇼핑을 하자. 친구들과 이야기를 해보자….

나의 하루

어느 날, 한 친구가 "너는 하루를 어떻게 보내니?" 하고 물었다.

나의 하루는 어제나 그제나 오늘이나 대체로 어슷비슷하다. 아마 내일도 살아있다면 그러할 것이다. 수면제를 먹고야 잘 수 있는 습관 때문에 아침에 6시가 돼야 일어난다. 아침은 간단히 먹는 습관이다. 죽이나 만두, 혹은 콩물에다 빵 한 조각, 짠지, 삶은 달걀 한 개나 혹은 절인 오리알 반 개면 된다. 그리고 김 몇 장.

겨울에는 아무리 추워도 전신무장을 하고 10시쯤 해서 남편과 같이 한 시간 정도 산보하거나 장 보러 다닌다. 여름에는 아침 8시 전후에 한 시간쯤 집 옆에 있는 조용한 강둑을 걸어서 천지교까지 갔다 온다. 그런 다음 두 시간 글을 쓰거나 책, 잡지를 본다. 별로 재미없는 내 글보다 재미있는 남의 책을 읽는 감동이 더 크다. 남한테서 나에게 부족한 지식과 지혜를 배우는 기쁨은 무궁하다.

점심은 대체로 잡곡밥에 반찬 두어 가지에 장국이나 김치, 저녁 몫까지 만든다. 한 시간 정도 걸린다. 점심식사 후 한 시간 정도 누워 휴식한 다음 목욕을 하고 나서 컴퓨터 앞에 앉는다. 선배들과 문우, 친구들이 보내온 메일과 전달해온 아름다운 글, 명승지들을 열어보고 한국 고도원 선생의 '아침편지'와 이창우 선생의 '행복닷컴'을 열어보고 좋은 글귀는 베껴두거나 인쇄해둔다.

나는 짬이 있으면 책을 읽는다. 책상 위에나 컴퓨터 옆에도 모두 필기장과 볼펜이 놓여있다. 젊었을 때에는 밤에도 책을 보고 글을 쓰고 했는데 지금은 늙어서 잘 보이지도 않고 정력도 안 되어 드라마를 본다. 텔레비전에서 얻는 지식과 지혜도 적다고 할 수 없다. 차탁자 위에는 갖가지 필기장이 놓여있어 중국에서, 세계에서 벌어지는 대사들도 적어놓고 드라마를 보면서 느낀 감동과 불만도 적어놓는다. CCTV에서 오후 4시에 '백가강단'(百家講壇)이라는 프로그램을 하는데 나는 그 어느 프로보다 즐겨본다. 내가 잊어버렸거나 의문 나던 많은 역사지식을 배우고 몇 백 년 몇 천 년 전의 위인들한테서도 무궁한 지혜를 배울 수 있기 때문이다. 이렇게 저렇게 베껴놓은 필기장만 해도 수 십 책 된다.

『실락원』을 쓴 영국의 시인 밀턴은 "좋은 도서는 정신의 수혈"이라고 말했다. 좋은 책은 인간 정신상에도 싱싱한 좋은 피를 수혈한다는 말이다. "삭막하고 칼칼하고 무식하고 교양이 없는 텅 빈 머리에 생각하는 능력, 사는 능력, 살 줄 아는 능력, 인간으로 사는 능력, 문화, 문명을 즐길 줄 아는 능력을 길러주는 그 – 고귀한 피를 머리에 수혈해준다는 말이다."(조병화 시인의 해석)

맞는 말이다. 나는 인생을 살면서 독서를 하면서 실로 많은 선인들이 남겨놓은 유산 속에서 차원 높은 인식을 접하게 되었고 근면과 용기를 배웠고 넘어졌을 때 다시 일어설 수 있는 힘을 얻었다. 억울할 때 참을 수 있는 아량과 뒤로 한 걸음 물러서서 남에게 양보할 수 있는 가슴, 스스로를 반성하고 스스로를 돌아보면서 지난날은 접어놓고 앞을 내다보면서 살 용기도 배웠다. 책에서 나는 이 모든 것을 배우고 실천하고 만 권의 책과 더불어 나는 커왔다. 책은 고독과 아픔을 이기는 명약이다.

가끔 이런 생각을 할 때도 있다. 내가 이제 얼마를 살 건데? 이렇게 많은 책과 필기장을 누구에게 주려고? 하지만 나는 그런 생각들을 뒤로 밀어놓고 나만의 취미, 나만의 습관, 나의 오늘과 내일을 위해서 할 뿐이다. 참으로 나는 토막토막의 시간들을 아끼고 주우며 하루하루를 보낸다. 다시는 나에게 돌아오지 않을 귀중한 보물 같은 시간을 열심히 산다. 어느 작가가 한 말인데 글을 쓰고 책을 펴내는 것은 "사라져가는 시간들을 저축하는 셈이다."고 하였다. 맞는 말이다.

나는 해마다 유람을 떠난다. 돌아다니길 좋아한다. 여행에서 얻는 견식은 독서에서 얻는 지식에 못지않다. 여행길에서 수많은 감동을 하고 사색을 하고 즐거움과 슬픔도 맛보게 된다. 여행은 한 인간을 한층 높은 차원으로 이끌어준다. 또한 세상은 넓고 인간은 미소(微小)하고, 산밖에 산이 있고 하늘밖에 하늘이 있다는 것을 느끼게 하며 이 세상을 살아가는 행운을 귀중히 여기게 한다.

가끔 이렇게 저렇게 만나 인연을 맺은 친구들과 만나 즐겁게 반나절 시간을 보낸다. 서로 마음을 나누고 아플 때 위로하고 기쁨도 함께 나누는 친구들이 있다는 것을 진심으로 감사하게 생각한다. 즐겁고 행복하다는 느낌을 가지기도 한다. 바닷가의 하나의 조약돌, 강둑의 한 포기의 풀, 들판에 야산에 피었다 지는 작은 한 송이 들꽃. 나는 그런 인생이지만 이 세상을 살아온 것을 행운으로 생각한다. 고맙게 생각한다.

독서하는 재미

　이 세상에서 책을 읽는 재미보다 더 큰 재미가 있는지 모르겠다. 나는 70여 년 살아오면서 이런 저런 책들을 수많이 읽었다. 내가 모르던 어떤 뜻을 깨우쳐주거나, 신기한 일이나 사람들을 쓴 글을 읽을 때면 귀중한 선물을 받은 것처럼 기쁘다. 때론 가슴이 설렐 때도 있고 그 무슨 용기가 솟구칠 때도 있다.

　나는 어떤 때 책을 보는가? 많게는 글을 쓰기 싫을 때 본다. 내 글이 재미없을 때 필을 놓고 남의 글을 읽는다. 어디나 다 아플 때 나는 책을 읽는다. 금시 효과가 발생한다. 기인들이나 위인들의 전기를 읽으면 아픔을 잊고 책 속에 빠진다. 책 속의 기인들의 힘이 의사들을 초과할 때가 많다. 고독할 때 책을 본다. 아무리 친한 친구나 가까운 친척이나 혈육도 책보다는 못하다.

　책은 항상 내 옆에서 나를 고무하고 비평하고 밀어도 주고 당겨도 주면서 나를 일어서게 한다. 엄격한 스승으로도 되고 따뜻한 친구로도 되면서 고독이 주는 아픔을 달래준다. 그리고 그 무슨 글을 쓰고픈 마력을 준다. 남에게 무시당했을 때 책을 읽는다. 세상에 이름난 예술가나 작가나 위인들이 어느 하나 순탄한 인생을 산 사람이 없다. 빈궁과 고독과 남들의, 사회의 외면을 당하면서 불우한 인생을 살았고 그 한이 그들에게 절세의 열매를 맺어주었다.

『사기』를 쓴 사마천이 그렇고 『홍루몽』을 쓴 조설근이 그렇고 『아Q정전』을 쓴 루쉰이 그렇고, 절세의 명시 '임강선'(臨江仙)(『삼국연의』의 서시)을 쓴 양신(楊愼)이 그렇고 건륭황제 때 『사고전서』(四庫全書)를 총관한 기소란이 그렇고… 그렇게 인생의 가지가지 고난을 겪고 불운을 이겨내며 피로 써낸 책들을 보면서 힘을 얻을 때도 있었다. 내가 책에 재미를 붙인 이유는 수없이 많지만 대체로 이런 것이다.

사실 나는 좀 모자라는, 야무지게 여물지 못한 사람이다. 그런 내가 쓴 글들을 다시 읽어볼 때면 정말 재미없고 불만스러워 짜증날 때도 있다. 어쩌면 재간이 이렇게 없을까? 글 쓰는 재간도 그렇지만 지적으로 많이 부족하고 수양이 모자란다. 그런 모자라는 것이 그대로 글에 담기니 그럴 수밖에 없는 것이다. 그래서 책을 펴낼 때면 신심 가득히 온 열성을 다 하여 쓰고 고치고 하며 밤을 새지만 일단 책이 출판된 다음에는 다시 펼쳐보지 않는다. 들여다보기도 싫다. 거울에 비친 내 얼굴처럼 못난 모습을 다시 보고 싶지 않은 심리이다. 틀리면 틀렸지, 나간 다음 무슨 방법이 있겠는가?

글이란 결국은 남의 일이 아니라 나 자신의 인생을 쓴 것이고 내 맘속에 품었던 기쁨과 슬픔, 실망과 희망, 유감과 기대를 써놓은 것이다. 독자와 솔직히 마음을 나눈 것이다. 남들에게 자신의 허물을 그대로 보였으니 민망스럽긴 하지만, 나는 글을 쓸 때는 그 무슨 용기가 생겨 제 마음을 에돌리거나 감추지 않고 진지하게, 솔직하게,

못난 대로, 틀린 대로 써놓는다. 좋다는 사람도 있고 별 볼 게 없다는 사람도 있다. 침묵하는 사람은 아마 재미없다는 뜻일 게다. 옷을 만들어 팔아 남들이 입었는데 걱정해 무엇하랴! 싫으면, 낡으면 다 던져 버릴 건데.

오늘 한 사장님이 빌려준 책은 참 재미있었다. 빌려온 책이라는 것도 잊고 그만 연필로 다시 읽을 부분은 줄을 그어놓고, 베껴둘 부분은 #표나 @표 같은 기호를 가득 붙여놓았다. 습관대로 숱한 표시를 해놓고 보니 깜짝 놀랐다. "이거 어쩌지?" 돌려줄 책인데. 할 수 없이 다 읽은 다음, 표시한 부분을 필기장에 옮겨놓고는 다음 내 허물을 지우듯이 고무지우개로 살살 지워버렸다.

내 이제 얼마 살겠다고 독서노트를 자꾸 만드는지 모르겠다. 땀을 흘려가면서. 연말 때면 노트 10권과 볼펜 10자루를 사는 것이 이제 습관이 돼버렸다. 죽을 때까지 고쳐지지 못할 습관이다. 딱히 누구에게 물려주려고 하는 일도 아닌데, 아무래도 나는 나를 위해서 하는 것 같다. 한국의 유명한 시인 조병화는 수필도 참 잘 썼다. 편마다 짧지만 뜻이 깊고 이야기가 진지하고 솔직해서 재미있게 읽었다. 읽는데 힘들지 않아 좋았다. 글이란 우선 남이 쉽게 재미있게 읽은 다음 그 뜻을 깨쳐야 하는 것이다. 아무리 심오한 뜻이 담겼더라도 재미없으면 한쪽으로 밀어놓게 마련이다. 그리고 한 말을 자꾸 씹으며 지루하게 무슨 도리를 파내려 하면 독자는 짜증이 나서 책을 내버릴 것이다.

나도 짧게 글을 쓰는 연습을 해야 하겠다. 자는 시간도 절약하고 독자들도 짜증나지 않게 하기 위해서. 인간에게 차려진 시간은 얼마 안 되는데 아껴야지.

살았을 때, 책을 많이 읽자. 남에게서 배우며 사는 인생은 배우지 않으며 사는 인생보다 차원이 더 높을 수 있다.

친구와 헤어짐의 묘미

살다 보면 몇 십 년 사귀었던 친구들과 별로 크지 않는 일로, 혹은 어떤 오해로, 자존심으로 이런 저런 상처를 받고 헤어질 때가 있다.

어릴 때, 아주 친했던 친구가 있었다. 몇 십 년 만에 우연히 한 시내에 모여 살게 되어 정말 다정하게 오고갔다. 나 혼자만의 심정이었는지 모르겠지만 어릴 때 친구들을 만나면 마치 그 시절로 돌아간 듯해서 아무리 바빠도 한 달에 한 번씩은 시간을 내어 함께 모이곤 하였다. 이젠 모두 다 늙어버린 여인들이지만 만나면 금시 그때 시절로 돌아가 할 말이 많았다.

그러나 시간이 감에 따라 우리의 눈높이, 우리들의 생각, 취미와 바람 등에서 차이가 많아지는 것을 느꼈고 따라서 오해도 많아졌다. 나는 친구라면 서로 허물을 감싸주고 어려울 때 따뜻한 손길을 보내주고, 할 말이 있으면 앞에서 하고 서로 이해하고 사랑을 베풀어야 한다고 생각했는데 그것이 아니었다. 뒤에서 나의 허물을 자주 꼬집는다는 말을 듣고도 믿지 않았는데, 분명 집에 있으면서 내 전화를 받지 않았다는 사실을 확인했을 때 나는 분노했다.

그래서 '친구'와 헤어지기로 하였다. 찾지 않기로 맘먹었다. 마음이 아프면서도 무거운 짐을 부려놓은 듯 홀가분해지기까지 하였다. 하지만 인연이란 무섭다. 내가 탄 버스가 그 친구의 집 앞을 지날 때, 무슨 일로 그녀가 사는 거리를 갈 때, 멀리 그녀의 그림자가 보일 때마다 내 가슴은 뭉클해지기도 하고 억울하기도 한 감정에 휩싸였다. 그녀가 어떤 곤란에 부딪쳤다는 소식을 듣고는 웬일인지 원망보다는 그녀가 잘 있는지가 걱정되기도 하였다. 어느 시인의 글귀가 새삼스레 떠오른다.

> 깊이 사귀지 마세
> 작별이 잦은 우리들의 생애
> 가벼운 정도로 사귀세
> 악수가 서로 짐이 되면
> 작별을 하세
> …
> 내가 너를 생각하는 깊이를 보일 수가 없기 때문에
> 내가 나를 생각하는 깊이를 보일 수가 없기 때문에
> 내가 어디메쯤 간다는 것을 보일 수가 없기 때문에
> …
> 작별이 오면
> 잊어버릴 수 있을 정도로 악수를 하세.

그 시를 다시 읊으니 참으로 쓸쓸해진다. 이별이란, 헤어짐이란

실로 치유하기 어려운 상처이다. 하지만 더는 해석하여 풀 수 없고 너무나 거리가 멀어져 무너져가는 우정은 헤어지는 것이 좋다. 작별도 고하지 말고 구구히 유감을 따지지도 말고 너는 너대로, 나는 나대로 인생을 사는 거다. 얇아지는 우정에 매달리지도 말고 헤어짐을 후회하지도 말자. 그 대가로 어딘가 유감과 분노를 삭이기 힘들겠지만. 할 수 없는 일이다. 배신이야말로 무서운 상처이다. 작별이야말로 허망한 고독이다. 그래서 너무 깊이 사귀지 말아야 한다.

몇 십 년 동안에 너도 변하고 나도 변하고 이렇게 인간은 자주 변하는데 어떻게 옛정에만 머물 수가 있을까. 거리를 둔다는 말이 맞다. 인간은 아무리 가깝고 사랑해도 거리가 있는 것이다. 아무리 어쩌고 어째도 그 거리를 아주 메울 수 없는 것이 인간의 슬픔이다. 그래서 살면서 헤어지는 연습도 해야겠다. 결국 인간은 서로 영영 헤어지기 마련이니까.

서로의 가슴에 남은 앙금은 제멋대로 거를 수도 있겠지만 친구야, 나는 네가 행복하길 바란다. 이것은 나의 진심이다.

인연을 아끼자

사람은 살아가는 동안 수많은 인연을 맺게 된다. 초등학교를 다닐 때는 5, 6년 함께 싸우기도 하고 장난도 치고 숙제도 하며 자랐던 동창들이 귀중했는데, 중학교를 다니면서는 초등학교 때의 많은 아이들은 잊어버리거나 멀어지고, 고등학교를 다닐 때는 또 중학교 때의 친구들, 대학을 다닐 때는 고등학교 때의 친구들을, 사회에 나와서는 몇 십 년 바삐 뛰다 보니 사귀었던 그 수많은 인연들을 잊거나 멀리하고 살았다.

세월이 흐르고 흘러 인생의 한끝에 이르고 보니 지나온 그 수많은 고개고개 고갯길을 뒤돌아보게 되고 진작 잊었던 인연들이 기적같이 하나 둘… 머릿속에 생생히 얼굴모습까지 떠오르고, 선생님 물음에 답하지 못해 눈물 짜던 일까지 새삼스레 떠오른다. 사람의 머리는 참으로 신비로운 '창고'이다. 수년도 아닌 수 십 년을 보관해주다가 이렇게 보상도 안 받고 되돌려주다니, 초등학교 때 내내 나와 1등을 다투며 미워했던 원철이, 중학교 때 여자반 1등을 서로 다투던 영자, 고등학교 때 자취생활을 하느라 늘 점심을 굶고 있는 나에게 가끔 위가 아프다며 자기의 밥표를 쥐어주던 병다리 수복이, 고등학교 3학년 때 가난과 병으로 집으로 돌아갈까 말까 우왕좌왕할 때, 내 손목을 잡고 집으로 데리고 가서 마지막 반 년을 동전 한 푼 받지 않고 밥을 먹여준 고마운 초등학교 때 반주임 김규렬 선생님과 사모님, 잉크덩이와 철필촉, 백노지를 사서 내 가방에 넣어주며 꼭 대학에 가라던 외사촌 영춘 오빠, 내가 어려운 시련을 겪을 때 자기 집에 데려다 고깃국을 끓여주며 어서 먹고 기운을 내라던 인쇄공 윤복순, 입당이 비준되지 않아 분한 김에 포기하겠다고 고집을 부리며 뛰쳐나간 나를 따라 5리 강둑길을 달려와 등을 두드리며 '견지하면 승리한다'고 고무해주던 고마운 최숙녀, 병원에 입원했을 때 학생아이들을 데리고 병실에 찾아와 '위문공연'을 해주며 건강을 빌어주던 담임, 출장 갈 때마다 아이들을 싫은 소리 한번 없이 맡아주던 옆집 아줌마, 60여 년을 싸움 한 번 하지 않고 다정하게 만나서는 기쁨과 슬픔을 함께 나눠온 친구, 책 출판에 경비가 모자라자 대신 뛰어다니며 자금을 빌려오던 친구, 내 책을 29권이나 사서 친척, 친구 자식들에게 나누어주며 사방에 선전했다는 고마운 분….

적고 보니 정말 내가 살아오는 동안 신세를 진 사람들이 이렇게도 많았다는 것을 미처 생각하지 못했다. 늘 내가 친척이나 남을 더 도와주었다고 생각하면서 자주 '자랑'한 것이 부끄럽기 짝이 없다.

물론 살아오는 동안 친하기만 한 인연만 있는 것은 아니다. 나를 좋아한 사람도 있고 미워한 그런 사람과의 인연도 있다. 웬일인지 좋아했던 인연보다 미워했던 사람의 형상은 오랜 세월을 두고 가슴에 새겨져 지울 수가 없다. 진작 지워야 하는데 아마도 내 속이 좁은 모양이다.

너무 사랑했기 때문에 '적'처럼 된 인연이 있고, 너무 미워했기 때문에 그림자처럼 나를 따르며 내 신경을 도사리게 하고 마음을 아프게 만드는 인연도 있다. 쫓을 수도 없고 쫓아도 안 된다. 야속하게 꿈에까지 나타나 나를 괴롭힌다.

하지만 세월이란 약이다. 시간이란 묘약이다. 세월은, 시간은 묘한 보이지 않는 칼로 내 가슴에 응어리를 야금야금 지워버린다. 이만큼 나이를 먹으니 이제는 좋았던 인연도, 나빴던 인연도 모두 무난히 받아들인다. 칭찬도 그만, 비평도 그만 모두 모두 대강이다.

인제 와서 돌이켜보니 사실 미웠던 인연이 내내 나의 뒤를 따르며 나더러 항상 구름처럼 떠있지 않게, 내 잘못을 깊이 느끼게, 그리고 나란 인간이 별나지 않다는 것을 깨닫게 해준 것 같다. 그러니 내 인생을 완성하는데 밑거름으로 되어준 셈이다.

좋은 친구들 간의 인연은 내가 용기를 내고 살아가는 데 힘을 보태주고 기쁨을 주고 살아가는 재미를 보태주었으니, 더 이를 데 없이 고마운 것이다.

살아가는 동안 나는 이런저런 상장도 타고 표창도 받았다. 기쁜 순간들이었지만 영예란 마치 떠나버리는 구름장과 같았다. 저 멀리 날아가면 그뿐이다. 영원한 영예란 없는 것이다. 누군가 "영원한 벗이 없고 영원한 적이 없다"고 했는데 그 말이 점점 믿어진다.

남은 인생의 길은 가늠하기 어렵지만 길지 않다는 점은 확실하다. 이 세상에서 우연히 만나 맺은 좋은 인연, 나쁜 인연들을 버리지 말고 좋은 추억으로 남게 해야겠다. 그리고 아껴야겠다.

언젠가 유용 작가의 글을 읽다가 미국 부시 대통령의 부인 바바라가 어떤 여자대학 졸업식에서 했다는 연설 가운데 한 구절이 잊어지지 않는다.

"인생의 여정을 끝내는 때 당신은 더 많은 시험에 통과하지 못한 것으로 하여, 더 많은 법정놀음에서 이기지 못한 것으로 하여, 장삿길에서 더 많이 성공하지 못한 것으로 하여 유감스러워하지 않을 것이다. 그 대신 남편과 자식들과 벗들과 부모와 아름다운 즐거운 시간을 함께 못한 일로 종생 유감을 안게 될 것이다." 평범한 이야기 같지만 정치가의 부인으로서 유감을 진실하게 표현해서인지 모름지기 감동을 준다. 사실 뭐니 뭐니 해도 모든 인연 중 가족과의 인연이 으뜸으로 소중하다는 뜻일 것이다. 가족과의 인연을 꼼꼼히 챙겨야겠다.

어차피 살아가는 동안 나쁜 인연은 지워버리고 좋은 인연을 많이 만들며 살아가보자.

내 몸이 중이면
중 행세를 해야지!

오늘 한국 신문들을 넘기다가 낯익은 사진을 보고 펄쩍 놀랐다. 그는 얼마 전에 '한국방문'을 나간 먼 친척이며 동창이다.

"행운아는 넘어져도 떡함지에 앉지만 재수 없는 놈은 뒤로 자빠져도 코가 깨진다"는 속담이 어쩌다 그 동창에게서 재현되었을까. 먹고사는 데는 아무 걱정 없지만 사람의 욕심은 한정 없는 것이다. 남처럼 멋지게 버젓이 차려놓고 살아보려고 떠났을까, 새파란 자식들의 뒷바라지 압력 때문에 나갔을까?

"한 번 갔다 오면 신세 좀 고친다"는 남들의 말을 믿고 그는 허허 웃으며 떠나갔다. 어떻게 된 일인지 같이 나간 사람들은 '신세'를 고쳐가지고 돌아왔거나 그냥 머물고 있는데, 생활이 빡빡한 그는 불행하게도 막일을 하다가 크게 다쳐가지고 입원을 했다는 것이다. 대학을 나와 여태껏 책상머리 대장질했던 그라 그렇게 힘든 일을 당해낼 수 없었던 것은 불 보듯 뻔한 일이다.

결국 입원비가 하늘같이 비싸 벌었던 돈 몽땅 밀어 넣고도 빚더미에 앉았다는 것이다. 그런 처지를 맘 좋은 한 '자선가'가 위로금을 넣은 봉투를 그에게 넘겨주는 장면을 찍은 사진이 그 신문에 실렸던 것이다. 병상에 누워 그 봉투를 받는 가냘픈 동창의 모습을 보면서 감격 대신 공연히 마음이 안 좋았다. 어쩐지 그 자선가는 광고의 주인공이 되고 내 동창은 주인공의 선전물로 된 것 같은 느낌이 들었다. 물론 나의 편견인지 모르겠지만 위로금 명목으로 교통보조금을 주었다는데, 그 돈은 집으로 돌아가라는 뜻이다. 그런데 돌아오면 그의 병은 무슨 돈으로 치료할 수 있단 말인가? 자기의 부주의로 생긴 사고라고 밝혔으니 어디가 하소연할 수도 없는 동창생.

유태인의 『탈무드』에는 이런 글이 적혀져있다.

"남에게 돈을 꾸어줄 때에는 증인을 세워라. 그러나 그냥 줄 때에는 제3자가 있어서는 안 된다." 이 세상에 돈 있는 사람이나 돈 없는 사람이나 모두 이 격언의 참뜻을 깨쳐볼 필요가 있다고 생각한다. 그것은 인간에게는 돈보다 더 중한 것이 자존심이고 인격이고 존엄이고 우정이고 인정이고… 하는 것들이 있기 때문이다. 무엇을 알리기 위해서 만 사람의 앞에서 '자선'을 베푸는 것은 어쩐지 받는 사람에게, 보는 사람들에게 심리적 아픔을 준다.

참, 돈을 하늘보다 높게 보지 말라. 돈이란 없어서도 안 되지만 그것의 노예로는 되지 말아야 한다. 돈이란 아주 대단한 것 같지만 결국은 '의복이 인간에게 해주는 구실'밖에 해주지 못한다. 옛사람들은 내 몸이 중이면 중 행세를 하라고 했다. 아주 뜻깊은 말이다.

넉넉히 살지는 못했어도 날마다 설계도면과 씨름하며 자신의 인생가치를 창조했고 존엄을 지키며 신망과 위망을 받았던 그가 어떻게 저런 처지에 빠졌을까. "양반은 물에 빠져죽어도 개헤엄은 안 친다"고 곧잘 말하던 그가, 위대한 과학자가 위대한 장사꾼으로 될 수 없고 위대한 장사꾼이 위대한 과학자로 될 수 없다는 인간 도리를 그처럼 진지하게 나에게 깨쳐주던 그가, "내 몸이 중이면 중 행세를 할 줄 알아야 한다"고 했던 꿋꿋하고 당당했던 그가…

초조하고 꾀죄죄하고 애달프고 힘줄이 빠진듯한 모습으로 병상에 누워있는 장면을 보면서 동정이라 할까, 분노라 할까… 온 머리가 뒤죽박죽되어 버렸다.

북경대학 총장을 역임한 유명한 학자인 호적(胡适) 선생이 80년 전에 '개산노전'(開山老殿)에 써주었다는 글귀가 새삼스레 떠오른다.

有 幾 分 證 據 說 幾 分 話
做 一 天 和 尚 撞 一 天 鍾

"증거를 가진 만큼 말을 해야 하고, 하루 중이 되면 하루 동안 종을 쳐야 한다."는 뜻일 거다. 어떤 써족(畲族) 작가가 이 글귀를 읽고 크게 감동을 받고 이런 말을 하였다. "사실 도덕 표준의 출발점은 높지 않아야 한다. 사회에 유익한 일을 충실히 하려고 한다면 '하루 중이 되어 하루 종을 치는' 것도 절대 쉬운 일이 아니라고 하였다."

나 역시 일생동안 다른 재간은 없으니 딴눈 팔지 않고 '책보기'와 '글쓰기' – 결국 이 '종' 하나를 치며 사는 것도 어렵고 힘들다는 것을 느꼈다. 그러면서도 그냥 그 '방망이'를 놓지 못하고, 버리지 못하고 그냥 '종'을 치고 있다. 그 '종'소리가 울리지 못하면 내 생도 끝날 것이다.

일생동안 한 가지 일만

엊저녁 CCTV에서 중국 첫 원자탄 핵실험 공로자 중의 한 과학자를 소개하였다. 그는 45차례의 실험을 손에 땀을 쥐고 지휘한, 유명한 과학원 원사(院士: 학계 최고의 학자, 학술원 회원에 해당) 임준덕(林俊德)이다.

그는 죽는 순간까지 의사와 가족들의 부축을 받아가며 코에 산소통을 달고 컴퓨터 앞에 서서 자기의 프로그램을 조작하였는데, 부인이 누워서 잠깐 쉬었다 하라고 하면, "누우면 다시 일어날 수 없소."라고 하면서 마침내 프로그램을 완수하였다. 그는 쓰러졌다. 과학자의 하늘같은 사명감이 결국 그를 일생동안 한 가지 일을 하는 '기계인간'으로 만들었다.

임준덕 원사는 다 완수한 프로그램을 후배에게 넘겨주고는 아무 말도 못 하고 미소 띤 얼굴로 조용히, 행복하게 이 세상을 떠나갔다. 화면이 바뀌었지만 내 눈앞에는 '행복'하게 최후를 마치던 그 모습이, 그 형상이 내내 지워지지 않았다. 저절로 눈물이 나왔다. 지난날 내가 취재했던 많은 과학자들이 모두 이 원사처럼 '한 가지 일'을 하다 가 그 '한 가지 일'을 위해 인생 전부를 바쳤다.

늙어가는 것, 죽어가는 것은 자연의 법칙이니 우리로서는 막을 길이 없다. 정말 쓸모없이 늙어가는 것은 비참한 일이다. 저 사람처럼 위대하게는 못 살아도 마지막까지 노력하며 살다가고 싶다. 언제나 호기심에 차서 용기를 내면서 내가 스스로 택했던 글쓰기를 좀 더 하고 싶다. 절대 세상을 원망하지 않고 남을 원망하지 않고 옆에 자식들이나 친척들을 힘들게 하지 않고 한 가지 일 그 '글쓰기'를 하다 가 미련 많은 이 세상을 조용히 떠나고 싶다.

저녁에 은사님께서 전달 메일로 보내준 좋은 글을 읽고 얼마나 감 동되었는지 모른다. 일본의 목각가로 소문난 한 사람이 107세로 세 상을 떠났는데 사후에 그의 작업장을 가보고 깜짝 놀랐다고 한다. 앞으로 30년은 충분히 작업할 수 있는 양의 나무가 창고에 가득 쌓 여있었다는 것이다.

그는 생전에 그 나무들을 보고 30년은 더 장인으로서 살 수 있겠 구나 하는 마음과 희망, 기대를 가지고 즐겁게 일했을 것이다. 그런 열정이 없다면 그의 노후는 평범한 인생에 불과했을 것이다. 그 장인도 107세로 인생을 마감할 때까지 한 가지 일 – 장인, 목각이란 일에 생명을 걸고 살고 일해 왔다. 그 조각가와 같은 열정, 정신, 인 생태도를 본받고 싶다. 그처럼 '한 가지 일'에 정력을 다 쓰고 싶다.

조선 사람들에게 대대로 이름이 전해져 내려오는 세종대왕이 그 렇다. 그가 조선 500년 역사의 명군인 것도 있겠지만 주로는 한글을 창제하여 만방에 빛낸 데서 그의 이름은 영원히 한글과 더불어 전해 져 내려오고 있다.

특히 중국, 일본 역사학자들에 의해 쓰인 『아시아 역사를 바꾼 이순신』(총 32권)의 주인공 이순신 장군이 바로 거북선과 더불어 영원한 영웅으로 전해진다. 이순신은 임진왜란 때 50여 척의 함선을 이끌고 일본 불패의 맹장 – 와키자카(脇坂) 수군을 대파하였다. 그리하여 이 전형적인 사무라이는 7일간 음식을 전폐하였다고 한다. 그가 남긴 유언을 보면 이순신, 거북선이 더 돋보인다. 다음은 그 일본 '맹장'의 유언이다.

> "내가 제일 두려워하는 사람은 이순신이다.
> 가장 미워하는 사람도 이순신이며
> 가장 좋아하는 사람도 이순신이며
> 가장 흠모하고 숭배하는 사람도 이순신이며
> 가장 죽이고 싶은 사람도 이순신이며
> 가장 차를 함께하고 싶은 사람도 이순신이다."

바로 이러한 이유 때문에 400년이 지난 지금 그 무장의 후손들은 이순신 장군의 탄생일이면 한국을 방문한다고 한다.

우리 작가들도 모두 수많은 글을 썼지만 후세에 널리 전해지는 글은 한두 편도 되나마나하다. 그래서 그런 작품을 어느 작가의 대표작이라고도 한다. 이원수가 일생동안 수많은 글을 썼지만 12살 때 지은 노래 "내가 살던 고향"이 온 세상 조선 사람들에게 널리 불리는 것처럼.

13년 동안 나는 수많은 과학자들을 취재하면서 가끔 이 사람들은 어떻게 일생동안 '한 가지 일'에 몰두하는가? 얼마나 단조롭고 고독

할까 라고 생각하였다. 그 과학자들도 아마 나처럼 저 여성은 어떻게 일생동안 글만 쓰면서 살까 하고 생각했을 것이다.

취재를 하면서 생각은 달라졌다. 그들의 '한 가지 일'속에 수많은 희로애락이 동반되고 수없이 거듭되는 성공과 실패 속에서 그들의 인생이 흘러갔다는 것을 깨달았다. 저마다 생명 같은 사명감을 안고서 일생을 '한 가지 일'에 바치는 것이다. 한 생을 '한 가지 일'에 바친다는 것은 결코 쉬운 일이 아니다. 드높은 책임감, 끈질긴 의지, 부단한 노력과 탐구가 있어야 한다. 그런 정신이 '한 가지 일'을 견지하게 만든다.

나도 일생동안 '한 가지 일' – 재간 없는 '글쟁이'에서 해탈되지 못할 것 같다.

새 천 년에
들어서던 날 밤의 사색

　나는 운 좋게 이 시대에 살고 있는 모든 사람들과 함께 두 천 년의 문턱을 드나드는 행운을 얻게 되었다.

　새 천 년의 엄엄한 대문에 들어서는 이날 밤, 가슴은 떨리고 생각은 구구하다. 우리가 살았었던 지난 천 년 동안에 얼마나 많은 이야기들이 하늘과 땅에 새겨졌던가!

　내가 태어났던 1938년, 그때는 우리 조상들이 살고 있던 조선은 이미 일본에게 먹혀버린 지 오래된 때였다. 1910년 8월 29일에 '한일합병'이 공포되었으며 조선 사람들이 나라를 잃은 지가 28년이나 되는 때였다. 나는 그런 줄도 모르고 훈춘에서도 150리 들어가는 오도구(五道口)란 중소 국경마을에서 나서 자랐다. 1880년에 태어난 조부가 8살 나던 해, 그러니까 1888년도에 증조부 김예빈은 식솔을 이끌고 고향인 함경북도 경원군을 떠나 두만강을 건너 만주 땅에 들어와 밭을 일구었다고 하니, 우리 집이 이주한 역사는 100년이 아니라 111년이나 되는 것이다. 기사년(1869년) 함경도 대기근을 겪고 굶주림에 목숨마저 귀찮아진 나의 조상들은 고향을 떠나는 것이 가슴 아파도, 후대를 이으려고 강을 건너는 무리를 따라 두만강을 넘었다고 한다. 그때는 이미 청나라 조정의 봉금령이 폐지된 뒤여서 만주 땅으로 건너오는 조선사람 대오가 눈이 모자라게 길었다고 한다.

열도 넘는 식솔이 해마다 일군 땅이 50여 년이 지나 해방을 맞을 때는 '청산'을 맞을 정도로 늘어났으니 할아버지와 아버지 세대가 흘린 피땀은 얼마나 많았겠는가!

우리 집단마을은 소련 국경선(그때는 소련이라 불렀다) 밑에 있었는데 거기엔 큼직한 일본학교가 있었다. 어릴 때 셋째 고모와 두 오빠가 늘 학교에서 맞고 와서는 울고 툴툴거리던 모습이 눈에 선하다. 그들의 말에 의하면 학급의 어느 아이가 장난을 썼거나 싸움을 했거나 말썽을 일으켰거나 하면 단체로 회초리를 맞는다는 것이었다.

머리란 참으로 묘한 물건이다. 어떤 땐 금방 생겼던 일도 생각나지 않다가도 갑자기 아주 옛날에 생긴 작은 일까지 홍수에 터진 봇둑처럼 와 – 락 쏟아져 나올 때가 있다. 중학교 때 배운 역사이야기가 떠오른다.

우리들이 지금 막 떠나보내는 지난 천 년 동안에 조선 땅에는 왕건이 세운 고려(918~1392)가 474년 동안이나 빛을 뿌리고 있어, 지금도 세상 사람들은 우리 조선 사람들을 그 어느 나라에 살고 있든지를 물론하고 코리아(고려인)라 부른다. 당시 고려와 중국 송(宋)나라 간에는 꽤나 문물교환이 활발했다고 한다. 이런 이야기도 있다. 고려 초기 의통과 체관이란 사람이 송나라에 건너가, 의통은 송나라의 천태종의 교조가 되고 체관은 천태종의 기본교리를 정리하여 『천태사교의』(天台四教儀)라는 명저를 남기기도 하였다고 한다.

그때 발해를 멸망시키고 만주를 지배했던 거란과는 자주 싸웠다고 한다. 13세기 후반에 이르러서는 고려는 중국의 원(元)나라와 밀접해졌다고 한다. 실은 밀접해진 것이 아니라 원나라의 구속하에 있었던 것이다. 심지어 고려 상류사회에서는 몽골어가 유행되고 몽골 풍습까지 유행되었으며 고려의 왕실 왕후는 거의 몽골족 여인들로 되었다고 한다. 고려의 김씨 여인이 원나라 순제의 황후로 되었다는 이야기도 전해지긴 하지만….

이성계가 고려를 멸망시키고 조선을 세웠다. 그 해가 1392년이다. 이씨가 세운 조선은 일본에 먹힐 때까지 518년이란 반천 년을 이 세상에 존재했다. 중국에는 이렇게 긴 왕조가 없었다.

그냥 한자를 빌려 쓰던 우리네 조상들은 1444년에야 비로소 세종대왕이란 어질고 지혜로운 임금을 만나 한글을 창제해냈다. 그러니 우리들이 지금 쓰는 한글문자는 겨우 600여 년이란 역사밖에 안 되는 것이다. 하지만 세상에 제일 우수한 문자 중의 하나로 평가받고 있다.

제일 원통했던 일은 1592년부터 7년간이나 지속되었던 왜란이다. 그때 왜놈들이 함경도까지 다 쳐들어왔으니 하느님께서 이순신 장군을 내려 보내지 않았더라면 조선은 진작 망해버렸을 것이다. 임진왜란 때 왜놈들은 10만 명이나 되는 조선 사람들을 일본 땅에 끌고 갔다고 하니, 일본민족과 조선민족이 엇비슷하게 생겼다는 말이 일리가 있음직하다.

일본 놈들이 저들의 땅을 늘리기 위해 바다를 사이 두고 있는, 저들보다 힘이 약하고 작은 조선을 삼키려고 호시탐탐 노렸다.

1907년 네덜란드 헤이그에서 열린 만국평화회의장에서 고종황제가 비밀리에 파견한 특사였던 이상설, 이준 등이 연단에 뛰어올라가 일제의 부당한 침략행위를 규탄한 일이 있다.

기회를 노렸던 일본 놈들은 이 일을 트집삼아 고종을 억지로 퇴위시키고 순종을 즉위시켰다. 마침내는 조선을 저들의 식민지로 만들어버렸다. 그 해가 바로 조선 사람들의 피눈물의 원한이 맺힌 1910년 국치년이다.

천 년 역사는 약한 자는 업신여김을 당하고 박해를 받게 된다는 이치를 우리들에게 따끔하게 가르쳐주었다.

우리 민족에게도 자랑스럽게 새 천 년에 전해줄 영웅들이 있다. 일본천황 히로히토를 저격한 맹장 이봉창, 침략 흉수 이토 히로부미를 쏘아죽인 안중근, 상해 홍구공원에서 일본의 침략 흉수들을 폭탄으로 쓸어 눕힌 윤봉길… 등은 우리 민족의 영웅들이었다. 민족의 절개였다. 김구 선생이 윤봉길의 떳떳한 일생을 두고 지은 시를 옮겨보자.

아아한 청산이여
만물을 키웠거니
울울창창 청송이여
사시장철 푸르고나

하늘높이 유유히
봉황새는 날아옐 제
온 세상 혼탁한데
선생만은 청아코나

힘과 지혜 노상 기른
선생의 의기 거룩하여
갸륵한 그대 충성
와신상담 본받았네

그렇게도 불행했던 조선은 해방이 되고 독립을 하였지만 부끄럽게 허리를 잘려 두 동강이로 된 채, 한없는 유감을 안은 채 새 천년 문턱을 넘게 되었으니 어찌 가슴을 치며 통탄하지 않으랴!

지난 천 년에 세상에서 가장 영향력 있는 두 사람을 뽑았는데, 사회주의진영을 만든 레닌과 컴퓨터를 만들어낸 미국의 빌 게이츠라는 사람이라고 한다. 레닌의 나라 소련 홍군이 산을 넘어오는 것을 나는 8살 때 맨발에 베치마 바람으로 거리에 나가 구경하였다. 코가 크고 눈이 파랗고 얼굴이 희고 털이 부숭부숭한 그들이 무서웠지만, 차에서 내리뿌리는 과자봉지에 홀려 '우라'(만세)를 자꾸 부르던 일이 어제 같다. 본래 우리는 수레에 앉아 일본군이 퇴각하는 서산으로 피난을 갔는데 일본 놈들이 총을 휘두르며 쫓는 바람에 되돌아오다가, 노어를 잘하는 기만이라고 부르는 아저씨가 큰소리로 "소련 붉은 군대는 좋은 사람들입니다. 모두 나와서 '우라'라고 외치십시오."라고 말하는 바람에 큰 길로 나왔던 것이다.

1945년 5월 8일에 파쇼 독일이 무조건 투항하자 7월 17일부터 8월 2일까지 독일 베를린 근처에 있는 포츠담에서 열린 회의에서 일본에 무조건 투항을 독촉하는 '포츠담선언'을 선포하였다.

지난해에 운 좋게도 나는 이 역사적인 '포츠담회담'장에 가보고 담당자에게 사정하여 문건부본(한문본)을 읽어보았으며, 그 건물 앞에서 사진을 찍을 때 몹시 감동되었던 일을 지금도 잊을 수 없다.

지난 천 년 동안에 제일 나쁜 짓을 한 나라들은 독일과 일본, 이탈리아 등이다.

당시 일본 파쇼 당국은 이 선언을 무시하고 전쟁을 끝까지 하겠다고 버티었다. 그래서 미국은 일본에 두 번 원자탄을 떨구어 수십만 명의 생명을 죽이고 소련은 일본에 정식 선전포고를 하였다.100만 소련 원동군이 파죽지세로 8000리 전선을 늘여가지고 우리 중국 동북에 둥지를 틀고 있던 관동군을 향해 진공하였다.

8월 10일 새벽에 마침내 일본 파쇼 당국은 천황제를 보존하는 전제하에서 '포츠담선언'을 접수하고 무조건 투항하기로 하였다. 8월 15일 정오에 천황 히로히토는 무조건 항복한다는 항복서를 전국에 직접 방송하였다.

세상을 무시하고 우쭐대며 비인간적인 행패를 다 부리던 일본 놈들은 끝끝내 받아야 할 징벌을 받고야 말았다.

역사는 피로 썼다고 해야 맞을 것이다. 지난 천 년 동안에 중국 땅에서 명멸했던 몇 개 왕조를 살펴봐도 그렇다.

기원 960년에 조광윤이 황제로 된 때부터 1126년에 금(金)나라 군사가 개봉을 함락하기까지는 북송(北宋)의 통치시기이고, 1127년에 조구가 황제로 된 때로부터 1279년에 원나라에 멸망되기까지는 남송(南宋)의 통치시기이다. 북송과 남송의 통치기간은 합쳐서 320년이 된다.

북송은 무능해서 졌다. 북방에서 발해(渤海)를 멸하고 요(遼)를 세운 거란족을 당해낼 수가 없었다. 거칠고 용감한 야만적인 거란족들은 걸핏하면 군사를 일으켜 송을 들이쳤다. 1005년 1월, 송은 요와 화약을 맺고 해마다 백은 10만 냥, 비단 20만 필을 바치기로 하고 굴종하였다. 요는 백은과 비단을 무수히 받았지만 그에 만족해하지 않았다. 1042년에 요나라 흥종이 재차 출병을 떠벌이자 송은 질겁하여 백은 10만 냥, 비단 10만 필을 더 바치겠다고 청원하였다. 연약한 자는 총칼 앞에서 언제나 무릎을 꿇기 마련이다. 지나온 역사는 언제나 힘이 센 자가 이겼다.

그 어수선한 송조에서도 '먼저 천하의 우환을 근심하고 후에 천하의 경사를 기뻐하는' 거룩한 포부를 품은 범중엄(范仲淹) 같은 인물이 태어났다. 범중엄은 어릴 적부터 큰 뜻을 품고 글공부에 열중하였다. 여남은 살 되던 때 그는 승려의 집에서 구차하게 얹혀살면서 공부를 하였다. 그는 매일 죽 한 가마를 끓여 식힌 다음, 굳어지면 칼로 네모지게 베여 아침저녁으로 한 끼에 두 모씩 짠지에다 먹었다. 후에 사람들은 그의 이런 생활을 '짠지 토막죽모'라고 하면서 근면하게 글공부한 미담으로 전하였다.

물론 북송하면 천재적인 작가 구양수(歐陽修)를 떠올리게 된다. 그는 『구양문총집』 150권 외에 또 역사 저작 두 권을 남겼다. 그 중 한 권은 송기 등과 같이 쓴 『신당서』(新唐書)이고 다른 한 권은 『신오대사』(新五代史)이다.

당, 송 두 왕조 때 많은 산문작가들이 나타났는데 후에 사람들은 저명한 산문작가 여덟 사람을 '당송팔대가'라고 불렀다. 소순, 소식, 소철 3형제는 바로 그 중의 세 사람이었다. 그 외의 다섯 사람들로는 당나라의 한유, 유종원과 북송의 구양수, 왕안석, 증공이다.

소식의 '적벽시'는 너무 아름다워 지금까지도 많은 사람들이 즐겨 읽고 있다.

임술년 가을 7월도 망월이 기울 때, 손님과 더불어 배타고 적벽에 이르렀다. 솔솔 불어오는 청풍, 잔잔한 물결, 잔 들어 술을 권하며 아름다운 명월의 시를 읊노라. 이윽고 동산 위로 달이 떠올라 남두성, 견우성 사이를 감도누나. 흰 물안개 밑으로 푸른 빛 하늘가에 뻗고 갈잎 같은 매생이 만경창파에 아득히 보인다. 가없는 하늘에서 바람타고 가느냐, 속세를 떠나 두둥실 허공중에 날아올라 선인이 되느냐.

북송 말기에 동북 송화강 유역에 여진족(女眞族)이란 민족의 수령 아골타가 1115년에 금(金)을 세우고 점차 강해져서 요와 북송을 멸하였다.

실로 참혹한 것이 역사이고 울고 싶은 것이 역사이며, 웃고 싶은 것이 역사이고 자랑하고 싶은 것이 또한 역사인가 보다.

북송이 패망할 때 송 휘종과 그의 아들 송 흠종 그리고 왕자와 후비 및 허다한 대신 도합 3000여 명이나 금에 포로가 되어 북으로 압송되었으니 그 참경을 아픔 없이 어찌 그려볼 수 있을까?

지난 천 년 동안에 그래도 세상을 떠들썩하게 한 걸출했던 인물은 테무친 – 칭기즈 칸이다. 전 몽골을 통일하고 대몽골국을 세운 칭기즈 칸과 그의 용감한 자손들은 세 차례나 서정을 했는데 아시아 중부의 대국이었던 호라즘 왕국은 들이쳤다. 호라즘 왕국은 아무르강 하류에 있는 옛 나라였는데 13세기 초에 벌써 러시아의 아시아 중부 부분, 아프가니스탄, 이란 등지를 통치하고 있었다. 야만적인 칭기즈 칸은 공략하는 족족 성 내의 무고한 백성들을 모조리 죽여버리고 성들을 불태워버렸다. '부화라성'은 페르시아문자로 '학문의 중심'이라고 불린 곳인데, 그 휘황찬란했던 문화가 칭기즈 칸의 말발굽 아래서 잿더미로 돼버렸다.

하느님의 전당이라고 하는 한 예배당에 들어간 칭기즈 칸은 오만한 자태로 군마에서 내려 연단의 층계를 밟고서 큰소리로 외쳤다고 한다.

"전사들이여, 들판에는 말 먹일 풀들이 많지 않으니 이곳에서 말을 먹이도록 하라."

칭기즈 칸과 그의 자손들은 41년 동안에 오늘날의 아제르바이잔, 조지아(그루지아), 폴란드, 헝가리, 오스트리아 등에 침입하여 유럽을 뒤흔들어 놓았고 점령한 지방엔 킵차크칸국, 일칸국 등을 세워놓기까지 하였다.

임종 시, 칭기즈 칸이 아들들에게 한 '다두사'(多頭蛇)와 '일두사'(一頭蛇)이야기는 역사 교훈으로 전해지는 미담이다.

> 몹시 추운 어느 날 밤, 다두사 한 마리가 추위를 피하려고 굴속으로 들어가려 하였다. 그런데 한 몸뚱어리에 달린 여러 대가리들이 서로 자기가 먼저 들어가겠노라 다투다가 얼마 안 지나 굴 입구에서 얼어 죽었다. 그러나 다른 한 일두사는 별일도 없이 굴속으로 들어가 안전하게 엄한을 피하였다.

이 이야기는 단결은 힘이고 분열은 패배라는 뜻으로 한 세대 또 한 세대 사람들을 교육하고 있다. 강대했던 '다두사' 국민당이, 힘이 약하고 무기가 어설픈 '일두사' 공산당에게 패한 것도 바로 이 도리가 아닐까!

몽골족들은 전국을 통일했지만 자기의 문자가 없었다. 쿠빌라이의 명령을 받고 티베트 종교 수령 파스파가 1260년부터 '파스파문자'를 창제하였다. 티베트 사람이 몽골의 문자를 만들어냈다는 것부터가 아주 희귀한 일이 아닐 수 없다. 그러니 몽골문자는 지금부터 700여 년 전의 역사가 되는 것이다. 1206년 칭기즈 칸이 몽골국을 건국해서부터 1368년 원나라가 멸망되기까지 162년간(쿠빌라이가 몽골국을 원으로 고친 것은 1271년) 몽골족들이 중국역사에 남긴 문화적 공헌은 크다고 할 수 없다.

1368년 1월에 중국 땅에는 한 차례 왕조가 바뀌는 연극이 벌어졌다. 홍건군(紅巾軍) 수령출신이며 승려를 한 적 있는 한족 주원장이 황제가 되어 명(明)나라를 세웠다. 이때로부터 279년 동안 명조 통치가 계속되었다.

부모를 일찍 잃고 중이 되어 동냥 다니던 가난한 집 아이가 황제로 되다니, 그야말로 세상을 깜짝 놀라게 하는 천하기문이 아닐 수 없다. 시대란 영웅을 만들 수도 있는 것이다. 주원장의 부인 마씨는 전족을 하지 않은 것으로 역사에 이름난 '대족황후'(大足皇后)였다.

중국 여성들의 전족은 5대(五代) 때부터 시작되었는데 송, 원 시기에 이르러서는 이미 일반화되었다고 한다. 여성들은 어릴 때부터 전족을 하여야 했는데 발을 자라지 못하게 헝겊으로 꽁꽁 동이여 작게 해야만 아름답다고 하였다. 작으면 작을수록 '깜찍한 연꽃'이라고 하였다. 그 작은 발로 무슨 일을 하며 먼 길을 걷는다는 건 아예 엄두도 못 낼 일이었다. 어릴 때 우리 고향의 만주족 늙은 여성들은 모두 전족이어서 걸을 때면 굉장히 몸을 뒤뚱거렸다. 뒤에 따라가며 흉내를 내던 일이 지금도 기억에 생생하다.

일본 놈들의 침략행위는 이 민족의 본질적인 잠재의식에서 나온 것으로 역사에 이름나있다. 도요토미 히데요시는 육군 20만, 수군 9000명과 700척의 전함으로 1592년에 조선에 침입한 적이 있다. 이순신 장군 같은 애국장수가 있긴 했지만 그때 명나라의 대군이 지원하지 않았더라면 조선은 살아남기 어려웠을 것 같다. 당시 명나라의 유명한 장군은 이여송이었다. 이여송 장군은 4만 3000명의 병마를 거느리고 압록강을 건너 조선을 지원하였던 것이다. 수많은 명나라의 장령과 병사들이 조선 사람들과 같이 피를 흘렸던 일을 잊지 말아야 한다.

누르하치의 뒤를 이어 청 왕조를 세운 황태극을 위시하여 10개 황제가 통치한 만주족 청 왕조는 270여 년의 역사에서 강희, 옹정, 건륭 등 세 황제가 빛을 반짝이고는 결국엔 강대했던 자기 민족과 나라를 말아먹고 말았다. 지금은 저들의 문자, 언어, 성씨마저 찾아보기 어렵게 되었다. 언젠가 8국 연합군의 침입으로 불타버린, 세계 최고의 궁정 정원으로 이름났던 북경 원명원(圓明園)의 폐허에서 구슬픈 비를 맞으며 애수와 비분에 잠겼던 일, 일본 놈들의 총칼에 맞아 30만이나 쓰러진 원혼이 잠겨있는 남경우화대 유적지에서 발길을 돌릴 수 없었던 일들을 내내 잊을 수 없다.

그러니 널따란 중국 땅에서 타민족의 눌림과 압제를 받으면서도 마침내는 강대해지고 커진 민족은 한족뿐이다. 그 위대한 생명력에 감탄하지 않을 수 없다. 아마 그 뿌리 깊은 문화가 원인으로 된 것 같다. 청조라면 사람마다 침을 뱉는 것이 반세기를 쥐락펴락했던 서태후이다.

청나라 말기, 유명한 학자 공자진은 이런 7언 절구를 쓴 적 있다.

중국이 생기를 띠려면
폭풍뢰 일어야 하건만
만마가 죽은 듯 고요하니
슬프기 그지없도다.

권하노라, 하늘이여
다시 정신을 차려
자격에 구속 없이
인재를 내려 보내라.

이것은 아마 그 한 사람의 소원이 아니고 전 중국 사람의 소원이
었을 것이다. 그것이 하늘을 감동시켜 내려보낸 인재가 손문과 모택
동이었을 것이다. 그들이 바로 전 중국 사람들을 각성시키고 외국인
들의 눈에 벌레로 보이던 중국인들을 영웅으로 만들었던 것이다.

묵은 천 년의 역사는 우리들에게 무엇을 남기고 갔는가?

　　－ 부패는 망하고 분발은 흥한다.
　　－ 강자는 생존하고 약자는 당한다.

나라도 사람도 이 도리는 마찬가지이다.

새 천 년은 찬란한 희망과 슬픈 우려를 가득 안고 우리 앞에 다가왔
다. 의심할 바 없이 새 천 년에 과학기술은 기적적으로 폭발할 것이고
광휘 찬란한 빛을 뿌릴 것이다. 비행기 역사만 봐도 그렇다. 프랑스
의 몽골피에 형제가 겨우 200년 전에 뜨거운 공기를 채운 열기구를
타고 하늘을 난 것이 그 시작이다. 뒤이어 미국의 라이트 형제가 기계

를 단 비행기를 타고 하늘을 날아보았다. 그런데 지금은 별의별 비행기가 하늘을 덮고 있지 않는가. 인공위성을 타고 사람이 달나라로 여행했고 화성에 물이 있었다는 것까지도 증명하고 있다. 핸드폰과 컴퓨터가 이 세상을 하나의 지구촌으로 만들어놓았다.

아아! 새 천 년엔 지식은 이 세상을 무엇으로 만들어놓을 것인가!

그러나 인간은 자신의 지식과 지혜로 그리고 끝없는 발명 경쟁으로 이 지구를, 우주를 오염시키고 훼멸시켜가고 있다. 오염은 새 천 년에 인간들이 당해내기 어려운 유령으로 인류를, 지구를 삼키려 할 것이다.

인구의 급속한 증가는 새 천 년이 끝나갈 때는 지구에 설자리조차 없을까봐 걱정된다.

새 천 년에 들어서니 모두 희망과 기쁨에 들먹이는데 나란 사람은 왜 근심과 걱정이 이다지도 많을까! 노파심일까, 아는 것이 죄일까?

근심과 조바심이 날 때면 나를 도와주는 것이 있다. 그것이 바로 아Q의 정신(『아Q정전』에 나오는 인물)이다.

어느 잡지에서 나는 하늘 밖에 하늘이 있다는 것을 읽었다. 얼마나 위안되던지!

항상 태양이 이지러질까봐 걱정했는데 우리가 보고 있는 태양은 은하계 중 하나의 보통 항성이라고 한다. 만일 태양이 속이 빈 구라면 130만 개의 지구를 담을 수 있다고 한다.

은하계에는 1000억 개의 항성이 있는데, 우리 은하계 안에는 수많은 성단이 있고, 이런 은하계가 모여 은하단, 나아가 초은하단을 이룬다고 한다.

이처럼 하늘 밖에 하늘이 있으니 우리들이 하필 천하를 걱정할 필요가 없는 것이다.

'창해일속'(滄海一粟: 큰 바다 속의 좁쌀 한 톨)에 불과한 우리 인생을, 지구에 머무는 행운스러운 몇 십 년 동안을 열심히 살아보는 것이 우리 개개인에게 차례진 본분이고 또한 바람직한 일이 아니겠는가.

글 농사 인생담

1

사람이 살아가노라면 흘러간 세월에 남긴 뼈아픈 추억이 간혹 생각나게 된다. 더구나 글 쓰는 이들이란 지나온 원고무더기 속에서 자기가 걸어온 발자취를 찾아보는 것이 상례이다.

60년대 초, 나는 단편소설 「조약돌」을 들고 문단에 들어섰다.

이 작품을 투고하고 나서 금방 소설 편집 한수동 선생님께서 보낸 수정의견이 적힌 편지를 받았다. 나는 뛸 듯이 기뻤다. 수정하라는 것은 희망이 보인다는 뜻이기 때문이었다. 꿈 많은 이팔청춘 시절이라 상상이 꽃구름처럼 피어나고 창작열이 샘처럼 솟구쳤다. 사흘 밤을 꼬박 눈을 붙이지 않고 정성들여 수정해서 우편으로 부쳤다. 이렇게 되어 이 세상에 고고성 울리며 태어난 '첫 아이'가 나의 처녀작이다.

처녀작의 탄생은 나로 하여금 무한한 긍지를 느끼게 하였다. 흘러가는 쪽빛구름은 나를 보고 미소 짓는 듯했고 길가의 가로수도 나를 보고 손짓하며 축복하는 듯싶었다. 그 뒤에 필을 든 바에 내쳐 몇 편 '순산'했다. 그러다 보니 내가 금시 이름난 작가가 된 것처럼 가슴이 부풀어 올랐다. 인제 스타트를 괜찮게 뗐으니 그 다음 작품들은 어미닭이 병아리 까듯 온도만 맞추어주면 척척 나올 줄로 알았다. 그런데 그 생각은 오산이었다. 헛배만 부르고 '진통'만 빠직빠직 애타게 했지만, 또한 그렇게 태어난 아이도 '난산'이었다. 나는 이런 고통 속에서 한 가지 도리를 터득했다.

내가 쓴 글 중에서 남들이 괜찮다고 하는 것들을 살펴보면 그것들은 모두 다 생활 속에서 깊은 감흥을 받고 쓴 것들이었다. 그 생활들은 내 가슴속에서 두고두고 잊어지지 않는 나의 사랑과 눈물과 땀과 고통과 웃음이 반죽된 운명의 한 토막이었고 생명의 한 페이지였다. 다시 말하면 내가 가장 익숙하고 아끼고 인상 깊은 일들을 다듬고 추려서 엮은 것들이었다. 소설 『여교원의 수기』도 사실 나의 『여교원의 일기』속의 인물과 이야기들을 형상화 수법으로 글로 엮어낸 것이었다. 그 시기에 발표되었던 수필 『20번』, 『후회』 등도 모두 이 '일기'의 갈피 속에서 솎아내고 알맹이를 취한 것이었다.

대학을 졸업한 후 나는 남들이 꺼려하는 훈춘중학교로 가서 교원을 하였다. 내가 나서 자란 고향이고 또 3년 동안 공부한 모교여서 그런지, 나는 그 고장 그 학교를 꽃처럼 아름답게 생각하고 진귀한 구슬마냥 귀중히 여기고 아꼈다. 2년 동안 독신 교원으로 학교기숙사 사감을 하면서, 날마다 저녁이면 운동장에 널린 나뭇조각들을 주어다 아궁이에 불을 지피고는 학생들에게 이야기도 들려주고 보충 수업도 해주었다. 밤마다 몇 번씩 달려나가 학생들의 싸움에 '재판관'질도 했다. 우리 사감실은 밤마다 명절처럼 흥성흥성했다. 학생들이 가버리고 온 숙소가 잠자고 있을 때면, 나는 그날그날 학교에서 벌어졌던 기쁜 일, 슬픈 일들을 적어 놓곤 하였다. 2년을 이렇게 부지런히 적었더니 두툼한 책 두 권이 되었다. 20여만 자 되는 그 '일기'들은 기숙사생활을 하는 우리 독신교원들과 이 학교 교원들의 심심풀이 읽을거리로, 웃음거리, 쟁론거리가 되었다. 그 속에는 이 학교 백여 명 교원, 학생들의 얼굴, 성격, 이름들이 적혀있고 숨 쉬고 있었던 것이다. 한번은 늙은 교장선생님이 놀러왔다가 보았는데 자기를 쓴 한 단락의 글 – 번대머리, 황소걸음, 말라버린 옥수수떡 같은 표정, 전봇대같이 꼿꼿한 성미…를 읽고는 천장이 날아날듯이 하하하… 하고 웃어댔다. 다 웃고 나서 교장선생은 멋진 붓글씨로 그 책가 위에 『여교원의 일기』라고 써주었다.

얼마 전에 집 이사를 하다가 궤짝 속에 오롯이 있는 이 일기책을 다시 펼쳐보게 되었다. 비록 뜬 종이냄새가 코를 찌르지만 한 페이지 두 페이지 넘기노라니 이미 저세상에 가버린 교원들도 살아서 나와 웃으며 이야기하고 있지 않는가!

학생들이 작문이나 학과숙제를 해오지 않아 속을 태우던 이야기, 시험 때마다 0점을 맞아 말썽거리였던 20번을 찾아 보충수업을 해주던 이야기, 연애와 심장병으로 실망하여 자살하려는 한 여학생을 한 주일 동안 찾아가 지키던 이야기….

얼마나 새삼스럽게 안겨오고 가슴속에 파고드는지! 자기의 피와 땀으로 엮고 창조한 생활의 기록이어서 그런가! 실로 추억이란 언제나 쓸쓸하면서도 달콤하기 마련이다.

그 시기, 나보다 한 살 위인 조선 여자 영웅 – 김수복 선생은 나의 우상이었다.

"그녀는 나에게 교육자란 얼마나 많은 고통의 봉우리를 기어올라야 하고 가시덤불을 헤쳐 넘어야 한다는 것을 알려주었으며, 교육자란 얼마나 위대한 사업을 하고 있다는 것을 깨닫게 해주었다. 참으로 사람은 어머니가 만드는 것이 아니라, 교원이 그들을 훌륭한 사람으로 혹은 폐물로 만드는 것이다. 나의 유일한 무기 – 그것은 열성이다." 이 한 페이지의 일기는 당시 나의 마음과 정신의 진실한 기록이었다.

내 처녀작의 여학생 주인공의 원형은 당시 내가 가르쳤던 고교 2학년 1반 학생 최××이다. 그때 그 학생은 하얀 얼굴, 큰 눈, 날씬한 몸매, 짧은 머리채를 가진 단정한 학생인데 영화구경에만 취미를 붙이고 공부를 하지 않아 네 과목이나 낙제를 하였다. 그 학급 담임교원의 요청을 받고 나는 20여 일 그 집에 이불 짐을 가지고 가서 자면서 그녀를 도와주었다. 저녁 식사 후 컴컴한 옥수수 밭을 지날 때면 나는 주먹을 부르쥐고 정신없이 달렸다. 그 하루하루 맘을 썩여낸 기록들을 읽어보면 지금도 가슴이 찡해난다. 그 당시 나는 소설을 쓰려는 궁리를 못했고 그 애가 나의 첫 소설의 주인공이 될 줄은 더구나 생각 못 하였다. 교원인 나는 교원답게 살아가기 위해서 그렇게 했던 것이다. 2년 후에야 우연히 '일기'책을 보다가 깊은 감동을 받고 그 이야기 줄거리를 추려내서 형상화하고 다듬어서 소설『여교원의 수기』를 써냈던 것이다.

한창 붓을 들고 밤마다 분투하려다가 '된서리' 맞고 말았다. '문화대혁명'이 일어나면서 나는 글 쓰는 사람들의 운명이 너무나 기구하다는 것을 내 눈으로 직접 목격했다. 몇 차례 문예계 투쟁대회에 참가해보았는데, 이근전이나 임효원, 이홍규… 등 작가들이 구둣발에 채워 피를 줄줄 흘리는 걸 보고는, 무섭고 쓸쓸한 생각이 갈마들어 글 쓸 생각을 단념해버렸다.

　10년이란 세월을 빼앗기다 보니 어언간 중년에 들어섰다. 사람들의 정신세계는 홍수에 뜯겨진 마을과도 같이 온통 수라장이 되었다. 나는 고향 – 훈춘에 가서 3년간 교원생활을 해왔던 모교를 찾아보았다. 내 '일기' 속에서 호탕하게 웃었던 교장은 얻어맞아 불구자가 되어 대소변을 가리지 못하는 '산송장'이 되었고, 성분이 나빠 늘 내 '일기' 속에 우울하게 살아가던 한 수학선생도 비판을 받고 맞아 죽었다. 나와 한 교무실에서 근무하던 교원들은 대부분 농촌학교로 쫓겨 가고 없었다. 교문은 너덜너덜하고 벽에는 큼직큼직한 구멍들이 뚫어져있었으며 내 '일기' 속 '꽃동산' 기숙사에는 성한 유리창 한 장 없었다. 내 마음은 빈집같이 허전했다. 이 세상을 떠난 사람들이 그리웠다. 나는 그들을 위해 글을 쓰고 싶은 충동을 느꼈다. 그리하여 잊을 수 없는 중학교시절 이야기에 숱한 교원들의 깨끗한 마음을 한데 모아 소설 『어머니』를 써내었다. 나는 지금도 이 소설을 다시 읽어볼 때면 눈물을 삼키곤 한다.

　실천을 해가면서, 농민이 밭을 떠나 살 수 없고 어부가 물을 떠나 살 수 없듯이 작가는 생활을 떠나선 피와 살이 있고 살아 숨 쉬는 글다운 글을 써낼 수 없다는 것을 심심히 느꼈다.

2

길림성치고 훈춘현은 철길도 없는 아주 편벽한 두메산골이다. 나는 이 두메산골 현 소재지에서도 150여 리 떨어진 중소 국경마을 오도구촌에서 나서 자랐다. 해방 전에는 일본군이 집집마다 주둔해있었다. 우리 집 윗방에도 들어와 있었다.

일곱 살 되던 해 산 너머 소련 홍군이 넘어와 일본 군대를 쫓아버리는 것을 구경하였다. 소련 군대는 동쪽 산에서 넘어오고 일본 군대는 서쪽 산으로 도망쳤다. '산'과 '산'이 싸우는 바람에 어간에 끼인 백성들은 사흘 동안 자기 집 부엌간 바닥에 거적을 깔고 반듯이 누워있었다. 총알이 창문으로 빗발치듯 퍼부었다. 우리가 달구지에 앉아 산속으로 피난 가는데, 소련을 동네 집처럼 드나들던 기만이라고 부르는 한 청년이 소련 홍군은 우리를 해방시키러 왔다면서 누구나 다 길에 나와서 '우라(만세) 우라!'를 외치라고 하였다. 온 마을 사람들이 그의 말대로 팔을 흔들며 '우라 우라!' 하고 외쳤다. '해방'이 뭐이고 '우라'가 뭔지 모르면서도 살아나가기 위해서 그렇게 외쳤던 것이다. 나도 베치마를 입고 할아버지 곁에 붙어 서서 외쳐댔다.

이렇게 해방된 마을에서 나는 해방 후 이 오도구촌 제1대 초등학생이 되었다. 후에는 제1대 여중학생으로, 제1대 대학생으로 되었다. 나를 낳아 키워준 부모와 나에게 밤마다 화롯불 옆에서 구운 감자를 먹으면서 가지가지 옛이야기를 들려준 동네분들과 친척들은 모두 다 눈 뜬 문맹이었다. 하지만 그들이 산속에 들어갔다가 호랑이에게 쫓긴 이야기, 뱀과 싸우던 이야기, '산귀신'에게 홀려 길을 잃었다가 요행히 살아난 이야기, 토끼를 잡고 승냥이를 쫓던 이야기들은 정말 구수하고 흥미진진하였다. 나는 늘 어른들 속에 끼어 앉아 시간 가는 줄 모르고 그들의 입만 쳐다보았다. 구수한 이야기에 밤 가는 것이 아까웠다. 밤을 가지 못하게 밧줄로 단단히 매 놓고 싶었다. 화롯불이 꺼지고 모두 다 돌아간 다음에도 나는 눈을 감고 누워서는 가만히 나절로 그 이야기들을 더 길게 더 아짜아짜하게 엮어보곤 하였다. 이튿날엔 내 멋대로 마을아이들에게 들려주곤 하였다. 그들은 나에게 창작의 씨앗을 묻어주고 연상과 상상의 나래를 돋게 해준 은인들이다.

중학교는 50리를 더 들어가 있는 춘화중학교를 다니다 보니 소설책이라는 것도 구경 못 하였다. 졸업에 임박해서 어문선생이 내가 하도 글쓰기를 좋아하니 어디서 빌려온 것인지 강경애가 쓴 『인간문제』를 빌려주었다. 나는 연속 읽어보았다. 정말 재미있었다. 옛이야기 듣기보다 훨씬 더 흥미 있었다. 그때부터 책은 나의 벗, 나의 스승이 되었다. 가장 지내기 어렵던 나날에도 책은 언제나 나를 멸시하지 않고 너그럽게 자기의 지혜와 용기를 나누어주었다. 그때 내 머리 속에는 강경애가 여자라는 것, 나도 여자이기에 꼭 그처럼 멋진 글을 써내어 후세에 남겨야 한다고 생각하였다. 그것이 줄곧 나를 채찍질하는 동력이 되었다.

그러나 갈수록 심산이었다. 11기 3중전회 이후 개혁개방 시기가 도래됨에 따라 외국의 많은 작품들이 날아 들어오고 국내에 도서도 우수한 작품들이 날로 용솟음쳐 나왔다. 내가 알고 있는 우리 조선족 작가들도 손을 펴기 시작하였다. 과연 눈에는 풍년인데 나는 '빈궁'했다.

그래서 발 벗고 시세에 따르려고 시대를 반영하는 작품을 더러 써서 편집부에 보냈는데, 편집부에서는 진실감이 적고 실화 맛이 난다는 둥 또 격식에서 새로운 돌파가 없다는 둥 하는 의견이 뒤따라와서 여러 번 퇴짜를 맞았다. 그러고 보니 슬그머니 자존심이 상했다. "양반은 물에 빠져죽어도 개헤엄은 안 친다"고 누구에게 빌붙겠는가 하는 뱃심까지 생겼다. 언젠가 김례삼 선생이 이런 말을 한 적이 있다. "글 쓰는 병에 걸리기만 하면 이 병은 한평생 뗄 수 없다니깐." 실로 그 말이 지당한가 보다. 글 쓰지 않고 밤마다 편안히 쉬거나 텔레비전 프로를 보는 사람들이 그토록 부럽더니, 진작 자기가 그렇게 살아보자 하니 그지없이 고민이 되고 마음이 괴로웠다. 눈물이 나게 고통스러웠다. 나는 다시 붓을 들었다. 곰곰이 생각해보니 '개헤엄'을 쳐서라도 저 언덕에 올라야겠다는 생각이 들었다. 관념을 갱신하고 전통적인 틀에서 벗어나기 위해서 머리를 앓고 발버둥치는 과정이 바로 '개헤엄'을 치는 것이라고 생각하였다.

가슴에 손을 얹고 지나온 20여 년을 참담게 돌이켜보면서 나는 내 장점도 찾고 약점도 발견하였다. 나에게도 나한테만 속하는 장점이 있다는 점을 발견하였을 때 춤이라도 출 듯이 기뻤다. 모든 사람에게는 다 장기가 있고 약점도 있는 것이다. 문제는 자기의 장점을 발견하지 못하면 자기 비하에 빠지게 되고 실망하게 되는 것이다. 솟구칠 힘이 없을 때면 나는 내가 성공했던 일들을 생각하고는 다시 분발하였으며, 누구와도 경쟁하지 않고 우선 나 자신과 경쟁하여 어제의 자신을 이기곤 하였다.

어떤 사람은 작가란 천재라 하고 어떤 사람은 1% 영감에 99%의 노력이 합친 것이라고 한다. 물론 나는 이런 말들을 곧이곧대로 믿지는 않는다. 왜냐하면 나는 내 주위에서 나보다 노력을 덜 들이고도 더 훌륭한 과실을 따내는 그런 총명한 사람들을 많이 보았기 때문이다. 천재란 있는 것이다. 무궁무진한 상상력을 가진 그런 사람들은 더 이를 데 없이 행운아인 것이다.

이런 행운을 타고나지 못한 나는 그저 99%를 하느님처럼 믿고 거기에 매달려 다만 얼마간의 열매라도 따보려 애써왔다. 신문기자인 나는 날마다 신문원고를 쓰다 보면 글 쓸 시간이 적었다. 명절 휴일을 크게 믿다가도 여자로 태어난 나는 주부로, 세 아이의 어머니로, 안해(아내)로 바삐 보내다 보면 기진맥진할 지경이다. 운명을 한탄해도 소용없으니 생활의 강자로 되려고 애썼다. 점차 생활능력도 제고되고 기술도 늘어 '시간조각'을 주어모아 유용하게 쓸 수 있게 되었다. 한 시간이 생기면 한 시간을 쓰고 두 시간을 쓸 수 있으면 두 시간을 썼다. 연회나 노는 곳에 적게 나갔다. 그래서 때때로 인심을 잃기도 하였다. 나는 그런 것을 개의치 않았으며 비판을 웃음으로 받아들였다. 앉아 쓸 시간이 없을 때는 이를테면 출장 다니는 차 안에서 혹은 정거장 긴 걸상에서 '머릿속'에 써 넣었다. 수필『특별열차에서』와『오가는 버스에서』와 같은 글은 차 안에서 '머릿속'에 쓴 것을 나중에 정리한 것이다. 아동소설『팬더 소대』는 오가는 출퇴근 시간에 한 토막씩 쓴 것을 합친 것이고, 실화『돈과 사람』은 구정 기간에 도원촌에 가서 취재하면서 쓴 것이다. 이젠 짬짬이 한 토막씩 써놓는 것이 습관이 되었다. 얼굴을 먼저 그리기도 하고 때론 다리를 먼저 그릴 때도 있다. 엉뚱한 인물들의 대화가 떠올라 그것을 먼저 엮어놓을 때도 있다. 시간을 짜내다 보니 아무런 격식도 없이 될수록 짧은 글을 많이 쓴다. 자다가 한 토막 쓸 때도 있고 역에서 한 토막 쓸 때도 있다.

자기를 잘 아는 사람이 똑똑한 사람이라고들 한다. 나이로 보나 재간으로 보나 이젠 강경애와 같은 저명한 작가가 되기는 열 번 다 틀린 것 같다. 시간은 그래도 짜내고 짜내서 모을 수 있겠지만 빨리도 발전하는 새 시대 문학 발전 추세에 따른다는 것은 그야말로 어려운 것이다. 독자들의 요구도 날로 높아가고 있다. 노력하지 않으면 설 자리도 찾지 못하기 마련이다. 새 것을 배우고 배워야 한다.

"오르지 못할 나무는 쳐다보지도 말랬다." 하지만 나는 뻔히 알면서도 아득바득 오르려 한다. 꼭대기까지는 못 오르더라도 중턱에라도 올라 익은 열매 몇 알 따보자는 것이 내 희망이고 내 꿈이다. 그래야 나의 성장에 손길을 뻗쳐준 모든 은인들에게 미안하지 않을 것이다.

아, 글 농사란 얼마나 어려운 일인가!

싫어지는 섣달

어렸을 때에는 해마다 찾아오는 섣달이 싫지 않았다. 섣달이 와야 설이 오고 설이 와야 떡이나 고기를 얻어먹고 새 옷 한 벌을 얻어 입을 수 있었기 때문이었다. 또 나이를 한 살씩 먹는 것이 왜 그렇게 좋던지! 그런데 늙으면서부터는 섣달이 점점 싫어진다.

금년에도 허둥지둥하는 사이에 또 섣달을 맞이했다. 매년마다 이 달이 제일 싫고 서글프고 아프고 해서 진짜 만나기가 무서워진다. 할 수 없이 만나고 나면 당혹해짐을 어쩔 수 없고 마음 달래기가 여간 고달프지 않다. 용두사미라 새해 초에는 야름차게 무슨 계획을 가득 짰다가도, 섣달이 되어 걸음을 딱 멈추고 돌아보면 한심하구나. 그 꼴 그 꼴이니, 아마 섣달은 반성의 달인 것 같다. 생명의 365일을 어떻게 날려 보냈고 남은 건 어떻게 써버렸나? 하고 내 머릿속에서는 외치고 있었다.

헛되이 흘러 보낸 날은 별로 없는 것 같고 또 어느 하루도 팍팍 떼어내 선심을 쓴 적도 없는 것 같은데… 날마다 글은 쓰노라 했는데

154

글을 써 놓고는 어쩐지 미지근하고 꺼림칙한 느낌이 늘 마음을 괴롭힌다. 애당초부터 이 사람은 그 무슨 재인(才人)이 아님을 진작 깨닫고 대작이나 명작 같은 걸 써낼 엄두는 못 내고, 소망이라면 내가 쓴 글을 보는 독자가 적어도 몇 십 명쯤은 됐으면 하는 것뿐이었다. 혹 그 어떤 사람이 내 글을 읽고 계시를 받았다거나 감동을 받았다거나 재미를 보았다거나 하면 더 바랄 것 없이 만족을 느꼈다.

밤은 깊어 가는데 잠은 안 오고 해서 버릇처럼 누렇게 황이 든 옛 시조 책을 꺼내어 뒤적이다가 유명한 시인이 쓴 시조에 눈길이 잡혀 두 번 다시 읽으면서 한숨을 뽑았다.

반 넘어 늙었으니 다시 젊든 못 하여도
이 후나 늙지 말고 매양 이만 하였고자
백발아 너나 짐작하여 더디 늙게 하여라.

실로 늙음에 대한 절절한 아쉬움, 다가올 죽음에 대한 불안과 두려움, 이런 것들이 복합적으로 얽혀져 언제나 안정을 잃는 것이 나이 든 사람들의 피할 수 없는 심정인데, 시인은 온 천하 늙은이들의 그런 심정을 보는 듯이 그려내었다.

해와 달도 뜨면 지고, 차면 기우는 것이다. 영원히 불변하는 물건이 이 세상에 또 있을까.

부귀와 공명이라는 것도 다 덧없는 것이니 그것에 연연할 필요는 조금도 없다.

그러니 늙어가는 것에 깜짝깜짝 놀라지 말고 자연법칙에 따라 느슨한 마음으로 살면서, 그 무슨 돈과 영예 같은 것에 집착하지 말고 하고 싶은 일을 열심히 하는 것이 바람직하다.

내 인생은 내내 펜과 종잇장 떠나 살 수 없는 것이 역시 불행의 근원인 것 같다. 나란 사람은 아마도 이 세상과 하직할 때까지 고달프게, 살 것 같다. 하지만 그것이 또 내 삶을 충실히 해주고 생명을 연장해줄지도 모른다.

착잡한 생각에 부대끼다가 시조 아닌 시조 한 수 지어본다.

> 춘하가 가고지면 추동이 오고지고
> 인생의 흥망성쇠 피할 길 없거니
> 가슴속에 타는 저 촛불 꺼질까 걱정일세.

앞으로는 섣달을 싫어하지 말고 반가이 맞아 인생의 한 해를 돌이켜보며 마음을 정리하고, 해놓은 일에 박수도 보내고 새해의 희망찬 계획도 세워가며 살아야겠다.

틀린 것 중의
옳은 것을 찾으며

꽤나 대담하고 총명한 친척집 애가 자신에 차서 가득히 일을 벌려 놓았다. 하지만 뛰다가는 실패하고 다시 일어나 또 뛰다가는 실패하여 어려운 처지에 빠졌다. 그래서 주변에서는 모두 그의 말을 더는 믿지 못할 정도로 실망해버렸다.

어느 날인가 또 그 애가 남방 어느 곳에서 전화로 이번에는 일이 풀려서 잘될 것 같다고 했다.

"글쎄, 잘해라…."

심드렁하게 대답해 놓고 보니 마음 한구석에 걸리는 것이 있었다. 내가 너무한 것 같았다. 그냥 하는 말이라도 "그래, 용기를 내서 잘해봐!"라고 했을 걸 그랬다.

지난번에 읽었던 유용 작가의 말이 떠오른다. 그가 어렸을 때의 이야기인데 붓글씨를 연습하다가 한 획이 틀려 당황하니 아버지가 하는 말씀이 "한 획이 틀려도 다음 획에서 구(救)할 줄 알면 무방하다."는 것이었다. 당시 유용은 그 말을 잘 이해하지 못하였는데 나중에 살아가면서 숱한 곡절과 풍파를 겪으면서 아버지 말씀이 지당했다는 것을 깨쳤다고 한다.

강희황제의 일례를 들어보자. 강희황제가 항주 서호에 갔을 때의 일이다. 영은사(靈隱寺) 주지가 황제를 보고 제자(題字)를 써달라고 주청하였다. 강희황제는 원래 '영은사'라고 쓰려고 했는데 부주의로 '靈'자의 '雨'자를 너무 크게 써서 그 아래 획들을 다 써넣을 자리가 없게 되었다. 측근들과 주지가 손에 땀을 쥐고 긴장해하는 가운데 강희황제가 잠깐 마음을 다잡더니, 다시 붓을 들어 '雲林禪寺'(운림선사)라고 써놓았다. 지금도 서호 영은사에 걸려있는 그 제자를 보고 사람들이 강희황제의 붓글씨가 춤을 추는 듯 멋지다고 감탄하지만, 그것이 글자 획을 잘못 쓴 다음 권의지계(權宜之計: 임시변통)로 만든 것임은 아는 사람이 적다.

틀린 것을 제때에 맞는 것으로 고쳐 만든 강희황제의 지혜는 본받을 만하다. 이제 친척집 애도 실패 속에서 깨달음을 얻고 과거의 좌절을 거름삼아 새 길을 찾을지 누가 알랴. 주변을 둘러보면 인생길에서 무수히 착오를 거듭하면서도 끝까지 성공 못 하는 사람이 있는가 하면, 그 속에서 깨달음을 얻고 인생을 멋지게 살아가는 사람들이 많다. 상처의 아픔을 참고 아물게 하면서 다시 일어서는 인생이 오히려 시종 탄탄대로를 달리는 행운의 인생보다 더 값질 수 있다. 그러므로 우리들은 후배들의 실패나 착오에 비평과 비난의 채찍을 들 것이 아니라, 그들이 한 때의 틀린 것에서 교훈을 얻고 다시 일어나서 옳은 길을 찾아 달리도록 격려해주는 것이 바람직하다.

제2장

문화 기행

머나먼 서역 땅에서

이리(伊犁)에서의 두 달

나이를 먹으면 기억이 쇠퇴하기 마련이다. 금방 들은 말도 기억이
안 되고 했던 말도 다시 해서 부끄러울 때가 있는데, 세월이 갈수록
이상하게 점점 더 생생하게 기억되는 일이 있다. 그것이 이리(伊犁)에
서의 두 달이다. 아마도 죽을 때까지 영영 잊을 수가 없을 것 같다.

사람들은 중국지도를 보고 수탉 형상이란다. 아주 비슷한 비유이
다. 우리가 사는 동북은 수탉의 머리이고 신장(新疆)이나 티베트는
수탉의 엉덩이고 꼬리라고 할 수 있다. 머리에서 꼬리까지의 거리가
수만 리나 되니 중국 땅은 얼마나 넓고 큰 것인가! 키는 작아도 담은
어지간히 큰 나는 1993년도 여름에 혼자서 수탉의 머리에서 기차 타
고, 비행기 타고, 버스 타고, 일주일 만에 수탉의 꼬리인 서북 땅으로
날아갔다. 30년 기자 노릇을 하다 보니 많이도 돌아다녔지만 서북
땅만은 언제고 꼭 가보고 싶었던 고장이다. 그래서 칠색초원에서, 망
망한 사막에서, 장엄한 천산산맥에서 가슴이 터지게 흥분에 들떴던
나다. 그런데 그 고장에서 여름 한 철을 보낼 줄을 누가 알았으랴!

카자흐스탄공화국과의 국경도시 호르고스(霍爾果斯) 통상구에 갔다가 돌아오는 길에 초대형 교통사고를 당해 다섯이 당장 죽고, 나는 중상을 입고 날마다 병상에 누워 통증과 고독과 싸우며 주사를 맞고 약을 먹고 검사를 받고… 실로 하루가 한 해 같이 길고도 지루한 시간을 보냈다.

보름 만에 보조의자를 밀며 부축을 받아 화장실로 들어가 변기에 앉았을 때, 나는 기뻐서 아이처럼 엉엉 울었다. 마침내 남의 손에 대소변은 안 받게 되었다는 위안과 이젠 사람구실을 하게 되었다는 안도감에서였다. 한번은 이불 안에 변기를 대고 누운 채로 소변을 보는데 카자흐족 자치주 주대표와 여러 책임자들이 문병하러 들어왔다. 그때 난감하고 화나고 슬프고 했던 순간, 가련하고 처참한 내 신세 때문에 근 열흘 동안이나 음식을 전폐하고 과일로 생명을 유지했던 나날, 나는 정말 죽고 싶었다. 참으로 누구와도 함께 나눌 수 없는 것이 아픔이다. 자신이 참고 견뎌야 한다. 시간이 약이니까.

한 달이 지나면서 통증도 덜어지고 주사도 적어지고 약도 적어졌다. 나는 버릇대로 고질로 된 습관대로 닥치는 대로 누워서 책을 보기 시작하였다. 위구르족, 카자흐족을 비롯한 여러 민족과 서역 땅에 대한 역사와 지리 그리고 풍속 습관에 이르기까지 너무도 신비로워 그 속에 깊숙이 빠져 들어갔다. 내 아픔과 고독과 싸우는데 특효약이었다.

이녕(伊寧)시는 카자흐족 자치주의 중심도시로서 우리 연길시와 비슷하게 작은 도시이다. 북으로 하얀 눈이 덮여 있는 천산이 솟아 있고 남으로는 이리하(伊犁河)가 유유히 흐른다. 와 보지 않은 사람은 도무지 상상하기 어려울 것이다. 말로나 글로는 다 형용할 수 없이 아름다운 곳이다. 신장에서 가장 좋은 오아시스와 같은 땅이다. 따사로운 기후, 새파란 하늘, 천당 같은 초원, 살찐 양떼와 말떼들이 자유로이 풀을 뜯으며 무리지어 다니는 고장이다. 아직 인간의 손이 닿지 않은 이 땅 밑에는 수많은 자원이 매장되어있다. 이리(伊犁) 카 자흐 자치주의 땅이 얼마나 넓은가는 길림성보다 한 배 더 크다는 말로 비유하면 이해가 갈 것이다.

2000년 전부터, 36개의 크고 작은 '나라'들이 서로 싸우며 어울리면서 살아온 땅이라 가는 곳마다 신비로운 유적지들이 널려있다. 곰팡이가 가득 낀 고색 찬연한 목조 절당들이 있는가 하면, 파리 개선문 비슷한 건물 앞에 세운 격등산 기념비며, 북경 전문(前門)과 비슷한 혜원궁은 고궁의 한 구석을 옮겨다 놓은듯한 느낌이 든다. 바로 이곳이 청나라 항영 영웅 임칙서(林則徐)가 간신들의 모함으로 유배되어서 살았던 곳이다. 불우한 인생의 만년에 그의 심정이 어떠했을까를 가슴 아프게 느끼게 되었다. 푸른 산 밑에 뜨거운 김이 솔솔 피어나는 온천, 하얀 몽고천막(게르) 그리고 말없이 흘러가는 강, 여기가 소문난 유람 명승지 탕바라(唐布拉)이다.

더구나 잊을 수 없는 것은 우루무치에서 이리(伊犁)로 올 때 보았던 쓸쓸한 염수호 - 사이리무호수(賽里木湖), 황홀한 동화세계에 들어선 듯한 착각에 빠졌던 쿵내이스(鞏乃斯) 초원과 나라티(那拉提) 초원, 지금 생각해도 정말 꿈만 같다. 사흘이나 차를 타고 초원을 돌고 기진맥진한 나는 둥근 몽고천막 안에서 아침 해가 떠올라 온 초원에 끼었던 안개가 서서히 걷힐 때까지 깊은 잠에 빠져버렸다.

오늘 사진첩을 들추다 우연히 양질의 가는 털 양 목장인 아름다운 나라티 초원에서, 하얀 양떼를 배경으로 찍은 사진을 보고 오랫동안 깊은 감회에 잠겨있었다. 인간 세상에 이처럼 순수하고 아름다운 자연이 또 있을까! 어처구니없는 욕심이지만 다시 한 번 알타이산맥과 천산산맥 사이에 그림처럼 펼쳐진 나라티 초원 그리고 그 무서운 사막 속의 마귀성에 가보고 싶다.

영원한 기억

−7월 25일

7월 25일, 13년 전 이날은 지나온 몇 십 년 기자 생애에서, 내 70 인생에서 두고두고 잊을 수 없는 날이다. 김소엽 작가의 에세이에서 이런 구절을 읽은 생각이 난다. "어제란 다만 오늘의 추억이며 내일 이란 오늘의 꿈에 불과하다. 그러므로 아름다운 추억이란 어제 있었 던 것이 아니고 바로 오늘 이 순간에 아름답고 멋진 추억이 깃들이 도록 해야 할 것이다."

물론 내 추억은 그 무슨 아름답거나 멋진 추억으로는 될 수 없다. 하지만 어제란 다만 오늘의 추억이란 점에서는 동감이 간다.

그날 나는 수 만 리 서역 땅에서 눈 깜짝할 사이에 교통사고를 당 하여 죽었다 살아났다. 6m 밖으로 튕겨 나가 정신을 잃었던 내가 저 승에서 쫓겨 이승으로 돌아오다니, 이런 일 두고 기적이라 할까, 행 운이라 할까! 오늘은 그날을 기념하여 두 달 동안 체류했던 이리 카 자흐 자치주에서의 잊을 수 없는 기억들을 더 적고 싶다. 추억하고 싶다. 눈물 나게 힘들고 고통스럽고 그리고 사방 어디를 둘러봐도 나 혼자뿐이라는 생각으로 참으로 외롭고 슬프고 죽고 싶었던, 그런 날들이 연속되던 쓰라린 기억들을 되살리고 싶다. 왜 이럴까? 그때 나는 죽음과 삶에 대해 처음으로 심각히 생각하게 되고 마음과 몸의 아픈 체험을 눈물 나게 하게 되었다. 나와는 그렇게 멀어보이던 죽음이 갑자기 눈앞에 닥쳐와서일까! 한동안은 죽기 위해 음식을 전폐하고 그 다음은 살기 위해 미친 듯한 노력을 경주했던 나날이었다. 나는 깨달았다. 죽는다는 것이 얼마나 무섭고 어려운 일이고, 살자고 애쓴다는 것도 참으로 고달픈 일이라는 것, 그리고 살고 있다는 것만으로도 행복하다는 것, 이러한 느낌은 그때 사고로 겪게 된 참을 수 없는 외로움과 기막힌 아픔을 겪고 나서야 얻게 되었던 것이다. 그리고 세상에 존재하는 생명의 귀중함과 인간 간의 사랑의 힘을 알게 되고, 그래서 그 뒤로부터 나는 진정 과분한 욕심을 버리고 질투를 버리고, 남을 사랑하고 양보하고 이해하고 함께 나누면서 살아야 한다는 도리를 깨닫고 그러기 위해 노력해왔다. 이런 추억을 소중하다거나 아름답다는 단어로 표현할 수 있을지 모르겠다.

그날 아침 우리는 오후 4시 반에 있게 되는 전국 소수민족 소년아동신문잡지회의 폐막식을 앞두고 호르고스(霍爾果斯) 통상구 참관을 떠났다. 그 참관까지 하면 이번 회의는 원만히 끝나고 이튿날은 비행기로 각자 제 고향으로 돌아가는 것이다. 이미 주최 측에서 비행기 표까지 다 끊어 놓았던 것이다. 둥부라(冬不拉: 카자흐족 현악기)에 맞추어 부르는 위구르족, 카자흐족 기자들의 노래소리에 도취되어 우리는 피곤한 줄 모르고 통상구에 이르렀다. 중국과 카자흐스탄 간에는 특별한 국경선이 없었다. 산도 없고 강물도 말라 버려 실오리만한 실개천이 흐를 뿐이었다. 그 강바닥 사이에 허줄한 철조망이

166

처져 있었다. 철조망 너머로 그리 크지 않는 카자흐스탄 도시가 내다보였는데, 내 옆에 서있던 이리(伊犁)소년일보 주필인 꾸리가 얼마 전에 참관했던 저 도시의 이야기를 들려주었다. 저 도시는 우리 이곳의 현 소재지와 비슷한데, 이상하게 자기들을 영접한 책임자가(부현장급) 조선족 여인이고 저녁 연회석에서 공연하는 어린이들도 조선족 아이들이더라는 것이다. 어떻게 된 일인가고 나에게 물었다. 머나먼 이곳에 와서 우리 민족의 아픈 역사를 되풀이하게 되는 심정이 좋지 않았다. 하지만 나는 알려주지 않을 수가 없었다. 스탈린의 폭력정책으로 소련의 연해주에 살았던 우리 조선족들이 일본인과 비슷하게 생겼다는 이유로, 갑자기 트럭에 실려서 여기 중앙아시아 쪽으로, 그러니까 오늘의 카자흐스탄이나 우즈베키스탄… 같은, 인적이 드문 황량한 땅에 버려졌던 것이다. 그렇게 버려진 우리 겨레의 후손들이 용케 살아남아 얼을 지키고 있는 것이다. 내 이야기를 듣고 그는 머리를 끄덕이며 "그런 일이었구먼!" 하고 한숨을 쉬었다. 그 혹독한 강압정책과 동화정책 속에서도 용케 살아있다는 감동으로, 나는 오래도록 철조망을 떠나지 못하고 멀리 보이는 마을을 지켜보았다.

연길에서 지도를 볼 때는 하늘 한끝 같고 황막한 변경처럼 느꼈는데 여기로 와서 보니 아니었다. 그야말로 산 좋고 물 좋고 과일이 많은 고장이다. 옛적엔 실크로드와 이어진 북쪽 길문이었고 지금은 유럽과 아시아를 연결시키는 육로 지름길이어서 그야말로 번창하고 있다. 오가는 짐차들과 장사꾼들, 코 큰 관광객들을 실은 유람차들로 벅적거렸다. 즐거운 여행이었다.

안내자 젤슨이 앞에 서서 쉴 새 없이 이리의 자랑을 늘어놓았다.

호성현에 거의 다 이르렀을 때 그는 서북쪽을 가리키면서 저쪽으로 조금 더 가면 칭기즈 칸의 둘째 아들 차가타이가 다스리던, 한때 번성했던 아리마리(阿里麻力)성 유적지가 있다고 했다. 아리마리란 돌궐어로 사과성이라는 뜻이란다. 세상에 이름난 마르코폴로 부자도 왔다 갔다나. 며칠 동안의 유람으로 지쳐버린 나는 깜박 잠이 들었다. 바로 그 순간에 얼뜨기 운전사의 실수로 우리가 탄 소형버스가 벽돌을 가득 실은 대형 트럭을 들이받았다고 한다. 온 창문 유리들이 박살 나 사람들에게 꽂혀 당장에서 5명이 즉사하고 나머지가 몽땅 중상을 입는 참사가 발생했다고 한다. 불행이란 눈썹 밑에서 떨어지는 것이다.

그때 몽골족 얼떠무트 선생이 나를 잡아 흔들며 "김 선생, 김 선생" 하고 부르는 소리가 어렴풋이 들렸다. 눈을 떠보니 쫭족 마 선생이 내 옆에 반듯이 누워있었다. 그가 죽은 것도 모르고 나는 또 정신을 잃고 말았다. 얼떠무트 선생이 후에 알려준 데 의하면, 자기가 다른 중상자를 보러 갔다 와보니 내가 어느새 기어서 피가 즐벅한 차 안 내가 앉았던 그 걸상에 가서 쓰러져 있더라는 것이다. 나는 전혀 생각 안 나는데 어떻게 기어갔을까? 공안국 경찰들의 검사에 의하면 나는 6m 밖으로 튕겨 나갔다는데? 그 차에 올라가야 산다는, 집으로 돌아갈 수 있다는 그런 강한 잠재의식이 나를 그렇게 한 것일까? 오른쪽 얼굴 연골이 몽땅 끊어지고 코뼈가 끊어지고 보름 남짓 병상에서 꿈쩍도 못했는데 그때 어떻게 6m나 기어갔을까?

길 가던 사람들이, 그리고 지나가던 경찰들이 피가 뚝뚝 떨어지는 중상자, 사망자들을 업어서 경찰차에 실은 다음 즉시 호성현 병원으로 수송하여 응급치료를 한 다음, 구급차에 실어 우리를 모두 이리

자치주 병원으로 옮겨갔다고 한다. 호성현 병원에서 점적주사(링겔)를 맞을 때 나는 정신을 차렸다. 아무 곳도 아픈 곳이 없는데 의사들이 내 얼굴에 붕대를 감고 핀셋으로 눈을 벌려보고는 눈알이 터지지 않았다는 말을 하는 소리가 어렴풋이 들렸다. 문득 내가 지금 폐막식에 참가하고 있는 것이 아니라 병원에 누워있다는 것, 무슨 사고가 난 것이겠다는 생각이 들다가 또 흐리터분해졌다.

의사들이나 간호사들은 우리에게 누가 죽었다는 말을 절대 비밀에 부쳤다. 하지만 신장 위구르 자치구 주 대표로부터 숱한 책임자들이 문병을 오고, 공안국 사람들이 들락날락하고 텔레비전 기자들이 촬영기를 들고 왔다 갔다 법석대는 바람에 나는 사건의 심각성을 짐작하게 되었다.

며칠 후 내 병세가 안정되자, 어깨뼈가 끊어지고 팔다리는 성한 몽골족 얼떠무트 선생이 나를 보러 와서 가만히 알려주었다. 그날 내 옆에 앉았던 쫭족 기자 두 명이 그 자리에서 죽고 내가 잘 모르는 다른 세 사람이 죽고, 싸매티 위그르족 주필은 두 다리가 끊어지고 정신착란을 일으켜 사람을 잘 못 알아본다는 것이다. 사우레티 카자흐 소년일보 주필은 갈비뼈가 6대나 끊어지고 티베트족 기자는 얼굴에 유리가 열 몇 곳이나 박혀 볼품이 없다는 것이다. 들을수록 끔찍했다. 나는 그들에 비하면 경한 축이니 자신을 가지라고 당부하였다. 그녀의 말을 듣고 나는 너무 놀라 온 몸이 부들부들 떨려났다. 내 옆에 앉아 참새처럼 안해(아내) 자랑 아들 자랑, 돈을 벌어 새 집을 사서 장식을 하고 있다는 등 자랑을 늘어놓던 마 편집기자가 눈 깜짝할 사이에 저세상에 가고 없다는 사실이 전혀 믿어지지를 않았다. 그는 그렇게 아글타글 모아 산 새 집에 들어보지도 못하고 죽었다.

죽으면 종이 한 장도 가지고 못 가는 건데 사람들은 무엇 때문에 재산에 그처럼 집착하는 것일까?

의사와 간호사들은 양고기 냄새가 물씬 풍기는 음식을 들고 들어와 나더러 먹으라고 권하였다. 공청단(공산주의 청년단)에서 파견되어 나를 윤번으로 간호하는 한족 처녀애들은 근심 말고 나더러 먹으라고 권한다. 양고기는 못 먹는다는 내 고집을 이길 수가 없어서 하미과와 수박을 사다 주었다. 정말 살고 싶지를 않았다. 죽고 싶었다. 아픈 것도 모르고 죽은 마 기자가 부럽기까지 하였다.

멍청히 낯선 병원의 하얀 천정을 쳐다보면서 창밖의 전선줄에 조롱조롱 앉아 자유롭게 지절대는 참새를 내다보면서 나는 울었다. 인생의 무상함을 한탄했다. 이제 퇴직하면 쓰고 싶던 글도 많이 써내고 책도 많이 내고, 대학을 졸업하고 사회에 갓 나온 세 자식들의 뒷바라지를 잘 해주고, 바쁘게만 보냈던 남편과 함께 세상 유람도 많이 다니고, 그 무성한 내 계획, 내 욕심이 이렇게 산산 조각이 날 줄을 누가 알았으랴! 불구가 되어 아무 일도 못하고 생을 연장하게 된다는 생각을 하니 기막혔다. 희망이 보이지 않을 때 사람은 절망하게 되고 죽음이 두렵지 않게 된다. 그런데 하느님 덕분인지 의사들과 간호사들의 덕분인지, 나는 점차 팔다리도 움직일 수 있고 얼굴에 상처도 많이 나아지고, 보행기를 밀고 화장실도 갈 수 있게 되었다. 그리고 사고가 나고 아흐레 만에 전보를 받고 남편이 달려 왔다. 그 당시는 전화가 잘 통하지 않아 전보로 차 사고 소식을 듣자마자 남편은 정신없이 달려왔던 것이다.

갑자기 살고 싶었다. 정말로 살아서 많은 일을 하고 싶었다. 나는 역겨운 양고기 냄새가 나는 라면이며 양고기만두를 코를 쥐고 씹어

넘겼다. 여기 병원에는 밥이 없었다. 아들 며느리가 쌀을 부쳐오고 딸 사위가 영양식품을 부쳐오고 얼굴도 모르는 조선족 아주머니가 김치를 보내주었다. 내 건강은 하루하루 좋아졌다. 내가 외로움에, 아픔에 시달림을 받을 때, 소년일보 동료들의 전보가 날아오고 작가협회며 문우들의 전보가 날아왔다. 그 따뜻한 사랑이 살려는 내 희망을 북돋아주고 상처 입은 내 정신을 치료해주었다. 나는 땀을 흘리며 열심히 의사의 지시대로 걷는 연습을 하고, 약을 먹고, 차 소리에 적응하는 훈련을 받았다.

두 달 만에 나는 고향에 돌아오게 되었다. 나는 병원에서 무엇이 사랑의 힘인가를 배웠다. 그리고 산다는 것이, 사람의 생명이 얼마나 귀중한가를 깨달았다.

돌아온 후 나는 한시도 게으를 수가 없었다. 오늘 하루를 열심히 자기만을 위해서가 아니라 살아있는 모든 사람들을 위해서, 아깝게 죽어간 사람들을 대신해서 최선을 다해서 살아야겠다고 자신을 채찍질하게 되었다. 이제부턴 잘난 체하지 말고 뻐기지 말고 자신을 낮추고 사랑을 베풀며 이해하고 용서하면서 함께 살아야겠다고 생각하게 되었다.

지나온 이 13년 동안 나는 때로는 많이 아파서, 때로는 너무 지쳐서 게을러질 때면 7월 25일, 그 참혹했던 날을 생각하면서 힘을 내곤 하였다. 또 남에게 등한했거나 상처를 주었을 때에도 그날을 떠올리며 자신을 반성하고 뉘우치고 한다. 죽었다 살아난 그날은 나의 여생에 잊을 수 없는 아픈 날로, 심각한 계시로, 영원한 오늘의 추억으로 나를 성숙시키고 밀어주고 한다.

이녕(伊寧)이여, 안녕!

　나에게 그토록 큰 유혹과 신비로운 호기심을 주었던 곳, 나에게 그처럼 무서운 재난과 고통과 상처를 안겨준 곳, 나에게 그토록 살뜰한 사랑과 우정을 베풀어준 곳,

　나는 떠나간다, 날마다 아픔과 슬픔과 고독을 함께 나누어준 정겨운 병원의 정원, 그처럼 분망히 보내며 날마다 어김없이 찾아와 치료해주던 잊을 수 없는 의사와 간호사들, 언어는 통하지 않아도 마주 보면 웃어주고 손짓으로 건강을 축복해주던 카자흐족 사람들, 그 뚱뚱한 몸집, 그 화려한 머릿수건과 원피스.

　오늘은 그곳 노동조합의 공 주임이 와서 사고 처리 보고서를 읽어준다. 비행기 표도 끊었다고 알려준다. 나를 열흘이나 간호해주던 공청단의 세 처녀애가 신장 특산인 건포도를 가득 사 들고 왔다. 이녕(伊寧)의 유일한 조선족 박태룡의 딸 순희도 송별인사를 하러 왔다.

　병원에서의 40일, 운명을 같이 해온 청해의 두 티베트족 청년과 몽골족 부부도 함께 떠난단다. 백양나무 이파리들이 발밑에 뚝뚝 떨

어진다. 꽃피는 7월에 왔다가 낙엽이 지는 9월에 돌아가는 내 마음은 슬프다고 할까, 기쁘다고 할까, 지루한 생명의 시련에 지친 머리는 허옇게 세졌다. 더덕더덕 마음과 몸에 깊은 상처를 달고서도 집으로 돌아간다니 마음은 풍선처럼 둥둥 뜬다. 떠나자고 보니 줄 쳐 다니는 제비 떼도, 한가로운 하얀 비둘기 떼도, 재잘거리는 참새 무리도, 멋없이 치솟은 백양나무들도 모두 모두 정답게만 느껴진다. 담가(들것)에 들려 들어와 꼬박 40일을 살았던 107호 병실, 떠나자고 보니 정겨운 얼굴들은 또 얼마나 많은지!

이리여, 이리! 이녕이여, 이녕!

너는 나에게 불행이란 눈썹 밑에서 떨어진다는 것, 사람의 생명은 돈과 바꿀 수 없다는 것, 죽음 앞에서 돈이란 파지와 같다는 것을 알려주었다. 생명의 귀중함을 죽음 앞에서 절감했을 때 나는 여생을 아끼며 보람 있게 살려고 가슴에 새겼다. 노동조합 책임자가 이제 돌아가 더 받아야 할 치료비라며 천 위안(당시 월급의 약 10달분)을 내 앞에 내놓는다. 지금 내 앞에 돈을 책상높이만큼 쌓아놓는다고 해도 나는 무감각할 것이다. 나의 정신과 몸에 받은 상처를 어떻게 돈으로 미봉할 수가 있겠는가!

문득 함께 돌아갈 수 없게 된, 이미 한 줌의 재가 된 사람들을 생각하면 우리는, 나는 얼마나 불행 중 다행인가! 모든 유감이, 사고를 내고 자신도 불구가 된 운전사까지도 용서하고 싶었다. 하느님께 빈다. 집까지 무사히 돌아가게 해줄 것을!

우루무치에 도착

이날(9월 3일)이면 연길에서는 자치주 성립일이라고 굉장히 떠들며 명절을 쇨 것이다. 그런데 이날 나는 나래 부러진 새처럼 풀이 죽어가지고 우루무치로 가는 비행기에 올랐다. 주 노동조합과 이리 소년일보에서 파견해온 두 대의 차에 앉아 오후 다섯 시 반에 우의(友誼)병원을 떠났다. 숱한 의사와 간호사들이 눈물을 흘리며 대문 앞에 서서 손을 흔들며 환송하였다. 이때 옆방에 입원했던 환자가 자기가 걸을 수 없으니 아들을 시켜 이리의 자료들을 한 보따리 싸서 비행장에 보내주었다. 나더러 돌아가 글 쓰는 데 참고하라며. 과일을 들고 온 사우레티 부부, 40일간 음식을 해주었던 식당에서는 오늘 점심엔 특별히 닭곰탕을 해서 들여왔다. 카자흐족 소년일보 꾸리 주필은 우리들이 떠날 때까지 비행장에 서있었다.

날파람 일구며 날아왔던 우리들이 전쟁에서 부상당한 병사처럼 초췌해진 모습으로 비행기에 올랐다. 45명이 앉는 이 작은 비행기는 어찌나 소음이 세고 흔들어대는지 내내 마음이 불안했다. 동그란 창

174

문으로 내려다보니 이리의 푸른 초원을 벗어나자 망망한 고비사막이 펼쳐졌다. 저 밑도 끝도 없는 사막에 떨어지면 나는 영영 신장의 귀신으로 될 것이다. 문득 그런 생각이 떠올랐다. 누렇고 빨간 사막 속에 가담가담 푸른 오아시스가 보였다. 저녁 8시 36분에 비행기는 무사히 우루무치 비행장에 내렸다. 비행기 안에서 몇 번이나 그 사이 나를 간호하느라 고생을 많이 한 남편을 돌아다보았다. 이제 이 비행기가 고장이라도 생기면 나 때문에 죄 없는 남편이 목숨을 잃게 되지 않을까? 참으로 미안했다.

우루무치는 이리와는 딴판으로 날씨가 써늘했다. 이가 덜덜 떨렸다. 저녁 등불이 찬란한 밤거리를 우리 일행은 신장 소년일보에서 파견한 차에 앉아 한 시간 잘 달려서 호화로운 태화호텔에 이르렀다. 저녁대접까지 받고 더운 물에 목욕을 하고 자리에 누우니 온 몸이 안 아픈 곳이 없이 켕기고 쑤시고 하여 잠을 이룰 수가 없었다. 이제 집까지 갈 일이 아득하게 생각되었다.

태화호텔에서

　우루무치에서 심양으로 가는 비행기는 일주일에 한 번밖에 없기에 부득불 태화호텔에서 닷새 동안을 묵지 않으면 안 되었다. 포도가 풍년이고 사과와 하미과가 도처에 쌓여있어 날마다 과일로 살았다. 세상에 이처럼 맛 좋은 과일이 또 있을까! 꿀처럼 다디단 하미과를 먹던 일을 생각하면 지금도 군침이 돈다.

　내 걸음이 잘 안 되고 남편도 다니길 싫어하니 방 안에 누워있는 하루 시간이 지루했다. 나는 올 때부터 취재하려고 생각했던 신장 지질광산국 고급기술자 이정수 선생을 만나고 싶었다. 그는 우루무치에 살고 있고 내가 비록 '부상자'이긴 하지만 지척에 와 있으니 취재할 수 있지 않을까? 이제 우루무치를 떠나면 수만 리 떨어져있는 그를 다시 만나기 어렵고 또 만날 기회도 없을 것이다. 그렇게 되면 이 서역 땅에서 일생을 바친 우리 민족의 우수한 과학자의 발자취는 사라지고 말 것이다. 너무나 아쉬운 일이다. 나는 기자이고 작가인데, 내 양심과 책임감이 나를 괴롭혔다. 비록 내 지금 신세가 처참하긴 하지만 그를 만나야 하고 취재하여 만방에 알려야 한다. 꼭 그렇게 해야 한다. 남편이 내 심정과 고집을 이해하고 도와 나섰다. 몇 번 들락날락하면서 전화를 걸더니 마침내 그를 찾았다는 기쁜 소식을 알렸다.

이정수 선생은 퇴근 후 중병으로 앓고 있는 안해(아내)에게 주사를 놓아주고 저녁밥까지 지어 먹이고 하다 보니 밤 아홉 시에야 호텔에 도착하였다. 우리 세대 지식인들의 인생은 대체로 눈물겨웠다. 그는 1956년도에 동북지질대학을 졸업하고 신장으로 배치되어 왔단다. 내 남편도 동북지질대학을 1957년도에 졸업하고 남경에 배치되어 갔기에 그들은 비록 같은 학년 동창은 아니어도 금방 구면처럼 친숙해졌고 공통어가 많아서 이야기가 풍성했다. 나라의 덕으로 대학공부를 한 이 세대는 모두 당에 충성하고 나라의 배치에 복종했다. 그는 원래는 북경에 배치받았는데 나라에서 서북 지질탐사가 매우 어렵다는 것을 알고 신장에 자원해왔다는 것이다. 그때까지 신장은 철도가 없었다. 그래서 그는 감숙까지 기차를 타고는 트럭에 앉아 우루무치까지 6일 동안이나 고생해서야 도착했다는 것이다. 낯설고 물 선 곳에서 음식이 맞지 않고 수토가 맞지 않아 안해(아내)는 중병으로 한평생 고생하고 있다는 것이다. 전국의 6분의 1을 차지하는 광활한 신장 땅에서 수십 년 동안 그가 당나귀를 타고, 말을 타고, 트럭을 타고, 혹은 도보로 탐사를 다니며 겪은 고생은 들을수록 눈물이 나서 돌아앉아 훔치지 않으면 안 되었다. 신비로운 투르판(吐魯番), 눈 덮인 천산산맥, 끝없는 고비사막, 복해(福海)… 이야기는 끝이 없었다. 내가 너무 지쳐 그의 이야기를 받아 적지도 못하고 남편이 대필해주고 또 통증으로 앉아 있기조차 어려워하는 내 모습을 본 그는 자료들을 우편으로 부치겠다면서 떠났다.

매번 우리 겨레 과학자들을 취재할 때와 마찬가지로, 아니 내가 죽었다 살아난 다음에 처음 한 취재여서인지 나는 몹시 흥분되어 날이 밝을 때까지 잠을 이루지 못하였다. 나는 무슨 방법을 내서라도 이 사람의 취재는 잘 해서 세상에 알려야 하겠다고 다짐하였다. 그는 내가 당시 상처가 채 낫지 않은 어려운 정황에서 자기를 취재한 일이 고마워, 장춘으로 회의하러 왔던 기회에 연길로 와서 나를 방문하였다. 그의 취재는 이렇게 몇 차례의 곡절을 거쳐 원만히 끝내게 되었다. 퇴직했지만 이미 후대들이 그곳에서 한족들과 결혼하여 뿌리를 내리다 보니 영원히 신장사람으로 된 걸 그토록 마음 아파하던 일이 지금도 유감으로 남아있다.

마침내 8일이 돌아왔다. 날씨가 추워지자 신장 소년일보에서 모든 사람에게 한 벌씩 털실 내의를 사주었다. 여름에 적삼 바람으로 떠나온 우리가 그 털실 내의가 아니었다면 벌벌 떨었을 것이다. 신장자치구 공청단에서도 크게 연회를 베풀어 우리를 환송했다. 이미 청해성의 티베트족 기자들이 떠나고 그 다음 몽골족 기자들이 떠나다 보니 우리가 마지막이었다. 엊저녁 우즈베크족 여기자 이라커가 어린 두 아들을 데리고 와서 '위문공연'을 하였다. 얼마나 귀하고 착하고 이쁜 애들이었던지 지금도 보는 것 같다. 우즈베키스탄에 가서 자기 남편이 사왔다는 하얀 치마를 나에게 선물하였다. 나는 그 치마를 지금도 소중히 간직하고 있다. 신장 소년일보 카다르 주임의 배웅 하에 우리는 비행장으로 떠났다.

우리가 탄 비행기는 몇 백 명이 앉는 대형 비행기였다. 비행기는 망망한 사막을 날아 넘었다. 창문으로 사막을 내다보며 내가 별의별 생각을 다하고 있었다. 그때 공중아씨(스튜어디스)가 마이크로 비행기에 조금 이상이 생겨 원래는 란주(蘭州) 비행장에 내려 기름을 보충하려 했는데, 서안(西安) 비행장에 내려 잠시 수리한다는 소식을 알렸다. 사람들이 술렁거리기 시작하였다. 사람들의 얼굴에 긴장과 공포가 쌓이기 시작했다. 그런데 나만은 이상했다. 무감각했다. 운명인가보다는 생각이 퍼뜩 머리를 스쳤다. 죽음 연습을 해서인지 나는 태연자약한 자세로 창문만 내려다보았다. 남편이 걱정되었다.

비행기는 서안비행장에 무사히 착륙하였다. 덕분에 나는 실크로드의 원천인 유서 깊은 2000년 전 옛 도읍 땅을 디뎌보는 행운을 누리게 되었다. 정말 기뻤다. 3시간 동안 연착되다 보니 비행기는 저녁 7시에야 심양에 내렸다. 요녕 민족출판사 이창인 주필이 지칠 대로 지치면서도 끝까지 기다려준 일이 내내 고맙다. 친언니처럼 사랑해주는 양금자, 이창인 선생님 댁에서 편하게 이틀 동안 쉬고 몸소 표를 끊어준 연길행 침대차를 타고 11일 연길에 도착하였다.

울며 돌아온 연길

아침 7시경에 기차는 연길역에 도착하였다. 2만 리 서역 땅에 갔다가 겨우 살아나 고향 연길역에 내리는 내 심정은 그야말로 복잡했다. 울어야 할지, 웃어야 할지? 기뻐해야 할지, 슬퍼해야 할지?

초췌해진 모습으로 기차에서 내리자, 아들 며느리가 먼저 보였다. 놀란 눈길로 나를 훑어보는 모양을 보면서 얼마나 놀랐으면 저러랴 하는 생각으로 눈시울이 뜨거워졌다. 개찰구를 나서니 소년일보며 유아일보며 자치주 수리국이며 그리고 친척 형제 조카들까지 가득 나와 맞이해 주었다. 나는 처음으로 내 옆에 이렇게 많은 사람들이 내 생명을 아끼고 지키고 있다는 감격으로 가슴이 뜨거워졌다. 친구 홍자가 나를 끌어안고 우는 바람에 나도 울음을 터뜨리고야 말았다.

매일 매일 사람들이 방 안을 채웠다. 훈춘에 있는 숱한 친척들이 날마다 보러 오고 직장 동료들이 오고 남편 직장 사람들, 동네분들, 동창생 그리고 문우들, 그들은 나에게 인정과 우정, 사랑의 귀중함을 더 깊이 깨닫고 느끼고 배우게 하였다. 지난날 나는 늘 내가 베푼 사랑이나 관심이 받은 것보다 더 크다고 생각해왔다. 그것은 완전한 착각이었다. 생각할수록 부끄럽고 미안하였다. 이제 여생에는 그런 어리석은 생각이랑 그만 하고, 곱절 더 베풀며 이해하고 용서하고 양보하고 반성하면서 많은 사람들과 화목하게 살리라! 이 세상에 인정이란 것이 메마르고 우정이나 사랑이 없다면 그것은 황량한 사막과 같을 것이다.

서역 땅에서 불우한 인생을 끝내며 쓴 음악가 왕낙빈(王洛賓)의 시한 구절이 생각난다.

> 인생은 풀 수 없는 꿈이라네
> 나를 나무람 하지 말아 다오
> 떠나간 사랑이 다시 찾아오기를
> 나는 기다리고 있노라!

그는 사랑을 기다리며 이 시를 썼겠지만 나는 내 소망을 이루기 위해 병마와 싸우고 고독과 싸우며 이날을 기다렸다. 수많은 사람들의 사랑의 힘이 나를 재생시켰다.

스티븐슨이란 사람은 『도보여행』이란 글에서, 비록 짧은 여행일지라도 떠나기 3개월은 갈 준비에 즐겁고 돌아와서 3개월은 추억으로 즐겁다고 썼다.

나도 그의 말처럼 떠나기 전 며칠 동안은 마음이 붕 떠서 지도를 챙긴다, 신장역사를 들춰본다, 실크로드를 연구한다, 또 돌아올 때는 비행기를 안 타고 2천 년 전 고도 서안이며 낙양이며 돈황이며 돌아보면서 멋진 여행을 하리라 계획도 무성했다. 생각만 해도 기쁘고 즐거웠다. 그런데 돌아온 후에는 3개월이 아니라 14년이라는 세월이 더 지났는데도 추억의 뿌리는 점점 더 깊어져 가끔 잠을 못 이루게 한다. 그 장엄한 천산산맥, 망망한 초원, 끝없는 사막, 가슴이 무너지는 듯한 그 여행에 대한 추억은 큰 대가를 치르긴 했지만, 나를 많이 성장시키고 나더러 내 자신을 다시 알게 하였다. 그래서 잃는 것이 있으면 얻는 것이 있다고 했던 모양이다. 박목월의 유람기 『춘일로방정』(春日路傍情)에서 여행이란 나를 만나러 가는 것이라고 했는데 그 말이 맞는 것 같다. 나도 나 자신을 만나고 온 느낌이다.

참으로 산다는 것만으로도 행복한 것이다. 자족해야지! 남과 비할 것이 아니라 항상 나 자신의 능력, 수준, 조건으로는 이만큼 살아가는 것이 만족하다고 생각해야 하겠다. 나보다 불행한 사람, 못 사는 사람이 얼마나 많은데! 그렇게 생각하면 마음이 넓어진다.

인상 깊은 문화 탐방

청도 기행

청도(靑島)란 이름은 귀에 많이 익은 이름이다. 한국기업체들이 청도, 위해, 연태 쪽으로 밀려들어 오면서 중국 조선족들이 거기로 대이동하는 바람에 가보지 않아도 너무 익숙해진 도시이다. 어쩌면 동북3성(만주)의 조선족 마을들이 비어가고 학교들이 문을 닫아버리고 조상들이 피땀 흘려 개척한 농토들의 주인 바뀌고… 이 모든 탓이 마치 청도와 같은 연해도시에 있는 것처럼 원망하고 착각했던 도시이기도 하다.

어쩐지 청도는 나에게 큰 흡인력이 없었다. 북경이나 남경, 서안, 항주, 낙양 같은 중국역사의 흥망성쇠의 이야기들이 기록되어있는 고도(古都)도 아니고, 공자나 굴원 같은 유명인들과도 유서가 없는 신흥도시라는 데서, 또 아름다운 바다를 가진 도시라지만 이 몇 년래 홍콩이나 제주도, 블라디보스토크 등 여러 곳을 유람하면서 바다를 많이 보았으며, 베이다이허(北戴河) 바닷가에 가서는 이 주일이나 휴양한 적이 있기 때문이다. 하지만 그렇게 많은 사람들이 고향을 척척 버리고 청도에 가서 산다는 것이 큰 의문부호가 아닐 수 없었다. 어쩌면 산 좋고 물 맑은, 조상들의 피땀과 영혼이 묻혀있는 고향을 그처럼 버리고 떠날 수가 있을까? 저마다 떠나는 이유가 충분하겠지만.

금년 내 70돌 인생을 기념해서 자식들이 베풀어준 배려로 청도로부터 천진, 북경, 서안으로 유람을 즐기게 되었다. 세계 제29기 올림픽 요트경기가 막 끝나고 아직 장애인 요트경연이 시작되지 않은 때여서 청도는 상상외로 조용했다. 예약한 호텔이 바닷가에 자리 잡고 있어 참으로 기분이 좋았다. 이전에 두루 돌아다닌 대련(大連) 해변가나 베이다이허 바다, 제주도 바다보다도 더 푸르고 맑고 깨끗하였다. 올림픽 덕분에 거리도 깨끗하고 잘 정돈되어 있었다. 하지만 내 흥취는 괴상하게 아름다운 도시의 건물이나 푸른 바다보다도 흘러간 역사의 흔적을 찾아보는 데 있었다. 두루 거리를 돌다가 청도의 역사를 기록한 『청도 지도』라는 책 한 권을 샀는데 흥미진진하게 읽었다. 그 책이 청도에 대한 나의 인상을 바꾸어놓았다.

중국의 고도들은 대체로 황궁을 중심으로 밖으로 퍼져나갔다. 하늘은 둥글고 땅은 네모났다는 관념으로 도시건설도 네모나게, 대칭되게 만들어졌다. 그러나 청도는 아니다. 청도는 초기부터 독일의 점령과 문화의 영향으로 식민지 색채가 배어있다. 1895년 청조의 부패무능으로 일본에게 진 다음 대만을 빼앗기면서 외국열강들은 중국이란 이 '고깃덩이'를 다투어 뜯어먹으려 핍박하였고, 무능한 청나라는 막아낼 힘이 없어 이렇게 저렇게 뜯어줄 수밖에 없었다. 독일은 99년이란 기한을 조건으로 교주만(膠州灣)을 차지했고 그래서 청도는 독일식민지로 전락되었다. 독일은 그때로부터 청도가 영원한 자기 땅인 것처럼 착각하고 500만 마르크를 내어 항구를 건설하고 세계에 개방하였으며, 철도를 부설하고 기차역을 짓고 독일은행을 세우고 하여서 16년 사이에 청도 도시화를 완성하였다. 100여 년이 지났건만 지금도 그들이 남긴 유럽건물들이 바닷가 숲 속에 들쑥날쑥 솟아있는 걸 보면 세월과 더불어 늙긴 하여도 여전히 고풍스럽고 멋져보였다. 특히 청도의 문패나 다름없는 잔교(棧橋)는 440m 길이로 바다 속에 깊숙이 뻗어 들어갔는데, 다리 위에 지은 2층 8각 전각이 바다 위에 우뚝 솟아 수많은 관광객들을 끌어들이고 있다. 다리 위에 서서 은회색 바다를 내다보면서 독일인들의 건축 예술과 엄밀하고 철저한 사업 작풍에 감동하지 않을 수 없었다. 10여 년 전 독일 유람을 갔을 때도 가는 곳마다에서 멋지고 개성적인 건축물들과 깨끗한 환경, 잘 짜인 질서, 엄밀한 사업 태도에 감동을 받곤 했었다. 독일은 후에 일본에게 져서 청도를 빼앗기고 '영원한 꿈'을 접고 돌아가지 않을 수 없었다. 역사란 마술 같아 그 이악스러운 일본 침략자들도 또 얼마 후에는 쫓겨나가고 지금은 제 주인의 손에 돌아왔다. 잔교 위에 서서 먼 바다를 내다보노라니 감개무량하다. 숱한 늙은이들이 팬티바람으로 높은 다리 위에서 풍덩풍덩 두려움 없이 깊은 바다 속으로 뛰어들어 자유자재로 헤엄치는 모습을 보노라니, 우리 고장에서는 볼 수 없는 정경이라 눈길을 뗄 수 없었다. 어느 시인이 잔교를 두고, 바닷물에 깨끗이 씻겨진 이름이고 구름에 깨끗이 씻겨진 이름이며 온 세상이 추천해준 이름이라 노래했었다. 실은 아픔의 역사를, 치욕의 역사를 기록하고 있는 다리라고 생각하면서 자리를 옮겼다.

이튿날부터 우리는 '만국건축박람회'라고 불리는 '8대관' 숲길을 돌면서 수많은 역사의 흔적들을 찾아보았다. '8대관'을 연결시키고 있는 숲길은 해를 가리는 낙엽송들로 인해 양산이 필요 없었으며, 공기가 맑아 걷고 걸어도 힘들지 않았다. 숲 속에는 독일인들이 남긴 건물, 일본인들이 남긴 건물들도 많았으며 유명 인사들의 별장들도 깊숙한 정원 안에 잠자고 있었다.

청도에서 제일 일찍 세워진 대학은 독일인이 창건한 덕화(德華) 대학이다. 1909년 10월에 세워진 이 대학은 1914년 흥성기에는 400여 명 대학생을 가진 규모였다고 한다. 세계적으로 저명한 수학자 캉라드 코노프는 복합함수 연구 분야의 학술권위자인데 한 시기 이 대학에 와서 강의했다고 한다. 그 외에도 양자물리학자 칼 애리시 후프카도 초청받아 와서 강의했다니 이 대학의 수준이 상당히 높았음을 알 수 있다. 지금 이 고풍스러운 대학 건물이 바다를 바라보는 숲 속에 낡은 옷을 입고 서있다. 1914년 이 대학은 일독 전쟁 발발로 휴교되었다. 그 때 독일인이 상해에 세운 동제(同濟)대학은 새 중국에 돌아온 후 더욱 흥성하는데….

청도의 자랑이고 영광은 그래도 청도대학이다. 20년대 중국 정부에서 청도를 되찾은 다음 사립 청도대학을 세웠는데, 그 기초 위에 국립 청도대학으로 후에는 산동대학 등 이름으로 고쳤다가 지금 다시 청도대학으로 명성을 떨치고 있다. 이 대학 창시자는 중앙연구원 원장으로 당시 활약하던 채원배(蔡元培) 선생이다. 그는 자기의 제자였던 양진성(楊振聲)을 청도대학 총장으로 추천하였다. 일찍 북경대학을 졸업하고 미국 하버드대학, 콜롬비아대학을 다니고 문학박사 칭호를 받은 양진성은, 귀국 후 연경대학 등 여러 대학을 전전하며 강의하다가 청도대학 총장을 맡은 다음 양실추(梁實秋), 문일다(聞一多) 등 유명 인사들을 불러들였다. 그들이 이 대학에 와서 강의하고 많은 학과를 창설했고 청도 문화에 빛을 더해주었다. 20년대 변화무쌍한 정세는 많은 문인들로 하여금 생계를 위해서, 혹은 정치피난을 위해서 철새처럼 남에서 북으로, 북에서 남으로 날아다니게 하였다. 또 그림처럼 아름다운 청도의 산, 푸른 바다, 하얀 모래톱은 문인들에게 흥분을 주고 영감을 주고 아름다운 추억을 심어주었다. 그리하여 청도에서 쓴 수많은 글들이 세상에 쏟아져 나왔다. 이런 문화인과 글들은 청도 문화의 재산이 되고 자랑이 되고 영광이 되었다.

유명한 작가 소군(蕭軍)이 청도에서 장편소설 『8월의 향촌』을 완성했고, 소홍(蕭紅)은 소설 『생사장』을, 로사(老舍)는 『낙타상자』(駱駝祥子)를 쓰고는 이런 저런 원인으로 총총히 떠나갔다.

로산(嶗山) 아래에 근대 명인 강유위(康有爲)의 묘가 있다는 것이 나의 흥취를 끌었다. 광서황제 때 변법운동을 주장한 주역이었고 독일이 교주만을 강점하자 황제에게 상소문을 올리고 열변을 토했던 사람이다. 그는 장훈복벽(張勛復闢: 군벌 장쉰이 1917년 베이징을 점령한 후, 청나라 부활을 선포하고 선통제를 복위시킨 사건)의 실패로 처음 청도로 피난 왔었고, 최후로 청도를 찾은 것은 임종을 앞두고서였다. 그는 황제를 보위하려는 보황파 쪽에도 인심을 잃고 혁명가들에게는 더욱 용납될 수 없는 인물이 되어 갈 곳이 없었는데, 청도는 넓은 품으로 그를 받아들여 실패한 인생의 종지부를 찍을 수 있게 하였다.

누구보다 기록해주고 싶은 인물은 중국문학사상에 이름이 높은 문일다(聞一多)이다. 마카오(澳門: 중국 명칭은 아오먼)가 중국에 반환되었을 때 식장에서 불려진, "내 이름은 마카오가 아니라 아오먼이다. 조국은 나와 너무 오래 멀어져 있었다"는 가슴을 짜릿하게 하는 소년합창단의 애끓는 노랫소리가 지금도 내 귀에 쟁쟁하다. 그 노래

가 문일다 선생이 피살되기 전에 쓴 노래이다. 문일다 선생은 시집
『붉은 촛불』로 문단을 들썩이게 했고 많은 시들을 남겼는데, 내 머
리에 지금도 남아있는 시의 한 구절은 대개 이런 내용이었다.

나는 흘러간 오천 년의 역사이다
나는 돌아올 오천 년의 역사이다
나는 이 역사의 무대를 수리하고
역사의 장래를 예비하련다

이런 위대한 포부를 가진 애국시인이 청도대학에 와서 교편을 잡
으면서는 시인에서 학자로 변하였다고 한다. 그는 강의가 끝나면
도서관에 들어가 『당나라 시인 전기』, 『당조 문학 연대표』를 저술
하였다. 그뿐 아니라 『초사』, 『시경』도 그의 연구대상이었다고 한
다. 그는 거의 책 속에 파묻혀 살다 보니 바다와는 점점 멀어져갔
다. '9·18사변'과 함께 일어난 학생운동은 재빨리 청도대학에 파급
되어 학생들은 학과를 폐지하고 제남에 가서 청원운동을 하였다.
문일다는 이러한 학생운동이 오히려 항일운동 조직지도에 불리하다
고 인정하고 학생들더러 학습을 견지할 것을 주장하였다. 이리하여
학생들은 문일다가 항일을 반대한다고 공격하였다. 문일다는 분노
하여 사직하고 청도를 떠났다. 역사는 다시 흘러 지금 더부룩한 머
리를 숙이고 무거운 안경을 쓰고 깊은 사색에 빠진 우울한 문일다
반신 조각상이 이곳에 세워져 청도에 영광을 더해주고 있다.
복산로 1호, 숲 속에 중국 현대연극사상 첫 활극본 『배를 파는 사
람』을 창작한 저명한 극작가 홍심(洪深)의 고택이 있다. 중화민국 초

년 원세개 총통의 내무부 비서였던 그의 아버지는 정치피난으로 청도에 와서, 푸른 바다를 내다볼 수 있는 이 숲 속에 멋진 양옥 '관천대'(觀天臺)를 지었다. 청화대학을 다니던 홍심은 방학이면 이 '관천대'에 와서 휴식하곤 하였다. 1914년, 일본이 청도를 침략하여 독일을 대신하게 되자 강제적으로 관천대를 빼앗아 자기들의 요리점으로 만들었다. 이에 분노한 홍심은 활극본, 그때까지 무언극이었던 역사를 밀어버리고 1915년에 첫 활극본을 창작하였다.

그 뒤 홍심은 미국에 건너가 화학과 공정학을 전공하고 귀국하여, 상해 복단대학에서 영문 강의를 하는 한편 희극창작을 하였다. 상해에서 희극사업에 참가하였으나 늘 국민당의 감시를 받게 되었고 게다가 연애, 사업, 우정 등 여러 면으로 타격을 받아 우울한 심정에 빠지게 되었다. 이때 양실추(梁實秋) 등의 초청으로 홍심은 다시 청도의 당시 산동대학(청도대학)으로 돌아와, 짧은 2년 사이에 10여 개 과목을 설치하였고 '국립산동대학 화극단'을 조직하였다. 홍심은 청도에 있는 기간에 중국 영화사상 첫 영화극본『도적 마친 후에 피어난 복숭아꽃』을 창작하였다. 그러던 그도 학생운동으로 사직하고 청도를 떠났다.

지난날 우리에게는 계급투쟁의 잣대로 금을 그어놓고 사람을 평가하다 보니 '우리' 편은 모두 영웅이오, 반대편 사람은 모두 적으로 취급했다. 청도에 와서『청도 지도』란 책을 보면서 지난날 '적'이었던 양실추나 호적(胡适)의 이야기를 다시 읽으며, 한 사람의 일생을 어떻게 평가하고 어떻게 그 사람의 역사적 공로를 봐줘야 하는가를 깊이 사색하게 되었다. 루쉰을 반대한 사람이라 하여 모두 적인 것이 아니고, 정치관점이 다르다 하여 그가 쌓은 역사적 공적마저 말

살해서는 안 되겠다는 생각도 하게 되었다.

양실추의 청도행은 청도문화에 깊은 흔적을 남겼으며 그가 일생 동안 중국문화에 남긴 공로도 대단했다. 신월패의 대표인물이고 수석 문예비평가인 양실추는 청도에 오기 전에 상해에서 루쉰과 격렬한 논쟁을 벌였다.

그들 두 사람의 갈등은 결국은 부동한 문학관념, 사상관념, 문화관념 간의 차이로 일어난 논쟁이었다. 범위가 넓고 영향이 대단히 컸다. 루쉰은 현대 신문화의 대표인물이고 위대한 사상가로, 중국사회와 사상의 현대화에 고도의 관심을 가지고 만강의 열정으로 논쟁에 참여하였다. 루쉰은 문학의 사회성, 계급성을 주의 깊게 살펴보았고, 양실추는 영, 미 문학의 영향과 사상 영향을 받아 문학상에서 '귀족화' 문학을 주장하면서 문학은 영구불변의 인성을 표현하여야 한다고 주장하였다. 그러니 그들은 한 길로 모일 수 없는 사람들이었다. 이런 때 양진성이 청도대학을 세우면서 문일다, 양실추를 초빙하였던 것이다.

양실추는 청도에 와서 강의하는 한편 호적의 요구로 세계 명작『셰익스피어 전집』의 번역 임무를 맡았었다. 이는 매우 힘든 일이었지만 당시 중국에는 서양문화를 들여오는 것이 매우 절박하였다. 그는 인내성 있게 번역에 달라붙었다. 그리하여 항일운동 전에 8부를 완성하여 1936년부터 상무인서관(商務印書館)에서 셰익스피어 극본을 인쇄하기 시작하였다. 1939년에 양실추는 또 8부 번역을 완성하였다. 그 뒤 이런저런 전란과 운동으로 양실추는 번역을 중단하였다가 1967년에 이르러 셰익스피어 번역 임무를 끝내 완성하였다. 이는 양실추가 중국문학사에 한 가장 걸출한 공헌이라 할 수 있겠다.

이 사실을 통해 우리는 양실추가 루쉰의 논적이라 하여, 또 그의 주장이 틀렸다고 하여 나쁜 사람으로, 적으로만 봐서는 안 된다고 생각한다. 다른 건 언급하지 않더라도 그는 30여 년간, 인생의 절반 시간을 이용해 세계명작 『셰익스피어』를 번역해 냄으로써 중국인들이 세계문학을 이해하는 데 크나큰 공헌을 했다는 사실을 알아야 할 것이다. 이 일을 해낼 수 있는 문인이 당시 몇 사람이나 되었을까?

위에서 언급한 문인들 말고도 말해야 할 사람들이 수두룩하지만 내내 내 머리에 잊을 수 없는 사람이 있다. 그가 강청과 관련되어 그런지는 딱히 말할 수 없지만.

그가 바로 당시 『변성』(邊城)이란 소설로 소문이 난 심종문(沈從文)이다. 그가 청도대학에서 강의했지만 수많은 문화 거인들의 그늘 밑에서 그의 이름은 누구에게도 알려지지 않았다. 그래서 그는 고민하고 외로웠으며 그의 말대로 '명예, 금전, 사랑 아무것도 없는' 빈털터리였다. 그가 청도대학에 개설한 과목은 처음에 25명 학생이 청강했으나 1년 후에는 5명밖에 남지 않았다. 그 중 2명이 방청생으로 청강하였는데, 한 학생이 바로 한때 중국 정치무대에 '명성'이 자자했던 강청이었다. 그때 그녀의 이름은 이운학이라고 했는데 청도대학도서관 직원으로 일하였다. 그녀는 늘 일부 교수들의 강의를 선택하여 방청하였는데, 심종문이 개설한 '수필습작' 과목을 좋아하고 심종문을 좋아했다고 한다. 그러니 젊었을 때 강청은 나쁜 일만 한 게 아니라 배우기도 좋아하고 문학 예술에 애호가 깊었던 것 같다. 자기 과목에 5명 학생밖에 안 남았다니 심종문이 고민하고 외로움에 시달림 받았다는 점이 충분히 이해된다. 그에게 있어 고독은 숙명이었던 것 같다. 그러나 그 고독이 그로 하여금 사색하고 문학창작을 하게 한 것이다. 아무튼 그는 강의는 별로였지만 문학창작에서는 대단한 기질이 있었다. 그도 나중에 이 대학을 떠나 북경에 가서 창작에 정진하였다고 한다. 청도에 있을 때 변두리인생을 살아온 심종문은 "적막한 바다는 나에게 고독한 심정을 양성해주었다"고 하였다. 그에게 필요한 것은 자존심이었다. 스스로 위안하고 자신감을 키우노라 노력했던 그는 이렇게 썼다.

"마땅히 자기 자신에 자신이 있어야 한다. 누가 믿지 않아도 걱정할 것 없다. 사람은 늘 자기에 대한 자신감이 결핍하여 다른 사람의 믿음으로부터 자신을 증명하려 한다." 이 말은 결국 그 자신을 두고 한 말이지만, 지금도 많은 사람들은 갖은 방법으로 '유명인'들의 평가를 가져와 자기 자신을 남들 앞에 내세우려 한다. 이는 자신이 없는 사람들의 불쌍한 행실이다. 자기를 세워 주는 유일한 길은 자신의 노력과 지혜와 능력인데.

소어산(小魚山) 일대의 문화 명인들의 흔적들을 돌아보며 청도 문화도 청도와 마찬가지로 젊었다는 생각을 하게 되었다. 여행은 흔히 사람을 즐겁게도 하지만 지치게도 한다. 닷새 동안 총망히 돌아보고 떠난 청도가 나에게 남긴 인상은 맑고 푸른 바다와 하얀 모래톱, 그 위에 찍힌 문화인들의 발자취이다. 100여 년의 역사밖에 안 되는 청도는 새 도시이지만, 나름대로 개성이 있고 볼거리가 있고 사색의 공간이 있어 좋았다. 역사의 무거운 짐을 지고 있지 않은 것도 어찌 보면 청도다운 특색이다.

하지만 어쩐지 이 도시가 우리 조선족 동포들의 장래의 고향으로 되기에는 걸맞지 않는 곳이라는 느낌이 들었다. 나한테 그 영문을 물으면 딱히 대답할 말이 없다. 하지만 진심으로 권하고 싶은 말은 생존을 위해, 사업을 위해 이곳에 온 동포들이 지치고 고독하면 아무 때고 돌아오라, 우리 조상들이 피땀 흘려 가꾸어놓은 고향으로. 무엇 때문에 꼭 돌아와야 하는가? 그곳엔 조상들의 무덤이 있고 역사의 비석들이 가득하고 마을마다 거리마다 당신들이, 당신들의 부모 형제들이 지난날 엮은 수많은 슬픈 이야기와 즐거운 이야기들이 차고 넘치기 때문이다. 또 그곳엔 우리들이 창조한 중국 조선족 문화가 있고, 우리의 풍속이 있고, 언어가 있고, 아름다운 천지가 있고, 백두산이 있다. 우리에게는 이 모든 것을 지키고 대대손손으로 전해야 할 신성한 의무와 책임이 있기 때문이다. 연변은 중국 조선족 문화의 최후 진지이다. 한 마디로 우리는 중국 조선족 후손이기 때문이다.

천진 기행

큰 딸네가 천진(天津)시에 있어 매년마다 한 번씩 다녀오는 도시이다. 그러니 국내 도시 유람 중 제일 많이 다녀오고 오래 머물렀던 곳이 천진시일 것이다. 누가 나에게 이 세상에 태어나 제일 즐거운 일이 무언가고 묻는다면 아마 유람이라고 대답할 것이다. 절반 인생을 떼어내 여행 다닐 수만 있다면 신비한 이집트 피라미드나 로마 유적지도 가보고, 아마존 숲 속에서 원시생활을 하는 부족까지 찾아가볼 건데, 인생이란 언제나 한계가 있기 마련이다.

천진시는 산 하나 없이 넓은 평원 위에 가로 세로로 뻗은, 중국 4대 직할시 중의 하나로 큰 도시이지만, 북경처럼 고색찬연하지 못하고 상해처럼 번영창성하지 못한, 어딘가 촌티가 다분한 공업도시이다. 그러나 천진은 역사적으로 나라의 중임을 맡고 있는 소홀히 할 수 없는 도시이다. 산은 없어도 강이 있고 바다가 있어 자존심이 강한 도시이기도 하다.

천진은 해하(海河)의 5대 지류가 모여서 바다로 흘러드는 항구도

194

시이다. 명나라 성조(영락제) - 주체(朱棣)가 천진을 천진위로 명명하고 군사용 성터를 쌓았고, 청나라 이홍장이 북양함대를 꾸렸던 군사요충지이기도 하다. 이전에 천진에 왔을 때 5대도(五大道)에 자리 잡은 수백 개의 양옥들을 보면서, 천진도 '천진조약'(불평등조약) 같은 역사의 무거운 짐을 지고 있다는 생각을 하게 되었다.

금년(2008년) 북경올림픽 축구경기가 천진에서 열렸기에 도시는 면모를 일신한 것 같았다. 이전에는 어쩐지 지저분해보이고 사람들이 입고 다니는 특히 나이 많은 사람들이 입고 다니는 옷이 연길 늙은이들에 비해 너무나 촌티가 나서 이해가 안 갔다. 나이를 먹은 여인들이 꽃 치마나 원피스 같은 옷을 입은 걸 못 보았다. 연길 서시장의 싸구려 꽃 치마를 입고 나가도 눈에 확 띄고 멋을 부리는 것 같아 송구스럽기까지 했다. 자주 다니다 보니 점차 습관이 되고 비록 옷은 소박하게 입지만, 저마다 돈주머니는 넉넉해서 아름다운 주택구에 집을 척척 사는 걸 보고 한족들의 삶의 방식, 사유방식, 생활습관을 이해하게 되었다. 멋이나 놀이를 많이 추구하는 우리 민족보다 어딘가 소박하고 근면한 태도에 감탄도 하게 되었다. 물론 나더러 저렇게 절약하며 돈을 모으라고 한다면 손을 들겠지만….

개혁개방 후, 천진시에서 제일 멋진 거리로 부각되고 있는 곳이 하서구(河西區)이다. 한국인들과 많은 조선족들이 여기 거리 한편에 식당들을 꾸려 돈을 벌고 있다. 돈을 많이 번 사람들은 멋진 아파트도 사고 있었다. 우리 연길 주택들은 공간이 없이 빽빽하게 지어 창문을 열면 앞뒤 집이 서로 들여다보이고, 집과 집 사이의 가련한 '꽃밭'들은 나무 몇 그루, 꽃나무 몇 그루까지 헤아려볼 정도이다. 천진시에 새로 선 아파트구역들을 돌아보면 모두 테니스장, 어린이놀이터, 노인들의 태극권 연습 광장이 있다. 그런가 하면 가산(假山)이나 인공호수, 넓은 잔디밭과 꽃나무들을 잘 가꾸어놓아 진짜 화원 같다. 아파트단지에 사는 딸집 정원도 마찬가지이다. 정원에는 여기저기 벤치들이 있어 산보하다가 앉아 휴식하기가 제격이다. 만개한 무궁화, 빨강 돈주머니 같은 열매들을 대롱대롱 달고 있는 석류나무들, 울긋불긋 피어난 월계화며 날아예는 새떼들이 그렇게도 사랑스러워보였다. 우리 연길에서는 보기 드문 정경이라 신비롭고 그지없이 부러웠다.

조용한 정원은 자신을 돌아보는 장소로도 된다. 낯선 고장, 인연 없는 사람들, 칭찬하는 사람도, 비난하는 사람도 없는 정원에 앉아 꽃이나 새들을 보면서 푸른 하늘과 중얼중얼 대화를 해보기도 한다.

하서구에 새로 세워진 천진박물관은 대단히 멋지다. 백조모양으로 설계한 박물관을 둘러싸고, 연길 체육장보다 더 큰 공간에 나무를 심고 꽃을 심고 풀밭을 가꾸고 인공호수에 가산을 만들었다. 규모가 방대한 박물관을 돌아보고 제일 인상이 깊었던 것이 돈황 예술관이었다. 모방해 만든 것이긴 하지만 아직 가보지 못한 돈황 예술을 감상할 수 있어 좋았다. 인도로부터 들어온 불교가 돌궐족에 의해 번성해졌다. 아쉽게도 돈황의 많은 진품들은 외국열강들에 도적 맞았다. 지금 영국에는 돈황 예술관이 여러 개 꾸려져있다고 하니 얼마나 분한 일인가! 세상에는 왜 빼앗아갔거나 훔쳐간 남의 나라 문물을 본국에 돌려줘야 한다는 국제법이 없을까?

쾌청한 9월 중순 어느 날, 해하에 유람선이 떴다고 하여 온 식구가 배 타러 갔다. 사실 천진시의 젖줄로 불리는 해하는 산이 없는 천진시에 생기를 불어넣어 주고 있다. 해하는 천진의 표지이기도 하다. 천진시 고문화거리에 있는 문화광장 앞 부두에서 유람선을 탔다. 해하 양안에는 지난날 외국영사관 건축물들과 종루며 금빛 찬란한 부각으로 장식된 다리들이 천진의 역사를 설명하고 있는가 하면, 새로 선 현대화 건축물들이 눈이 모자라게 달려오고 밀려갔다. 아름다운 음악 리듬에 맞추어 강 복판에서는 분수가 춤을 춘다.

유람선에서 내려 고문화거리로 들어갔다. 이전에 와보지 못한 거리이다. 자그마한 누각 위에서는 한창 무슨 경극인가를 공연하는데, 수백 명 사람들이 땅에 앉아 흥미진진하게 구경하는 모습이 실로 신비롭고 희한했다. 우리 조선족들은 도라지나 아리랑이 나오면 금시 흥분되어 덩실덩실 춤을 춘다. 그런데 천진사람들은 아무리 흥분되어도 팔다리를 놀리는 법이 없이 몇 시간씩 까닥 앉고 앉아 극을 보고 재담을 듣는다. 민족마다 흥취가 다르고 감정표현 방식이 다르다. 옆에서는 무슨 천진 특산을 팔고 있었는데 줄을 서서 사먹고 있었다. 가보니 차죽이라고 하는 것인데 특별히 만든 종이종지에 우리네 차입쌀가루(미숫가루)와 같은 가루를 놓고 그 위에 잣씨, 구기자, 말린 포도 같은 과일을 얹었다. 긴 걸상에 앉아 작은 숟가락으로 휘휘 저어 먹으니 그 맛이 별미였다. 아주 신기한 것은 20대쯤 돼 보이는 한 남자종업원이 주둥이가 한 자 가량 되는 긴 구리주전자를 들고 와서 사람마다 들고 있는 종지에 팔팔 끓는 물을 붓는 모습이었다. 서너 발짝 떨어진 곳에서 말이다. 그 솜씨가 얼마나 익숙한지 물 한 방울 흘리지 않고 그릇 안에 따라 넣는 것이었다. 모두 감동되어 함성을 질렀다.

고문화거리에서 이전 천진의 모습을 찾아볼 수 있어 흥미롭고, 100여 년의 역사를 자랑하는 '양류청년화'(楊柳靑年畫)를 파는 가게

들이 많아 볼만했다. 청나라 건륭황제나 가경황제 때부터 명망을 떨쳤다는 진흙으로 빚은 인형조각품들을 도처에서 팔고 있었는데, 외국인들이 흥미가 있는지 한두 개씩 사고 있었다. 신기해서 인형 하나를 들고 자세히 보니 그것들도 중국의 특수문화로 세계적인 인정을 받는 도자기나 옥 같은 조각품들과 마찬가지로 생동력이 있고 정교했으며 웃는 모습 또한 각각이었다. 천진시가 얼마나 큰지 해하에서 택시 타고 하서구(河西區) 딸 집에 돌아오는데 40분이 걸렸다.

공업도시인 천진에는 자랑이 많았다. 상품의 품질 면에서 상해 못지않게 인정받는 도시이다. 중국의 첫 국산표 손목시계도 상해인 줄로 알았는데 알고 보니 천진이었다. 첫 텔레비전도 천진에서 나왔고 천진산 비둘기표 자전거, 앵무새표 손풍금도 한때 중국의 명품이었다. 그런 도시임에도 이곳 직원들의 월급이 생각 외로 북경시와 엄청난 차이가 있고 우리 고장과 비슷하다는 것이 의문스러웠다. 그러다가 천진시 서점에 들러 천진에 관한 책들을 사다가 읽어 보고는 깊이 느껴서 감탄하기까지 하였다.

80년대 심천(深圳), 주해(珠海) 등 남방 4곳을 먼저 개혁개방하면서 나라에서는 만일의 경우를 고려하고 또 나라의 경제수입을 보장하는 동시에 남방의 개혁개방을 성공시키기 위해, 옛 공업지역인 상해, 천진, 요녕에서는 안정 생산을 하여 나라의 재정수입을 보장하게 하였다. 그때 천진시는 매년 재정수입의 53%를 나라에 바쳤다고 한다. 남방 개혁개방의 성공에는 천진시 인민들의 크나큰 공헌과 희생과 대가가 들어있었던 것이다. 그러다 보니 천진시는 공업설비가 낡고 기술이 낙후하고 제품이 노화되어 개혁개방의 새로운 형세에 따르자니 난관이 많았다. 천진시 인민들은 또다시 피땀을 흘리며 새로운 기적을 창조하였다. 길림성 인민들이 나라의 양식창고를 보장하는 것과 마찬가지로.

그러니 사람은 독서하여야 한다. 이런 자료를 보고서야 소박하고 근면한 천진시 인민들을 이해하게 되고 감동을 하게 되었다. 누가 알아주든 말든 천진시 인민들은 아무 불평 없이 나라에서 준 이 무거운 짐을 떠메는 것을 영광으로, 사명으로 받아들였다. 그들은 이 몇 년 사이에 자신의 장점을 살리고 어려움을 참고 분투하여 천진시를 끝끝내 탈바꿈시켰다.

그 모습을 보기 위해 천진시 자랑인 빈해신구(濱海新區)를 가보고 그 변화함에 놀라지 않을 수 없었다. 빈해구는 천진시 인민들의 피어린 노력으로 눈부신 발전 속도를 기록하고 있었다.

어떤 전문가의 연구에 의하면 동북아지구에는 이미 3개의 큰 도시대가 형성되었다고 한다. 하나는 도쿄 – 요코하마를 연결시킨 도시군이고 하나는 서울 – 인천을 연결한 도시군이고 셋째는 북경 – 천진을 연결한 환발해 지역시군이다. 이 세 개 도시군은 동북아경제를 연결시키는 중요한 연대가 되어 경제발전에 아주 유리한 기회를 창조해 준다고 한다. 천진시 빈해지구라는 이름은 천진에 올 때마다 들었는데 별로 중시하지 않았었다. 이번에 돌아보고서야 중국 북방 경제 중심으로서의 사명을 감당하는 천진시의 진짜 '충신'은 빈해지구임을 알게 되었다.

좀 더 구체적으로 말하면 천진시 빈해신구는 산동반도와 요동반도의 교차점, 해하유역의 하류, 천진시 동부에 위치해있으면서 천진시를 국내외와 연결시키고 150km 떨어져있는 수도 북경을 지키는 중요한 문호이다. 그리고 북방의 12개 도시의 중요한 출해 통로인데 그 범위가 350km²이다. 천진항구, 천진경제기술개발구, 천진항구 세금보호구(天津港保稅區), 당고(塘沽), 한고(漢沽)를 다 포함하는 천진시의 생명이나 다름없는 이름이기도 하다.

감탄 끝에는 유감이 따르는 법이다. 택시에 앉아 하늘을 가리는 고층건물들을 내다보면서, 큰 길을 메우고 달리는 갖가지 차들을 보면서 생각이 복잡해졌다. 공연한 걱정이 생겼다. 이런 속도로 발전한다면 장차 이 땅덩어리는 어떻게 될 것인가? 바다보다 5m 낮은 땅에서 사는 네덜란드가 생각나고, 상해에 갔을 때 숲처럼 세워진 고층건물들을 보면서 땅이 꺼져 들어갈까 걱정했던 근심이 다시 떠올랐다. 내 근심걱정이 기우처럼, 아니 그 옛날 황제에게 아들이 없는 것을 걱정했다는 어느 노처녀처럼 웃음거리였으면 좋겠는데?

북경 기행

　인제 열 번도 더 북경을 다녀왔고 북경에서 꼭 봐야 할 명승고적들도 거의 돌아보았다. 그 중 천안문이나 고궁, 만리장성, 13릉, 천단, 옹화궁 같은 곳은 두세 번 돌아보았고.

　그런데 텔레비전 화면에서, 신문잡지에서 올림픽운동을 얼마나 굉장히 선전했던지, 또 올림픽 개막식과 폐막식 화면을 보면서는 중국인들이 세계 유사 이래 가장 신비하고 멋지고 성대하고 빛나는 창작품을 세인들 앞에 내놓았다고 수없이 감탄해마지 않았다. 중국인들의 머리가 이처럼 총명하고 지혜롭고 위대했음을 너무 몰랐었다! 서방인들보다 한참이나 뒤떨어진 줄로 알았는데… 잠자던 호랑이가 깨어나니 온 세상 사람들이 깜짝 놀라 아우성친다!

　세계를 놀라게 한 북경올림픽이 끝난 9월 21일, 나는 천진에서 고속기차를 타고 30분 만에 북경남역에 도착하였다. 처음 타보는 고속기차는 아니었지만 기분이 붕 뜨고 참 멋지다는 생각이 떠올랐다. 올림픽을 치른 북경은 어디로 가나 면모를 일신하였다.

서양인들이 동방문명에 대한 흥취는 보통 고도 – 북경으로부터 시작된다. 그러기에 북경역사를 잠깐 돌아보기로 하자.

역사적으로 거슬러 올라가면 북경은 요(遼, 907 – 1125), 금(金, 1115 – 1234), 원(元, 1271 – 1368), 명(明, 1368 – 1644), 청(淸, 1644 – 1911)나라의 수도였다. 장장 850년간 서울로 있어온 북경은 의연히 명, 청 시기의 진귀한 유물을 완전히 보존하고 있다. 핵심적인 유적은 자금성, 오늘의 고궁이다. 세계에서 규모가 제일 큰 제왕궁전을 제대로 보존하고 있는 건축물이다. 72만㎡의 넓은 땅을 차지하고 있는 고궁 안의 크고 작은 건축물들은 도합 8700여 칸이나 된다고 한다.

북경의 역사를 말하자면 몇 날 밤을 해도 끝이 없을 것이다. 이만 줄이고 본제로 돌아가자. 나는 그날 북경에 도착하자 올림픽 주경기장이었던 '새둥지'(鳥巢)를 찾아갔다. 비 온 뒤라 꽤나 날씨가 싸늘했다. 하지만 '새둥지' 주위에는 국내외 관광객들로 인산인해를 이루고 있었다. 텔레비전 화면에서 수십 번 보았던 건물이라 눈에 익었지만 가까이 다가가보니 굉장히 크고 신비로웠다. 어쩌면 사람의 머리에 저런 착상이 생겼을까? 파리 루브르궁전 앞 유리삼각형 건물, 홍콩 유리 삼각형 건물 앞에서 중국인 건축설계사 패률명(貝聿銘)선생의 괴이하고 환상적인 착상에 많이 감동을 했는데, 또 파리 상징인 철로 엮어 만든 에펠탑을 쳐다보면서 부러워했는데, 오늘 '새둥지' 앞에서 정말 놀라지 않을 수 없었다. 볼수록 작은 나뭇가지를 물어다 지은 참새들의 둥지를 확대경으로 보는 느낌이 들었다.

'새둥지'는 강철의 원색을 그대로 보존한 철근 구조로 구성되었는데 세계적으로 경간이 가장 큰 철근 구조 건축물이란다. 1층에서 4층까지 가장 큰 경사를 이룬 곳은 지면과 59도 협각을 이룬다. 기우뚱한 저 크고 무거운 '머리'를 이겨내게끔 받쳐주는 최첨단 기술로 된 건물의 비밀을 모르고 있으니 넘어질까 봐 쓸데없는 걱정이 생겼다. 더구나 놀라운 것은 이 엄청난 '새둥지'에 사용한 벽돌은 몽땅 새로 만든 특수한 벽돌인데, 원자재의 97%가 내몽골사막에서 가져왔단다. 모래로 만든 이 벽돌은 그 외형이 아름답고 모래의 흡수와 투수 특성을 그대로 지녔는데, 한 개의 특수한 벽돌은 1.7kg의 물을 흡수할 수 있단다. 이 벽돌은 건축재료 사에 새로운 한 획을 그어주었단다.

올림픽이 막 끝나고 내부 정리를 하는 중이어서 경기장 안으로는 들어가 보지 못하고 밖에서 사진 몇 장 찍은 다음, '새둥지' 다음으로 인기를 끌고 있는 '수립방'(水立方)으로 떠났다.

'수립방'은 '새둥지'와 친형제처럼 나란히 자리 잡고 있었다. 물거품 같기도 하고 비누거품 같기도 한 이 건물은 '새둥지'와는 다른 개성과 매력을 과시하고 있었다.

어떻게 저런 기적을 낳았을까? 사람의 머리란 참! 볼수록 신비로웠다.

'수립방'은 세포조직의 기본 배열구조, 그리고 물거품과 비누거품의 천연구조에서 영감을 얻은 것이란다. 자연계에서는 흔히 볼 수 있는 형태이지만 건축구조에서는 종래로 사용된 적이 없단다.

단면을 보면 수립방의 벽체와 지붕은 모두 내외 3층으로 나뉘어졌는데, 3만 개를 넘는 철골부재중 공간적으로 완전한 평형을 이룬 것을 거의 찾아볼 수 없어 기존의 설계로는 근본적으로 그려낼 수 없었다. 그래서 새로운 설계방법으로 설계했는데, 시공설계 도면만 2자 높이에 달했다니 그 어렵고 복잡함을 짐작할 수 있을 것이다.

이 독특한 설계는 세계건축계의 공백을 메웠던 것이다.

얼핏 보기에는 정방형 같기도 한 이 건축물에 공간적으로 완전한 평형을 이룬 것이 하나도 없었다니 자기 눈이라도 믿을 수가 없었다. 아무튼 이 기이한 건축물은 중국인들 두뇌의 창조물이라는 데서 자호감(스스로를 자랑스럽게 여기는 마음, 연변어)을 느끼지 않을 수 없었다.

널따란 공원 꽃밭 의자에 앉아 잠깐 휴식하였다. 여러 가지 생각들이 머리에 떠올랐다. 오랜 세월 중국 사람들은 올림픽을 외면하고 살았고 심지어 올림픽에 참가할 꿈도 꾸지 못했다. 문득 사진 한 장이 떠올랐다. 여위고 약한 몸체를 가진 한 중국 선수가 운동장에 꿇어앉아 수심에 찬, 부끄러워하는 눈길로 앞을 내다보는 가련한 사람, 그가 바로 '독불장군' 유장춘(劉長春)이다. 1931년, 중화전국체육협회가 국제올림픽위원회의 승인을 받았다. 1932년 당시의 중국 정부는 로스앤젤레스에서 개최되는 제10회 올림픽에 선수를 파견하지 않을 예정이었다. 그러나 일본이 '만주국'으로 중국을 대체해 올림픽에 참가시키려고 하여 체육계에서는 막부득이 몇 명으로 구성된 대표단을 파견하였다. 준비가 불충분하고 급급히 참가한 탓으로 유장춘은 100m와 200m 예선에서 탈락했다. 여행 피로와 체력의 부족으로 400m경기는 포기하였다.

1896년 아테네에서 열린 제1회 근대올림픽으로부터 1932년, 장장 36년이란 세월이 흘러서야 겨우 참가했다는 유일한 선수가 이 꼴이니, 세상 사람들에게 어찌 '동아병부'(東亞病夫: 아시아의 병든 늙은이)로 불리지 않을 수 있겠는가! 그의 미안스러워하는 힘없는 눈길, 바싹 여원 몸체를 보면서 나는 속으로 분노했다. 당신이 미안해할 것 하나 없다. 너를 키운 나라가 너를 그토록 만들었는데 너한테 무슨 죄가 있는가?

너한테 미안해할 것은 너의 조국, 이 큰 땅덩어리이다.

더 한심한 이야기는 1948년 제14회 영국 런던에서 열린 올림픽에 중국에서는 33명의 선수들이 참가했는데, 한 사람도 결승전에 진출하지 못했을 뿐만 아니라 돌아올 여비도 없어 화교들의 도움을 받아서야 귀국할 수 있었다고 한다. 이렇게 그때 이 나라 정부가 무능했고 가련했다.

그러기에 당시 한 외국신문에는 올림픽 오륜기 아래에서 긴 머리채를 드리우고 긴 마고자를 입은 메마른 형상의 중국인들이 커다란 오리알을 메고 있는 '동아병부'라는 제목으로 된 만화가 실렸다. 이런 모욕과 풍자는 구중국이 국제적으로 지위가 없었음은 말할 것 없고 그들을 욕할 아무런 자본도 자존심도 없었던 것이다. 당시 현실이 그랬으니깐.

그랬던 민족이, '동아병부'가 오늘 온 세상이 부러워하는 경제강국으로, 체육강국으로 탈변했다. 몇 십 년 전 '독불장군' 유장춘이 홀로 서있던 바로 그 나라 운동장에서 열린 제 23회 로스앤젤레스 올림픽에 중국에서는 353명의 체육대표단을 파견하였다. 운동장에 오성홍기가 휘날렸다. 허해봉이 첫 번째 금메달을 따내어 '오리알' 중국의 치욕을 날려 보냈다. 그 대회에서 중국 선수들은 기개를 떨쳐 15개의 금메달, 8개의 은메달, 9개의 동메달을 따내어 세상을 놀라게 했다. 장장 52년 만에 유장춘의 한을 풀어주고 '동아병부'의 모자를 영영 태평양에 벗어던졌다.

그런 치욕의 역사에 오랫동안 눌리었던 민족이기에, 나라이기에 2001년 7월 13일 국제올림픽위원회 위원장 사마라치가 제29회 올림픽 개최도시는 "베낑"이라고 선포하자, 온 중국이 기쁨의 바다로 들끓고 미친 듯이 "만세!"를 외치고 또 외쳤던 것이다.

200여 개 나라(지역)가 참가한, 세계적으로 인구가 가장 많은 나라에서 처음으로 개최한 제29회 북경올림픽이 그토록 세계를 진동했던 기쁨을 함께 나눌 수 있는 글로벌 시대를 만난 것이 자못 자랑스럽다.

올림픽공원을 돌아보고 날이 저물어서야 숙소로 돌아왔다. 올림픽을 멋지게 열었던 청도, 천진, 북경 유람이 내 생애에 영영 잊을 수 없는 추억을 남겨주었다.

생명과 청춘과 미를 상징하는 올림픽, "보다 빠르게, 보다 높게, 보다 힘차게"라는 구호로 사람들이 끊임없이 진취하도록 격려한다. 협력정신을 고취하며 보편적인 동질감으로 사람들의 조국애를 고취하고, 전 세계의 청년들이 경기장에 모여 체육을 통한 인류의 회합과 공동발전을 추진하게 하는 올림픽이여 영원하라!

북경예술박물관을 보고

　북경예술박물관은 이번이 처음이다.

　올림픽 대사를 멋지게 치른 북경은 가는 곳마다 새로운 모습으로 하늘도 푸르고 거리도 깨끗하고 숲도 우거져 기분이 좋았다. 특히 북경공항이 눈부시게 탈바꿈한 모습을 보고 정말 감회가 깊었다. 10여 년 전 유럽여행을 끝내고 세계에서 제일 크다는 드골공항에서 출발하여 북경공항에 내렸을 때 나의 기분은 엉망이었다. 마치 대도시에서 시골에 온 듯한 느낌처럼 큰 충격을 받았고 자존심이 상했었다. 그런데 짧디 짧은 10년 만에 내가 내린 북경공항이 세계에서 규모가 제일 크고 멋진 현대화한 공항으로 탈바꿈하다니!

　큰 딸한테서 대운하 옆에 북경예술박물관이 있다는 말을 듣고 즉시 구경을 떠났다. 9월의 북경은 춥지도 덥지도 않은 호시절이다. 여행 다니기가 제격이다.

　여러 가지 문물 7만여 건을 수장하고 있는 예술박물관은 생각 외로 규모가 방대하였다. 원래는 명, 청 황실의 절인 만수사(萬壽寺)로 지은 것인데, 3만㎡이란 땅을 점하고 있고 건축면적만 해도 1만 4000㎡이어서 마치 고궁에 들어선 듯한 느낌이 들었다. 근 500여 년 동안 이곳은 줄곧 제왕들의 활동지여서 백성들에게는 금지구역 이었다. 원내에는 늙은 측백나무들이 울울창창하여 하늘이 잘 보이 지 않았다.

전람관에는 원시사회로부터 명, 청 시기에 이르기까지의 문물이 가득 진열되어 있었다. 대부분이 서화, 자수, 도자기, 옥, 청동기, 대나무그릇, 동전, 도장, 가구들이었다. 이런 고대 예술품 외에 근 대, 현대 중국 예술 대가들 이를테면 제백석(濟白石), 장대천(張大千), 서비홍(徐悲鴻) 등의 작품들이 많이 소장되어 인기를 끌었다. 그 외 일본예술인들의 작품을 위주로 외국예술인들의 작품도 적잖게 소장 하고 있는 것이 돋보였다.

명, 청 도자기예술관이 볼만했는데 어떤 것들은 볼수록 참으로 기 묘하고 정교했다. 청화, 유리홍, 두채, 분채 등 자기그릇 가운데서도 연꽃무늬를 돋힌 접시 하나가 특별히 눈에 안겨왔다. 그 외에도 명 선덕(明宣德)이라는 글자가 박힌 청화자기가 어찌나 말쑥하고 부드 럽고 아름다운지 정말 갖고 싶었다. 오색 인물무늬를 돋친, 덮개가 달린 단지는 붉은색과 흰색을 서로 어울려 만든 것인데, 유표하게 아름다워 자세히 들여다보니 명조 가정시기라고 적혀 있다.

제일 신비스러운 곳이 불교예술 전람관이었다. 주로는 명, 청 시기 의 크고 작은 불상들이 가득 진열되어있고, 불경, 자수, 탱화 등 불교 문물과 도금한 석가모니상도 높이 모셔져있었다. 명, 청 시기의 황제 들의 용포 자수가 볼수록 정교하고 복잡하고 수준이 높아보였다. 아 마 저런 용포 한 견지를 다 수놓자면 품이 1년 더 걸릴 것 같았다.

종합공예예술품 전람관 내에 진열된 옥, 석, 죽, 목, 상아, 자기 등 역대 예술조각품들은 눈부시게 화려했다. 한쪽에 일본 명치(明治), 강호(江戸) 시기의 문물, 회화 작품 2,000여 건이 수장되어 있어서 기분이 좋았다. 외국박물관에 가보면 빼앗아간 중국문물들이 수없이 많은데, 중국박물관에서는 외국의 문물을 보기 힘드니 은근히 부아가 치밀곤 했었다.

예술박물관보다 이곳은 만수사로 더 이름이 나있다. 이미 400여 년의 역사를 가지고 있는 만수사는 사람들에게 길상, 복음을 준다고 이름이 나서, 황실에서는 생일 같은 행사를 이곳에 와서 치렀다고 한다. 강희, 건륭, 광서 황제 때 수차 수리하고 확장하다 보니 사원, 행궁, 원림이 일체화한 황실사원으로, 경서소고궁(京西小古宮)이란 이름을 갖게 되었다. 당시 이 만수사에 천여 명의 승려들이 있었는데 행사를 치를 때 일제히 경을 읽는 그 장면이 대단했다고 한다. 듣는 말에 의하면 광서황제와 서태후가 대운하로 배를 타고 남하할 때는, 먼저 이 만수사에 묵으며 휴식도 하고 예불도 했다고 한다.

정원 한복판에 서있는 적어도 몇 백 살을 먹은 듯한 은행나무의 허리통과 가지들에는 붉은 천 띠들이 수천 개가 매여져있었다. 심지어 난간에까지 붉은 띠들이 드리워져 무너져 내릴 것 같았다. 행운을 얻으려는 사람들이 저마다 붉은 띠를 들고 기다랗게 줄을 서서 기다리는 모습이 나에게는 신비롭게 느껴지고, 금세 어지럼증이 나서 겨우 빠져나왔다. 가슴이 확 트인 기분이었다.

사람들은 어찌하여 자연의 순리를 따라 자유롭게 살지 못하고, 이런저런 인위적으로 만들어놓은 유형, 무형의 '신'들에 기대를 걸고 그 속박 속에서 살려고 하는 것일까?

대운하가에 앉아 유유히 떠가는 배들을 보니 항주로부터 북경에 이르는 이 물길을 파다가 죽은 노예들이 수십만, 수백만에 달했을 것이라는 생각이 떠오른다. 그들은 억울하게 죽었지만 후세에 복을 창조했으니 영령들을 '영웅'들로 추대해야 마땅하지만 세상일이란 언제나 불공평한 것이다.

야사에 청조 강희황제가 세 번이나 이 대운하로 남하하였는데 그 주요원인이 '실종'된 부황 즉 순치황제를 찾아 다녔다는 것이다. 청조 정사(正史)에는 병으로 사망했다고 되어있는데 그의 죽음은 지금까지 의문으로 남아있다. 백마사의 중이 되었다는 설도 있고, 강희황제가 그래서 특별히 백마사에 관심을 두었다는 설도 있으니… 대운하가에 앉으니 별의별 생각이 다 든다. 참으로 역사에는 영영 풀지 못할 의문거리가 많기도 하다. 나와 아무 관련도 없는 일인데 대운하를 보니 이런저런 생각에 마음이 복잡해서 자리를 털고 일어나, 문 입구에 세워놓은 아름다운 조각 앞에서 사진 한 장 남겼다.

수상 마을
-동리(同里)

어느 책에서 이런 글을 읽었다.

"늘 있던 자리를 벗어나면 더 넓은 세상에 눈이 열리고 더 많은 깨달음이 가슴으로 들어온다. 세상은 넓고 사람들은 제각기 다른 모습의 삶을 일구며 살아간다는 것을. 눈으로 마음으로 확인하는 순간, 서로 다름은 그 자체로 모두가 아름답다는 사실을 깨닫게 된다."

아주 마음에 와 닿는 말이다. 나도 그래서 해마다 갖은 방법을 다해 집을 떠나 세상구경을 다닌다. 눈으로 마음으로 깨닫기 위해.

산이 많고 나무가 많은 거칠고 추운, 넓은 동북 땅에서 살아온 내가 강남땅에 들어서자 제일 참기 어려운 것이 무덥고 축축한 날씨였다. 비가 자주 오고 날씨가 무더워 늘 목욕탕에 앉아있는 듯한 느낌이고, 입은 옷도 축축한 게 온 몸이 찌근찌근해졌다.

상해에 있는 동안 딸애가 차를 빌려주어 세계문화유산에 이름이 올랐다는 수상 마을 동리(同里)로 유람을 떠났다. 소주(蘇州)와는 30여 리밖에 안 되는 동리가 상해에서는 차를 타고 한 시간도 넘어 걸렸다. 강소성 오강시에 속하는, 천여 년의 역사를 가진 수상 마을이었다. '유람안내'를 보니 천년 동리는 55개의 돌다리가 5개의 호수를 연결시키고 있는, 중국 10대 역사문화진이라고 구구히 설명이 되어있다.

대문을 지나 수많은 돌다리를 건너며 거리에 들어서자 나는 지난 해에 가보았던 수상 마을 주장(周莊)에 다시 오지 않았나 하는 착각이 생겼다. 어쩌면 좁은 강물이라든가, 물 위에 둥실 떠있는 교묘한 돌다리라든가, 물속에 기둥을 박고 줄줄이 앉아있는 푸른 기와를 인 집들이라든가 내 눈에는 똑같아 보였다. 강물에는 역시 자그마한 배들이 가득 떠있고 물가에 앉아 옷을 빨거나 남새(채소)를 씻는 여인들도 웃으며 한담을 한다. 배 위에 앉아있는 사람들도 바빠하지 않고 느릿느릿 무슨 이야기들을 하는 모습들을 보니, 생활에 쫓기지 않는 어미지향(魚米之鄕: 물고기와 쌀이 풍부하게 생산되는 살기 좋은 고장)의 넉넉하고 평화로운 모습들이어서 부러웠다. 그도 그럴 것이 집집마다 작은 배가 있어 고기를 잡고 장사를 하며 살아간다니 그렇게 바삐 뛸 필요가 없는 것이다.

강 양편에는 서너 사람, 네댓 사람씩 앉을만한 둥근상이나 네모난 상을 서너 개씩 차려놓은 식당들이 줄줄이 들어앉아 있었다. 관광객들이 많지만 단체로 오는 관광객들은 모두 큰 식당으로 가기에, 우리처럼 둘 셋씩 제멋대로 구경 다니는 사람들이 한 상 씩 차지하고 다리쉼도 하고, 국밥이나 해물국수 같은 것을 먹으며 한담을 하기에 제격이었다. 오래 앉아있어도 조급해하거나 싫어하는 기색이라곤 없이 천천히 쉬라고 하였다. 나는 속으로 이렇게 장사해서 하루에 돈을 얼마나 벌 것인가 걱정스러웠지만, 이곳 사람들은 성질이 느긋

한데다 욕심을 부리지 않아 마음이 평안했다. 그래 이렇게 사는 것이 맞지! 한평생에 필요한 돈이 얼마라고 자꾸 욕심을 부릴 것인가!

두루 한담하다가 이 마을에 우리와는 다른 기이하고 독특한 습관과 풍속, 인정세태가 있음을 발견하였다. 저 앞에 보이는 '세 개의 돌다리'가 복을 주는 다리란다. 그래서 마을사람들은 새 가구를 사거나 혼사, 생일 같은 행사를 치를 때면 꼭 저 세 다리를 건너는 습관이 있다고 한다. 그래야 태평무사하고 행복하다는 것이다. 그 뜻도 모르고 우리는 이미 그 다리 세 개뿐 아니라 열 개도 넘어 건너왔으니 다시 건너지 않아도 이미 복을 많이 받았을 거라고 하니 모두 웃었다.

사본교(思本橋)라고 부르는 저 돌다리는 700여 년의 역사를 가졌는데도 저토록 튼튼하니 옛날 사람들의 솜씨가 정말 대단하다고 감탄이 저절로 나왔다. 내내 걱정되고 의문스러운 것은 물속에 기둥을 박고 몇 백 년 떠있는 저 집들이 어쩌면 저렇게 넘어지지 않고 서있을 수 있는 걸까? 강남이라 집들도 대개 널판으로 벽을 만들었거나, 흙을 발라도 우리네 북방처럼 두텁게 바르지 않아 마치 여름옷을 입은 여인들 같았다.

거리에는 여기저기 명인들의 고택 – 숭본당이니, 가음당이니, 경락당이니 하는 무거운 명패를 내건 건축물들이 이채를 띠고 있어, 예스러운 수상 마을에 문화적 가치를 빛내주고 있었다. 그 중 경락당(耕樂堂)이라고 하는 집은 비교적 큰 주택인데 방도 여러 개이고 정교한 정원도 딸려있어 아늑한 별장 같았다. 이 집의 첫 주인은 명나라 때 주상(경락)이라고 하는 사람인데, 꽤나 높은 벼슬을 하면서 돈을 모은 다음 더는 벼슬에 연연하지 않고 고향에 돌아와 이 집을 지어놓고 글을 가르치며 평안한 여생을 보냈다고 한다. 그야말로 인생을 살아갈 줄 아는 지인이라는 생각이 들었다. 자기 한계를 알고 욕심에 마침표를 찍는 사람이 몇이나 될까? 사람은 높이 오르려는 욕심, 돈을 많이 가지려는 욕심 때문에 결국은 향수도 제대로 못하고 인생을 불행으로 끝내는 사람들이 수두룩한데…

또 이곳엔 근대 혁명가이고 시인인 진거평이란 사람의 고택도 있다. 그는 동맹회에서도 활약하였고 양계초(梁啓超)의 『신민총보』도 밀어주었다. 소흥에서 추근(秋瑾)이 살해된 후 친구들과 함께 그녀의 후사처리도 하고 근촌에 있는 류아자(柳亞子)와도 연락하면서 혁명을 한 사람이라고 하는데, 그들 때문에 이 동리 마을은 이름이 더욱 빛나고 있다.

동리에서 제일 인기를 끌고 있고 입장료가 제일 비싼 곳이 세계문화유산에 오른 퇴사원(退思園)이다. 퇴사원은 강남 어미지향 수상주택 건물에서 가장 전형적이고 모범적인 풍격을 갖춘 건물이라고 할 수 있다. 그래서 외국인 관광객들도 많았다. 백여 년의 역사를 가진 이 건물의 첫 주인은 임란생이라고 하는 사람인데 아주 높은 벼슬에 올랐다가 탄핵을 받았다고 한다. 그러자 그는 북경에서 멀리 떨어져 있는 고향에 즉시 내려와 이 아름다운 주택과 정원을 지었다고 한다. 늪 속에 가산이 있고 정각이 있고 꿈이 있는, 높은 예술적 가치를 보여주는 이 강남 주택은 오늘에 와서 세계문화유산에까지 올랐다고 하니, 그 사람이 무슨 높은 벼슬을 해서가 아니라 이 정교한 주택으로 하여 그의 이름은 세상에 널리 알려졌다. 그러니 한 인간의 가치는 그 무슨 높은 직위에 있는 것이 아니라 그가 후세를 위해 쌓은 업적에 있는 것이다. 작은 돌다리에 앉아 나는 다리쉼을 하면서 이런 생각을 해보았다.

옛날의 지성인들이나 문화인들은 늙거나 실패했거나 정세에 틀리면 모두 이같이 조용한, 인간과 자연이 하나로 되는 고향마을에 와서 집을 짓고 시를 쓰고 후학을 가르치면서 조용히 여생을 보냈다고 한다. 참으로 부럽다. 그러나 지금은 아니다. 높은 벼슬을 한 사람이거나 돈을 많이 번 사람들은 도시 주변에 화려한 별장을 마련하고 살며, 밑바닥에서 사업하던 사람들도 퇴직만 하면 번화한 도시에 들어와 살려고 한다. 시대가 달라져서일까? 도시의 문화적 흡인력의 영향일까? 더구나 농민들까지 그 아늑한 집과 터전을 버리고 일단 외국에 가 돈을 벌어오면 도시에, 그것도 자기 고향과는 몇 천 리 떨어져있는 대도시에 집을 마련한다. 농촌은 비어가고 도시는 날이 갈수록 더 시끌벅적해가고….

갑자기 옛사람들이 부러워진다. 사람의 생활습관이란 이상하다. 북방에서 한 생을 살아온 나는 그림같이 아름다운 이 어미지향(魚米之鄕)에서 살라면 한 달도 견딜 것 같지 못하다. 축축하고 무덥고 겨울엔 난방장치가 없어 춥고. 식당 주인아주머니가 우리들이 동북에서 왔다고 하니 그 거칠고 추운 곳에서 어떻게 살아가는가 하고 묻는다. 아마 이곳 사람들도 우리 연변 땅에 와서 살라면 도리질할 것이다. 마찬가지 도리이다. 나는 대답 대신 피식 웃고 말았다. 산 좋고 물 좋고 공기 맑은 내 고향 연변을 끝없이 자랑하고 싶었지만. 인간은 부동한 자연의 혜택을 받으며 살아가는 동안, 자기에게 차려진 자연환경에 인이 박혀 자기 사는 곳이 제일이란다, 메마른 사막에 살면서도. 정말 다행이다. 그래서 보잘 것 없는 고향이라도 사람마다 자기 고향을 맘속에 새기고 한평생 잊지 못하는 것이다.

해가 서산에 기울자 나는 하루 종일 눈으로 보고 귀로 듣고 마음
으로 깨달은 것들을 수첩에 채워가지고 아무 미련도 없이 이 어미지
향(魚米之鄕)이라는 동리를 떠났다.

인생을 반성케 하는
운골암(雲骨岩)

소흥(紹興)은 아름답다는 말로는 다 형용하기 어려운, 가면 떠나기 아쉽고 돌아오면 다시 가고 싶은 고장이다. 볼거리가 많고 들을 이야기가 많고 가봐야 할 곳이 많은데 시간은 짧고 힘은 모자라고, 그래도 꼭 가봐야 할 몇 곳이 있다.

천하에 제일 석가암이라 불리는 가암풍경구는 가산을 등에 업고 남쪽은 감호, 북쪽은 가교와 이어져있으며 서쪽은 푸르른 호수와 어울려 실로 천당 같은 고장이다. 다른 풍경은 운운하지 않더라도 내가 제일 감동된 운골암은 실로 기묘하고 괴이하고, 인간이 창조한 것이라고는 도저히 믿기 어려운 걸작이라 할 수 있다.

31m나 되는 높은 괴암인데 상체는 엄청나게 크고 다리는 약한 가분수이다. 밑부분 둘레가 겨우 4m밖에 안되는데 어떻게 저토록 엄청난 몸뚱이를 떠받치고 천 년 동안이나 살아왔을까? 참으로 의문스럽다. 그 모양새 또한 괴이하다. 앞으로 보면 갑옷을 입은 무사 같고 옆으로 보면 아이를 등에 업은 여인 같고, 위에서 보면 물 위에 떠있

는 연꽃 같기도 하다. 더 신비로운 것은 어마어마한 저 바위 꼭대기에 푸르싱싱한 소나무가 탐스럽게 자라고 있는 모습이다. 저 소나무의 나이가 천 살도 더 된다는 데 뜨거운 햇볕에 어떻게 견디어냈고, 저 빤빤한 바위틈에서 목말라 어떻게 살아왔는지 이야기를 듣고 싶다. 바위틈에 스며든 빗물을 마시고 바위 속에 영양소가 있다지만, 식물의 그 강하고 억센 생명력에 머리가 숙여진다. 식물에 비하면 인간은 얼마나 취약하고 탐욕하고 보잘 것 없는가! 지금도 감동에 깊이 빠졌던 그 운골암 소나무가 눈에 삼삼히 떠오르면서 사색의 여울 속에 빠진다. 사람도 저런 생명력, 인내력을 가진다면 세상에서 부딪치는 어려움을 못 이길 수가 없겠는데, 누구든지 운골암 앞에 한번쯤 서보라, 스스로 머리 숙여 자기 인생을 반성하게 될 것이다.

무너진 왕조의 담벽 밑에서
-승덕 피서산장(承德避暑山莊)을 돌아보고

박지원의 『열하일기』와 피서산장

하북성 승덕(承德, 별칭 열하) 피서산장은 청조(淸朝) 폐허를 찾는 나의 마지막 정거장이라고 할 수 있다. 이젠 더 찾지 않을 것이다. 피서산장을 찾는 이유의 하나라고 할까, 만주족들의 조상들이 살았고 많은 금나라 황후나 황비들이 나왔다는 훈춘에서 나서 자란 나는, 만주족이란 민족에 특별한 감정과 호기심을 갖고 있었다.

어릴 때 친했던 옆집 '야토'(그의 이름은 모른다)가 만주족 여자애였고, 내가 중학교에 갈 때 처음으로 신어본 파란 헝겊신도 만주족 장아주머니가 만들어준 것이었다. 우리 오도구 마을에 그때까지 만주족 여남은 집이 조선족들과 함께 어울려 살았던 생각이 머리에 깊이 박혀 있기 때문이다. 특히 샘물가에 자리 잡고 살았던 야토네 집은 내가 하루가 멀다 하고 드나들었고, 야토 어머니가 시꺼먼 찬장 안에서 꺼내주던 옥수수만두도 자주 먹었었다. 더욱 나의 호기심을 끈 것은 그 애네 할머니와 어머니의 삼각형 전족이었다. 딱 한 번만이라도 그 쪼그만 발(전족)을 보고 싶어 자주 갔지만 끝내 보지 못하고 말았다.

흘러간 역사에 관심이 많았던 나는 역사과목을 특별히 좋아하였다. 북방 여러 민족들이 비슷한 모양과 비슷한 습관들을 가지고 있는 것은, 아마 옛날에 거란족이니 여진족이니 말갈족이니 고구려족이니 하는 민족들이 서로 싸우면서도 어울려 살면서 그렇게 되지 않았나 하고 생각해보기도 하였다.

후에 청나라 역사를 배우면서 북방의 그리 크지 않은 만족들이 어떻게 넓고 넓은 중국 땅을 280여 년이나 통치했을까? 어떻게 그렇게 강대했던 청나라가 무너지고 만주족은 자기의 언어문자까지 잃었을까? 내내 의문스러웠다. 하여 나는 기회만 있으면 폐허를 찾아다녔다.

60년도 말에 대학 다니던 때인데 기회가 생겨 북경에 갔다. 나는 만두 두 개를 호주머니에 넣고 고궁 안에 들어가 진종일 돌아다녔다. 하지만 북경은 요, 금, 원, 명, 청 등 여러 민족 왕조들의 황궁이어서 그런지 그 속에서 딱 청조의 창조물이라고 할 만한 특색을 찾지 못했다. 두루 역사의 혼합물이었던 것이다.

만주족들이 높이 모시는 누르하치의 조상들이 살았고 왕 터였다는 훈춘 팔련성도 몇 번 가보았지만, 남은 것은 잡초 속에 묻혀있는 두둑한 토성 자리와 여기저기 널려있는 기왓장 조각들뿐이었다.

우스운 이야기가 있는데 훈춘에 있는 두 개의 만족 자치마을에서 간판을 만주글, 조선글, 한자로 써야겠는데, 만주글을 쓸 사람이 없어서 어느 대학에 가서 모셔왔다는 이야기를 듣고 충격이 컸다. 물론 사실 여부를 고증하지 못하고 들은 이야기지만 말이다.

80년대부터 나는 출장을 가는 길에 여러 명승지들을 찾아볼 수 있는 기회를 많이 가졌다. 한때 금나라 서울이나 다름없었던 요양(遼陽)에도 가보고 백탑을 배경으로 사진까지 남겼다. 물론 심양 청조 고궁은 두 번이나 가보았고 누르하치의 동릉이며 황태극의 북릉도 다 돌아보았다. 규모가 대단한 능원들이어서 죽어서도 그 엄엄한 기세를 후세에 과시하는 것 같았다.

당산지진 10주년 기념행사에 참석하러 가는 길에 청조 황릉풍경구인 하북성 준의현(다른 황릉은 하북성 익현에 있음)에 가볼 수 있는 기회를 가졌다. 아름다운 창서산 기슭을 독차지한 청조의 황릉들은 그 규모나 사치함이 명조의 13릉보다 몇 배 더하다는 느낌이 들었다. 그때까지는 아직 관광이 그렇게 번성하지 않은 때라 풍경구들은 별로 수리되지 않은 상태였다. 그러나 그것은 오히려 서안의 한나라나 당나라 때의 수리된 폐허들을 보는 것보다 오히려 더 실감이 났다.

특히 서태후 능에 들어가서는 마음이 걷잡을 수 없이 복잡해졌다. 그녀의 능은 이를 데 없이 화려하고 웅장했다. 담벽과 층계에는 여느 황제 능과 달리 용 위에 봉황이 날아가는 그림들이 가득 조각되어 있다. 붉은 관 앞에 한참 서서 이런 생각을 했었다. 청조를 48년이나 통치하면서 가득이나 기울어진 국세를 혼란으로 이끌어가며, 자신의 뜻을 따르지 않는 두 황제를 죽여버린 여자, 이처럼 잔인한 악녀가 이 세상에 또 있을까?

10여 년 전 비오는 날 나는 세계에서 제일 아름다웠다는 원명원 폐허에 가보았고, 그 후에도 아름다운 북경 의화원에도 여러 번 가보았다. 그러나 승덕 피서산장은 의화원보다도 두 배나 더 크다고 한다. 그래서 청조의 또 다른 황궁으로 불릴 만큼 유명하다. 그런 하북성 승덕 피서산장을 가보지 않고서야 어떻게 그만둘 수 있겠는가?

피서산장을 찾은 다른 한 가지 더 중요한 이유는 연암 박지원의 『열하일기』를 읽고서이다.

대학시절 낮에는 '반우파 투쟁', '대약진'을 하느라고 시간이 없었다. 그러나 밤만은 자유시간이었다. 몇몇 독서친구들과 함께 밤마다 학교도서관에 들어가 손에 잡히는 대로 많은 책들을 보았다. 그 어떤 체계도 없었고 계획도 없이 보고 싶은 책들을 아무거나 다 읽었다. 그도 그럴 것이 내가 다녔던 훈춘고중은 그때 갓 세워졌기에 이런 큰 도서관이나 열람실이 없었다. 더구나 자취를 하는 처지에 나에겐 그런 책들을 볼 시간이 없었다. 연변대학에 입학하여 그처럼 큰 도서관과 열람실을 보게 되니 나는 좋은 기회를 잡았다고 생각하며 미친 듯이 책을 읽었다. 그러던 중 연암 박지원의 『열하일기』를 읽게 되었다. 26권이나 되는 이 책은 바다같이 넓은 지식창고였는데 그 속에는 소설도 있고 기행문도 있었다. 특히 승덕 피서산장을 쓴 부문과 건륭황제를 쓴 이야기가 제일 인상 깊었다.

오랜 세월 잊고 있다가 퇴직 후 문득 박지원의 『열하일기』를 다시 읽고 싶은 생각이 떠올랐다. 그래서 『조선고전문학전집』 제16권 2책에 실린 '열하일기'를 다시 읽게 되었다. 읽고 나니 더욱더 승덕 피서산장을 가보고 싶었다. 이것이 내가 이번에 피서산장을 찾은 두 가지 이유이다. 사람에게 가장 중요한 것이 결심이다. 굳은 결심이 있으면 못 해낼 일이 없을 것 같다.

연암 박지원(燕岩 朴趾源)과
『열하일기』

    아는 사람보다 모르는 사람이 더 많다는 것을 고려하여 연암 박지원과 『열하일기』에 대해서 간단히 언급하려고 한다.

    박지원은 18세기 조선의 가장 걸출한 실학사상가이며 탁월한 사실주의 작가이다. 『열하일기』는 연암 박지원이 1780년에 3개월 동안 사신을 따라 청나라 여행을 하면서 쓴 장편기행문인데, 이 작품은 조선 문학사상 가장 방대한 여행기이다. 이 저서에는 박지원의 대표작 「범의 꾸중」, 「허생전」과 같은 소설들도 들어 있을 뿐만 아니라 수필문학의 극치로 인정받는 「도강록」도 들어있으며, 박지원의 진보적인 철학사상과 사회정치적 견해를 보여주는 「옥담필답」, 「차제」 등 정론문도 들어있다. 내용에 있어서도 정치, 경제, 문화, 천문, 지리, 철학, 역사, 과학, 기술, 종교, 미술, 음악, 언어, 문학, 의학 등 광범위한 주제를 다루고 있다.

    『열하일기』를 읽노라면 박지원의 다방면에 걸친 해박한 지식과 진보적 사상, 예술적 재능에 감탄하지 않을 수 없다. 300년 전의 작가가 이처럼 해박하고 명철할 수가 있을까! 그는 승덕 피서산장, 목란 위장, 사당들을 보면서 당시 청조의 부유하고 번영한 모습과 청조황제들의 통치술을 꿰뚫어보고 있는데, 그가 쓴 글들을 다시 읽고 오늘 피서산장을 돌아보니 실로 박지원이 천재적인 작가라는 것을 더욱 깨닫게 되었다. 조선 500년 문단의 거장으로 추존 받고 있는 것이 조금도 손색이 없다는 생각이 들었다.

『열하일기』는 함축적이면서도 생동하며 소박하면서도 긴 여운을 남기는 걸작이므로 한번 읽어볼 만한 저서이다. 특히 승덕 피서산장을 찾아 여행 가려는 분들은 먼저 『열하일기』부터 읽고 떠남이 좋을 듯싶다.

강희대제(康熙大帝)
조각상을 보며

천진에서 밤기차를 타고 아침 4시에 승덕역에 내렸다. 큰 딸의 안내와 동행으로 우리의 이번 여행은 매우 순조로웠다. 인터넷으로 미리 잡아놓은 여관은 '속8호텔'(速8酒店)이라고 괴이한 이름을 달았는데, 중국어 발음으로는 빨리 돈을 번다는 뜻이란다. 피서산장 바로 옆이고 정문 앞에는 강희황제의 청동기마 조각상이 높이 솟아있었다. 철갑모를 쓰고 갑옷을 입고 말을 탄 강희대제는 그야말로 기세당당하고 용맹한 모습이어서 오가는 사람들의 발길을 멈추게 한다.

중국 고대 역사에서 가장 위대한 황제 중의 하나로 떠받드는 강희황제의 흔적은 온 피서산장과 사당, 목란위장 등에 남아있어 가는 곳마다에서 찾아볼 수 있다. 더구나 이 피서산장은 그가 건설하기 시작하였고 건륭황제의 노력으로 청 왕조의 두 번째 정치문화의 중심으로 되었으며, 지금은 전국 '10대 역사 문화 중심' 중의 하나로 세계문화유산에 선정되어 세인들의 주목을 받고 있다.

여행은 한 차례의 역사공부이기도 하다. 우선 피서산장에 관한 서적부터 구매하였다. 이미 알고 있는 역사지만 8세에 등극하여 69세에 타계한 강희황제는 61년간의 제왕 생애에서 엄청난 일들을 하였다. 오배(鰲拜) 세력을 제거하고 삼번의 난을 평정하였으며, 대만을 수복하고 막북(漠北)과 티베트 지역을 통일하였으며, 황하를 다스리고 수리사업을 발전시켰다. 인재를 등용하여 『강희자전』(康熙字典), 『고금도서집성』(古今圖書集成), 『전당시』(全唐詩) 등을 출판하고 전국 대형지도 『황홍 전람도』(皇興全覽圖)를 제작하였다.

강희황제는 일생동안 12년의 여름 가을과 7번의 겨울을 피서산장에서 보냈다. 강희는 순치황제의 셋째 아들이다. 어릴 때 부모를 다 잃고 할머니의 손에서 엄격한 교육을 받으며 자랐다. 황제는 지고무상의 권력자이고 세상의 영화를 독차지하는 행복한 사람들이라고 생각했는데, 피서산장에 와서 전각마다 구석구석에 남긴 흔적과 전해진 이야기들을 듣고는 세상에 제일 불행한 사람이 또한 황제라는 것을 알았다. 아마 그래서 조선시대 때 양녕대군이 왕의 계승권을 피하기 위해 일부러 기생집에 드나들고 기생의 치마폭에 시를 쓰는 추태를 하며 놀았으리라. 그리하여 세종대왕이 뒤를 계승하였고 양녕대군은 자유로운 인생을 살았다는 이야기도 있다.

강희황제 조모 효장황태후(몽고족)는, 황제지만 실상은 아무 권리도 없는 나이 어린 손자 강희에게 참을 '인'(忍)자부터 가르쳤다고 한다. 인자는 어떻게 쓰여있는가를 물으니 총명한 강희는 "마음 심자(心)위에 칼 도(刀)자가 있고 옆에 점 하나가 있습니다."라고 대답하였다. 조모는 손자에게 의미심장하게 이렇게 가르쳤다. "맞다. 참는다는 것은 어려운 일이다. 가슴속에 피를 흘려야 하고 그러면서도 얼굴에 내색을 내지 말아야 한다. 참으면서 배워야 한다. 그리고 기다려야 한다. 네 옆에 믿을만한, 쓸 만한 인재들이 모일 때까지 참아야 한다. 네 아버지 순치황제는 6세에 등극하여 10년이나 기다려서야 친정하였다."

효장황태후는 손자가 문무를 겸비하고 남달리 총명한 것을 보고 14세 때 결혼을 시켰다. 청조 규정에 장가를 가면 친정할 수 있었기 때문이다. 실권을 쥐고 진짜 황제로 된다는 말이다. 16세의 강희황제는 안하무인이고 모든 권력을 틀어쥔 오배를 지혜롭게 처단하고, 이어 삼번의 난을 진압하여 오삼계 등 청나라 공신이며 명장들인 그들의 세력을 제거하였다. 여기에 대해선 잘했거니 못했거니 이론들이 많다. 그때 러시아가 침입하고 몽고 거얼단(格爾丹)이 반란을 일으켰다. 러시아를 물리치고 거얼단을 진압한 다음 강희황제는 북방으로 오는 침입을 막기 위해, 그리고 서북, 동북 여러 민족들을 통제하기 위해 승덕 피서산장을 건립하고 목란위장(木蘭圍場)을 건설하였다. 목란위장은 이름은 황실의 수렵장이었지만 실은 군사훈련장이었던 것이다.

역사적으로 북방 여러 민족세력들이 강하기 때문에 진시황 때부터 만리장성을 쌓고 재건하고 하였지만 강희황제는 이를 반대하였다. 유일하게 청조가 장성을 재건하지 않았다. 그는 "장성 밖의 우리 만족들이 장성을 넘어 중국을 통일한 비결은 실력에 있지 그 무슨 장성에 있는 것이 아니다."라고 했다. 8기(八旗)병들이 중국 내에 들어온 다음 점점 게을러지고 무기력해진 상황을 만회하기 위해, 강희황제는 해마다 피서산장 목란위장에 만여 명의 군사들과 황실자제들을 이끌고 와서 수렵 겸 군사훈련을 시켰다고 한다. 그야말로 강희는 중국역사상 웅심이 깊은 대전략가이며 지용을 겸비한 걸출한 정치가이며 모략가이고 위대한 군사가임이 틀림없다.

창문을 열면 갑옷을 떨쳐입고 천리마를 탄 강희황제의 위무당당한 형상이 점점 더 나를 끌어당겼다. 그래서 그가 건설한 피서산장을 돌아보니 과연 가는 곳마다 그의 발자취가 남아있었다. 도처에 그가 친필로 쓴 편액과 시들이 눈앞을 막아 자세히 훑어보기도 하였다. 이번 피서산장 유람은 어찌 보면 강희황제의 역사공적 전시관을 구경하는 같기도 하였다. 유감스럽게도 서적 매대에서 내가 골라잡은 세 권의 책은 모두 만주족이 아닌 몽골족 작가들이 쓴 것들이었다.

관광차를 타고 피서산장 성곽에 올라가 내려다보니, 여러 형식의 사당들이 산세를 따라 푸른 숲 속에 울긋불긋 줄지어 있었는데 그 규모가 대단하였다. 중국의 넓은 땅을 많이 돌아다니며 보았지만 이렇게 많은 갖가지 사당들이 시가지를 이룬 것은 처음 보았다. 그중 하얀 몽고천막(게르)들이 무리 져있는 것이 하도 신기해서 서적을 찾아보았더니, 그것은 강희황제가 몽고군에게 쟁취해서 북방을 지키게 한 유적들이었다.

강희황제는 몽고족을 이용하기 위해 몽고족 여인 둘을 왕비로 맞아왔으며, 청나라 공주 7명을 몽고 왕이나 귀족들에게 시집보냈다고 한다. 그 딸과 사위들은 이 산장에서만 부황, 황후들을 만날 수 있었고 북경궁전에서는 만나지 않았다고 한다. 그러니 그가 몽고족을 쟁취하는데 얼마나 큰 공력을 들였는가를 알 수 있는 것이다.

강희황제가 승덕 피서산장을 건설할 때는 이미 50세였다. 명조 말기, 청조 초기의 천하는 온통 상처투성이고 부친인 순치황제가 그에게 넘겨준 땅은 전란과 전염병, 빈궁이 겹친 난국이었다. 강희는 40년의 분투를 거쳐 나라의 원기를 회복하고 민족이 단결되고 인구가 증가되고 나라가 안녕하게 하였다. 그런 다음 피서산장을 건설하기 시작하였다.

여추우(余秋雨) 선생의 저서 『폐허를 돌아보며』(游走廢墟)를 읽을 때 제일 감동된 것이, 그가 한족 작가임에도 불구하고 중국 역대황제들에 대해 공정한 평가를 하였다는 것이었다. 그의 말과 같이 나도 많은 '폐허'를 돌아보았지만, 그래도 강희황제가 제일 문무를 겸비하였고 공로가 크다는 느낌이 들었다. 특히 강희황제는 학문을 중시한 보기 드문 황제였다.

여추우 선생의 글에서 본 이야기인데, 강희황제는 명조 역대 황제들보다도 더 한족 전통문화를 특별히 좋아하였고 정통하였다. 무릇 경(經), 사(詞), 자(字), 집(集), 시(詩), 서(書), 음률(音律)에 이르기까지 모두 학습하였으며 특히 주희(朱熹)의 철학을 깊이 연구하였다. 저명한 철학가들과 연구토론도 하고, 『주자대전』(朱子大全), 『성리정의』(性理情義) 등 저서를 편집하게 하였다. 그뿐 아니라 인재들을 모아 많은 저서를 편찬했는데, 그것들은 지금도 고대문화를 연구하는 데 중요한 자료가 된다고 한다.

강희황제는 서방학문을 깊이 배우고 연구하였다. 그는 북경고궁과 이곳 피서산장에서 오스트레일리아 기하학을 배우고 프랑스의 수학자 바티의 '실용 및 이론 기하학'을 학습한 후, 이 두 가지 기하학을 비교 연구까지 하였단다. 때론 그의 계산속도가 서양선교사보다 더 빨랐다고 하니, 그의 학습정신과 천재적인 머리에 감동되지 않을 수 없다. 수학을 기초로 강희황제는 서방의 천문, 역법, 물리, 의학을 학습하여 중국의 학문과 비교하면서 장점을 따라 배웠다. 300년 전의 봉건 황제가 이처럼 문을 열고 외국의 수학까지 배웠다는 것은 실로 놀랍고 믿기 어려운 사실이다. 하지만 그의 후손들인 옹정, 건륭황제를 내놓고는 점점 무능하고 게으르고 보수적이어서 명조 멸망의 운명을 답습하지 않을 수 없었다.

루쉰 선생이 명나라 황제들을 '무뢰한'들이라고 비평한 것처럼, 명조에는 당태종이나 강희, 건륭 같은 황제들이 없었다. 특히 유명한 만력(萬曆)황제는 재위 48년간에 25년 동안 아예 조정에 한 번도 나오지 않고, 후궁에 틀어박혀 국사를 전혀 관계치 않고 20여 년 아편을 피웠다고 한다. 이런 왕조가 어떻게 생명력이 있었겠는가.

피서산장 입구 문설주에 강희황제가 친필로 쓴 한자 '避暑山莊'이란 네 글자를 보면, 한 승리자의 당당하고 의젓하고 넉넉한 모습을 볼 수 있다. 이 산장은 역시 그의 생애의 중요한 거점이었고, 청나라의 중요한 역사가 깃든 곳이기도 하다.

여추우 선생은 "한 개 민족, 한 개 국가, 한 개 인종을 말할 때 최종 의의는, 군사나 지역이나 정치에 있는 것이 아니라 문화에 있는 것이다."라고 말했다. 하나 또 하나의 무너진 왕조들의 무너진 담벽들을 되돌아보면 그의 말이 아주 지당한 것 같다.

모택동 주석은 언젠가 이런 말을 하였다고 한다.

"만주족은 대단한 민족이다. 중화민족 대가정에 위대한 공헌을 하였다."

"첫 번째 위대한 공헌은 오늘 우리나라(중국) 영토를 넓혔다."

"두 번째 위대한 공헌은 그의 통일전선 정책이다."

강희황제의 위대함은 후계자 계승에서도 보여진다. 많은 아들 중에 두 번이나 태자를 세우고 폐하고 하다가 나중에 넷째 아들 옹정을 선택했는데, 그는 문무를 겸비했을 뿐만 아니라 마음도 후덕했다. 동시에 100여 명이나 되는 손자들 가운데서 옹정의 넷째 아들 어린 홍력(弘曆, 건륭황제)의 총명함과 뛰어난 기질을 보고, 그를 어릴 때부터 데리고 다니며 교육하였다. 강희황제는 이렇게 생전에 두 세대 계승자 옹정, 건륭을 잘 선정하였기에 청조 흥성기를 이루었다고 한다.

강희(康熙)의 계승자 옹정(雍正)은 근면하고 검소하며 실사구시적이고, 일심으로 나라를 다스렸기에 집정 13년밖에 안 되었지만, 강희 말년에 국고에 저장한 은이 800량밖에 안 되던 것이 6000여만 량으로 증가하고, 이렇게 풍부한 재부를 아들 건륭에게 물려주어 태평성세를 이루게 하였다. 그가 매일 40건 이상의 상소문을 처리하였다고 하니 그의 노고와 근면을 알 수 있다. 강희황제에게 아들이 많고 태자를 폐하고 하다 보니 옹정황제는 형제들의 질투와 미움을 많이 받았고, 개혁을 많이 하다 보니 대신들의 인심을 많이 잃었던가 보다. 그래서 그에 대한 이런저런 요언이 무성하다. 궁녀에게 죽었다거나 태감에게 살해당했다거나 동생의 자리를 빼앗았다 하든가, TV드라마에서까지 글자 획을 고쳐 황위에 오른 듯이 묘사하였으니 시청자들은 그대로 받아들여 전해 내려갈 것이다. 그러므로 역사극은 어디까지나 역사를 존중하여야 한다고 본다. 그 어떤 흥취를 끌려는 추구는 잘못된 생각이라고 본다.

신비로운 이야기에 끌려
경수운잠전을 돌아보다

강희 36풍경구 중에서 특별히 걸음을 멈추게 하는 곳이 있다. 그 곳이 바로 경수운잠전(鏡水雲岑殿)이다.

금산도 서쪽 문밖에 서향 5간 대궐이 있다. 남방 금산도를 모방해서 건설했다는 이 대궐에는 슬프고 아름다운 이야기가 깃들어있다.

어느 날 강희황제는 경수운잠전에 와서 휴식하였는데, 문득 어렸을 때 부황 순치황제가 병으로 사망된 것이 아니라 황궁이 싫어 궁전을 떠나 중이 되었다는 이야기를 들은 것이 떠올랐다.

강희황제가 어림짐작으로 아버지 나이를 따져보니 생전이라면 70여 세쯤 되었을 것이었다. 한번 꼭 만나보고 싶었다. 그래서 신하 유통훈(劉統勳)을 불러 자기의 심정을 이야기했더니 그도 동정심이 들었다. 하지만 중국에 명산이 얼마나 많은데 어디 가서 찾을 수 있겠는가고 여쭈었다. 둘이서 반나절 의논하다가 이튿날 둘 다 목욕하고 새 옷을 갈아입은 다음, 절당에 가서 관음보살에게 향불을 피우고 큰 절을 올린 다음 점대를 뽑았다. 대쪽에 이런 뜻의 한자가 나왔다.

강남 금산에 들어가면 아버지를 만난다.
하지만 함께 모이지는 못한다.

강희황제는 이 일을 자기의 유모에게 이야기하였다. 그는 너무 어린 나이에 보았던 아버지의 얼굴이 기억나지 않는다고 실토했다. 유모는 순치황제의 얼굴모양이며 키, 특징들을 자세히 이야기해주었다.

강희황제는 인마를 거느리고 남방순찰을 떠났다. 진강에 간 다음 유통훈과 몇몇 태감, 보위병만 데리고 나루터에 오르니, 금산사의 모든 중들이 장로의 인솔 하에 양쪽에 줄을 서서 황제를 배알하였다. 황제는 천천히 걸으며 늙은 중들을 하나하나 여겨보았다. 백여 명 중들을 다 보았지만 유모가 말해준 그런 모습의 중은 없었다. 강희황제는 장로에게 물었다. 나오지 않은 승려가 있느냐고. 장로는 합장하고 대답했다.

"미친 중 하나가 남아 차를 끓이고는 모두 나와 황제님을 맞고 있습니다."

강희황제는 금산사에 들어가 그 미친 중을 자세히 여겨보았다. 남루한 옷차림에 얼굴에는 때가 얼룩얼룩 지고 신 한 짝을 거꾸로 신고 두 눈을 꼭 감고 난로 옆에 두 다리를 꼬고 앉아있었다.

강희황제가 미친 중에게 성씨가 무언가고 물었다. 그러자 미친 노승은 두 눈을 가느다랗게 뜨고 강희황제를 훑어보더니 눈물을 쭈르륵 흘렸다.

"나는 '八十'입니다."

강희는 진짜 미친놈이라고 하하 웃고 나서 떠나왔다. 돌아와 이 과정을 한숨 쉬며 유모에게 여쭈었더니 유모가 펄쩍 뛰며 "황제님, 부황을 만났습니다. 그 미친 승려가 바로 부황입니다."라고 말하는 것이었다. 연유를 물으니 "남방 사람들은 신(鞋)을 아이(孩子)라고 부르는데, 신을 거꾸로 신었다는 것은(倒)로 도(到)를 뜻함으로, 즉 이는 아들이 왔다는 뜻이 됩니다. 황제님의 물음에 '八十'이라고 대답했는데, 기실 앞에 두 글자를 붙여놓으면 아버지라는 '부'(父) 자가 아닙니까, 아들을 만나니 눈물을 흘리신 거고요."라고 대답하였다. 이처럼 총명한 유모의 말을 듣고 황제는 크게 깨달았다.

강희황제는 다시 남방시찰을 떠났다. 금산사를 찾아갔으나 장로가 말하기를 황제가 돌아가신 후 금세 미친 중이 실종되었다는 것이다. 강희황제는 섭섭하고 안타까운 마음으로 차방을 둘러보다가 문득 벽에 타다 남은 목탄으로 써놓은 멋진 두 글자를 발견하였다. 그 두 글자는 만족하다는 뜻의 '足矣'였다. 이젠 자족하니 더는 찾지 말라는 뜻임을 깨닫고 황제는 돌아왔다.

강희황제는 부친을 기념하여 남방 금산사를 모방하여 금산도를 건설하고 늘 여기에 와서 하늘에 제사를 지내며 부황을 기념하였다고 한다.

야사나 민간에는 순치황제가 병으로 죽은 것이 아니라 산속에 들어가 중으로 되었다는 이런저런 이야기들이 무성하다. 청나라 정사에는 분명 병으로 사망하였다고 했지만 말이다. 전설이면 어떻고 진실이면 어떠랴! 6세에 등극하여 황실의 엄한 규정과 보좌대신들의 시달림을 얼마나 받았으면, 참고 참다가 '지고무상'한 황제의 옥좌를 초개처럼 버리고 모든 번뇌를 털어버리고 세속을 떠났을까?

가을이라 싸늘한 바람이 불어왔다. 배를 타고 강희황제의 발자국이 가득 찍힌 금산도를 다시 한 번 돌아다보며 나는 그곳을 떠나왔다. 물도 그 물이고 전각도 그 전각인데 사람은 없다. 숱한 이야기를 남겨놓고.

인생의 무상함은 황제나 백성이나 마찬가지로구나!

두 황제가 죽은
연파치상전

    건륭황제가 53번의 여름, 가을, 겨울을 여기 연파치상전(煙波致爽殿)에 와서 거주하였고, 가경(嘉慶), 함풍(咸豊) 두 황제도 이 연파치상전에 와서 거처하다가 죽었다. 그래서 나는 이 궁전을 특별히 호기심을 갖고 찾았다. 청조궁전은 외곽이나 내곽이나 그 구조나 생김생김이 다 엇비슷하다. 심양고궁을 보나 북경고궁을 보나 다 그러하다. 붉은 칠을 한 나무기둥, 나무 침대, 책상, 의자, 소파가 그 당시는 대단했겠지만, 지금 보면 어느 정부기관 사무실보다도 별로 눈에 띄지 않는다. 누런 비단을 씌운 황제 의자도 별로 크지 않고 모양새도 희한하지 않다. 하지만 그 누런 의자에 지고무상의 권력자인 황제가 앉았다는 데서 세인들의 호기심을 불러일으킨다.

    연파치상전은 두 황제가 급병으로 죽었다는 데서 많은 관광객들이 슬슬 피해갔다. 하지만 어째서 이 궁전에서 두 황제가 죽었을까? 호기심은 나를 진작 그 궁전 안으로 끌었다.

    이 궁전 안에서 제일 처음 죽은 황제는 청조가 관내에 들어온 후의 제5대 황제 가경(嘉慶)이다. 건륭황제의 열다섯 번째 아들이었던 그는 재위 25년 중 19번이나 피서산장에 왔고, 11번 목란위장(木蘭圍場)에 와서 수렵 겸 군사훈련을 하였다. 가경황제는 강희(康熙)황제, 옹정(雍正), 건륭(乾隆)처럼 특별히 총명하거나 학식이 높은 사람은 아니었지만, 조상들이 세운 나라를 지키기 위해 근면하고 엄격했다. 청조 역사상 가장 큰 탐관이라는 화신(和珅)과 복강안(福康安)을 처단하여 국고를 넉넉하게 만들었고, 사치와 부패를 반대하고 근검절약을 제창한 황제이다.

가경(嘉慶)은 진작부터 세력이 하늘에 닿은 화신을 제거해버리려 했지만, 부황 건륭의 총애를 한 몸에 받고 있는 그를 어쩔 수 없었다. 화신은 남달리 총명해서 황제의 비위를 맞추어주고 수완을 부려, 몇 년 안 되는 사이에 한낱 황제의 시위로부터 일약 조정의 최고 권력층에 이르게 되었고, 심지어 가경황제가 태상황 건륭에게 보내는 문건조차 그의 손을 거쳐야 하는 지경에 이르렀으니 가경황제의 원한은 하늘에 닿았던 것이다. 속국들이나 여러 소수민족 두령들이 황제에게 바치는 공물마저 몇 가지만 바치고는 값진 것은 자기가 챙겼던 것이다. 그는 건륭황제에게 잘 보이기 위해 만주어, 한어, 몽골어, 장족어를 통달했으며, 황제가 좋아하는 시들도 암송하였다.

건륭황제가 사망하자 가경황제는 교묘한 수단으로 이 탐관을 붙잡아냈다. 그의 집에서 들춰낸 황금이 3만2천 냥이고 지하실에 감춘 은이 2백여만 냥이었으며, 밭 1266 경, 집 1001간, 각지의 전당포에 저장한 백은이 천여만 냥이었단다. 그가 고용한 일꾼만 천여 명이었다니 얼마나 한심한 일인가! 어떤 자료에는 그의 집에서 털어낸 재산이 당시 국고와 맞먹는다고까지 기술되어 있다. 태평성세를 이루었던 청조의 흥성기에, 영명한 황제로 불렸던 건륭시기에 어쩌면 이처럼 극심한 탐관이 나왔을까? 실로 심사숙고를 하게 만든다. 연암 박지원이 쓴 『열하일기』에도 화신을 만나봤던 이야기가 적혀있는데 한 토막을 인용한다.

"그들 중에 수정꼭지를 여러 개 단 사람이 있었으나, 그가 어떤 관원인지는 알 길이 없었다. 한 청년이 문을 나서니 사람들이 모두 그를 피한다. 그 청년이 잠시 발을 멈추고 종자에게 무슨 말을 하는데, 돌아보는 모습이 몹시 사나워 보였다. 사람들은 모두 두려워 잠자코 있었다. 두 군졸이 채찍을 갖고 와서 사람을 몰아내니, 회자(回子) 하나가 앉았다가 성내며 일어서서 두 군졸의 뺨을 치고 한 주먹으로 때려 눕혔다. 청년 관원은 눈을 흘기면서 어디로 사라져버린다. 남들에게 물은즉, 수정꼭지 단 자는 곧 호부상서 화신(和珅)이라 한다. 눈매가 곱고 준수한 얼굴에 기운이 날카로웠으나, 다만 덕기가 없으며 나이는 이제 서른하나라 한다. 그는 애초 난의사(鑾儀司: 황제의 의장대) 호위 군졸 출신으로, 성격이 몹시 교활하여 윗사람의 비위를 잘 맞추었으므로, 불과 대여섯 해 사이에 갑자기 귀한 자리를 얻어서 구문(九門)을 통령하는 제독이 되어, 병부상서 복융안(福融安)과 함께 언제나 황제의 좌우에 붙어 있으므로, 그 세력이 조정에 떨쳤다."

이러한 서술을 볼 때 연암 박지원은 참으로 담이 큰 사람이다. 청조의 최고 권세가로 천하를 쥐락펴락하는 화신을 이렇게 묘사하다니, 그때 그 글이 화신이나 건륭에게 전달되었더라면 어떤 봉변을 당했을까, 무시무시하다. 연암 박지원은 화신이 건륭 70돌에 바친 진상품을 이렇게 묘사하였다.

"누런 보가 덮인 걸방짐 일곱을 권문 앞에 두고 쉰다. 짐 속에는 옥으로 만든 그릇과 골동이 담겨 있고, 또 보통 사람만큼 커다란 금부처 하나를 앉혀 놓았으니, 이들은 모두 호부상서 화신이 진상한 것이라 한다."

어떤 사람들은 건륭황제가 화신의 일을 진작 알면서도 화신을 이용하여 아들 세대에 재산을 물려주기 위해서라고도 한다. 믿기 어려운 말이지만 어쨌든 가경황제는 큰 일을 한 셈이고, 두 탐관을 붙잡아내는 바람에 국고가 풍성해졌고 백성들의 인심을 얻었다고 한다.

이런 가경황제가 아북이라는 자객에 의해 바로 이 궁전에서 숨을 거두었다고 한다. 참 가석하다는 생각이 들었다.

연파치상전에서 두 번째로 죽은 황제는 함풍(咸豊)황제이다. 도광(道光)황제는 아들이 6명 있었고 여섯 번째 아들이 제일 총명했는데, 스승의 꾀로 넷째인 무능한 함풍이 황위에 오르게 되어 권력은 점차 자희태후의 손에 들어가 청왕조는 이 여인의 손에서 반세기 동안 시달리다가 멸망의 길로 나아갔다.

함풍은 재위 11년 동안 이 피서산장에서 사계절을 보냈다. 31세의 이 무능하고 나약한 황제는 병으로 이 궁전에서 죽었다. 8국 연합군이 진공하여 원명원을 불사를 때, 이 황제는 모든 권리를 동생에게 맡기고 황손을 이끌고 이 피서산장으로 도망쳐왔다. 바로 이 궁전에서 그는 치욕의 '북경조약'을 비준하고 나라의 땅덩어리를 뜯어 외국에 준 매국황제이다. 그는 위태로운 국사에는 무관하고 여색에 빠져

1년 동안이나 이 피서산장에 틀어박혀 300여 차례나 극 구경을 하고, 아편을 피우고 술에 빠져있던 망나니 황제였다.

연파치상전의 오른쪽 침전에는 자안태후가 있고 서쪽 편 침전에 자희태후가 있었다. 후에는 서쪽 침전에 있었다고 자희태후를 서태후라고 부르게 되었다.

서태후의 아들 동치(同治)황제는 이 궁전에 거주한 여섯 번째 황제이다. 18세에 결혼하고 집정했지만 어머니 서태후가 정해준 여자를 선택하지 않고 동태후가 좋아하는 여자를 황후로 삼았다는 데서 모순이 생겨 냉대와 박해를 받다가, 집정한 지 2년 2개월 만에 19세의 아까운 나이에 죽고 말았다.

액운이 미칠까봐 모두 다 꺼리며 슬슬 피하는 연파치상전에서 나는 한 식경이나 이 구석 저 구석 돌아보았다. 여관에 돌아와서도 웬 영문인지 그 궁전이 머리에 자꾸 떠올라 밤잠을 이룰 수가 없었다.

한 왕조의 흥성과 쇠망을 보여주는 대표적인 궁전이기 때문이었는지 모르겠다.

240

피서산장을 빛낸
건륭(乾隆)황제

건륭황제는 이 피서산장을 건설한 강희황제의 손자로서 어쩌면 피서산장의 진정한 주인이라고 말할 수 있다. 그는 청조 역사상 가장 순조롭게 등극하고 집정시간도 제일 길었으며 제일 장수했고, 향수도 제일 많이 누린 황제이다. 그래서 이 피서산장에는 가는 곳마다 그가 남긴 이야기들이 무성하다.

조부 강희황제, 부황 옹정황제가 개척하고 분투하고 그 자신이 영명하게 나라를 잘 다스려서, 국고가 차고 넘치고 백성들이 문을 잠그지 않고 잘 수 있는 태평성세가 도래했다. 또한 신장을 통일하여 영역을 넓혔으며 서북, 막북, 청해, 티베트의 사회 안정을 도모했다. 나라를 다스리는 중대한 국책들을 그는 이 피서산장에서 제정했다.

88세에 이 피서산장을 마지막으로 떠났는데, 53번의 여름 가을과 겨울을 연파치상전에서 보냈으며 여기서 40차례 생일을 쇠었다. 이 피서산장에서 그는 외국사절들과 여러 소수민족 두령들을 접견하였으며, 조선, 버마, 남안, 남장과 영국 등 외국사절들도 접견하였다.

이리하여 이 피서산장 어디로 가나 건륭황제의 발자취가 남아있고 이야기들이 전해져있으며, 수많은 시와 붓글씨를 새긴 족자들이 걸려있다.

건륭황제의 지시로 건설했다는 세계에서 제일 큰 황가사(皇家寺)를 산장성벽에 올라가 내려다보니 그야말로 휘황찬란하다. 금빛찬란한 '만법귀일전'과 세계에서 제일 큰 목각불상－천수천안 관세음보살을 모신 '보녕사' 같은 숱한 건축물들이 중화민족의 귀한 역사문화유산으로 남아있다. 건륭황제는 경제를 발전시킴과 동시에 문화를 발전시켰는데, 유명한 저작들인 『사고전서』(四庫全書), 『만문대장경』(滿文大藏經), 『8기통지』(八旗通志) 등을 후세에 남겨놓았다.

하지만 64년이나 통치하다 보니 후반기에는 서방나라들은 앞으로 내달리는데, 그는 현상에 만족하여 보수적인 관점에 서서 전진하려 하지 않았다. 그리하여 그의 만년에는 전국 각지에서 반란이 빈번하고 국세가 기울기 시작하였다. 그리고 그의 나이 89세가 되어서야 기울기 시작하는 혼란한 나라를 아들 가경에게 물려주고 근심과 유감을 안고 세상을 떠났다. 80이 넘어 황위를 아들에게 물려주고서도 시름을 놓지 못해 3년 동안이나 계속 참정하였으니, 어쩌면 그는 총명하면서도 멍청하였던 것이다. 만물은 늙으면 쇠퇴하기 마련이다. 그러니 늙으면 자리를 내어주어야 한다. 그것이 영명한 결책이다.

연암 박지원이 본
건륭황제 70돌 천추절 성황

건륭황제 70돌 천추절(千秋節)은 규모가 방대하고 비할 바 없이 화려하고 눈부셨다고 한다.

피서산장 만수원에 들어서면 널따란 정원이 있었는데, 3백여 년 된다는 늙은 나무들이 가담가담 서있었다. 터들터들한 '옷'을 입고 구부정한 허리통을 가진 나무들이 그리 무성하지 못한 가지와 잎새들을 하냥 뻗쳐가지고 흘러가버린 역사를 견증하는 것 같았다.

두 아름이나 되는 한 늙은 나무에 기대어 앉아 잠깐 눈을 감고 『열하일기』에 묘사되었던 장면들을 떠올려보았다. 눈을 뜨고 보면 낡은 대궐과 누런 천을 씌운 황제가 앉았던 의자밖에 없기 때문이다.

박지원은 당시 황제에게 조공하러 오는 대오의 굉장한 장면을 「만국진공기」에서 이렇게 서술하였다.

"건륭 45년, 황제의 나이가 70인데 남방순찰을 마치고 북으로 열하로 돌아왔다. 이해 가을 8월 13일이 곧 황제의 천추절이다. 황제는

특별히 조선 사신을 불러 행재소까지 와 대궐 뜰에서 축하를 하도록
하였다.

나는 사신을 따라 북으로 장성을 빠져나와 밤낮없이 달렸다. 길에
서 보았는데 사방으로부터 조공 드리는 수레가 만 대는 됨직하고 사
람이 지고 낙타 등에 싣고 가마에 태우고는 풍우같이 몰아갔다. 들
것을 해가지고 메고 가는 것은 물건들 중에서도 더욱 다치기 쉬운
물건들이라고 했다. 수레마다 말이나 노새 6, 7마리씩 메고 가마는
더러는 멜대로 메고 더러는 노새 4마리를 메어 위에는 누른 빛 작은
깃발에 '진공'(進貢)이라고 쓴 것을 꽂았다.

진공물들은 전부 거죽은 붉은 빛 탄자와 여러 빛깔 티베트 천과
대삿자리, 등자리로 쌌는데 모두 옥으로 만든 기물들이라고 한다.
수레 한 채가 길에 넘어져 방금 새로 묶는데, 거죽을 싼 등자리가
조금 떨어진 틈으로 궤짝 면이 좀 드러났기에 보니 궤짝은 누런 칠을
하여 작은 정자 한 칸이나 했다. 가운데는 '자류리 보일좌'(紫琉璃 普
一座)라고 썼는데 '보'(普)자 아래와 '일'(一)자 위에는 글자 두서너 자
더 있어보였으나 모서리가 덮여 무슨 물건이라 했는지 알아볼 수 없
었다.

유리그릇의 크기가 이만큼 할 때에는 이로써 다른 여러 수레에 실
은 짐을 미루어 알 수 있었다. 날이 벌써 저문데다가 소란스러워 져
서 수레들은 길을 다투어 서둘러 달렸다. 횃불들이 마주 비추고 방울
소리가 땅을 흔들고 채찍소리가 벌판을 울리는데, 범과 표범을 틀에
집어넣은 것이 여남은 수레가 되었다. 범 틀은 모두 창이 나있고 간
신히 범 한 마리가 들 만했다. 범들은 죄다 쇠사슬로 목이 묶여있고
눈은 누렇고 푸르스름했다. 바닥에 뒹굴고 있는 몸뚱이는 늑대같이
나지막하고 텁수룩이 난 털과 꼬리는 삽살개와 같았다. 이밖에 곰과
여우, 사슴 등속은 이루 다 기록할 수 없었다.(중략) 온종일 보는 것

은 모두 이런 따위로서 우리 일행은 아래 위 없이 길 걷기에 바빠서 무심코 지나쳤다.(중략) 수없이 지나쳐보내는 수레에는 옥기물과 보물들뿐만 아니라 역시 천하만국의 기이한 새와 괴상한 짐승들도 많은 것을 알았다."

천추절 날 제일 높은 대우를 받은 사람은 티베트의 판쳰(班禪)이라고 한다. 그럴만한 원인이 있었다. 청조는 줄곧 티베트 문제로 골머리를 앓았기 때문이다.

건륭 44년에 41세 되는 판쳰 6세는 주체적으로 승덕 피서산장에 와서 황제의 70돌 천추절을 축하하겠노라고 사신을 보냈다. 건륭황제는 이는 왕조의 '길상성세'(吉祥盛世)를 의미한다고 하여 영을 내려, 1년 내로 티베트 판쳰궁전을 본받아 사당을 짓게 하고, 북경의 향산에도 궁전을 지어 기념하게 하였다.

지금처럼 교통이 발달되지 못했던 그때 판쳰이 한 번 승덕에 온다는 것은 실로 어려운 일이었다. 판쳰은 그해 1779년 6월에 2천여 명의 보위부대를 인솔하여, 가마에 앉아 도보로 수많은 산을 넘고 강을 건너 오다 보니 이듬해 3월에야 황하(黃河)에 도착하였다고 한다.

황제는 즉시 여섯째 아들을 파견하여 그를 마중하게 하였으며, 황실의 규정을 타파하고 처음으로 판쳰이 탄 가마가 피서산장 여정문(麗正門)으로 들어오게 하였다. 양옆에 문무백관들이 늘어서서 환영을 표시하고 북소리가 요란했다고 한다. 건륭황제는 판쳰과 팔을 끼고 함께 보좌에 앉아서 각 소수민족 두령과 외국사절들의 축하를 받았다고 한다.

판쳰 6세는 당시 영국 등 여러 나라들이 갖가지 수단으로 얼리고 닥치고 하였으나 시종 거절하고 분열하지 않았다고 한다. 당시 달라이라마는 나이 어리고 판첸은 그의 스승이었다고 한다. 판첸은 천추절이 끝나자 북경에까지 가서 건륭황제의 후한 대접을 받았지만, 천연두에 걸려 북경에서 타계하였다고 한다. 황제는 너무 애통해서 적금(赤金)으로 그의 조각상을 만들고 7천 냥의 적금을 들여 금자탑도 세웠다고 한다.

그에 비하면 조선 사신들에 대한 대우는 너무 보잘 것 없었다고 한다.

박지원의 묘사에 의하면 천추절 축하연회 때 먼저 이슬람 세계에서 온 태자가 황제 앞으로 나아가 몇 마디 말을 하고는 물러나오고 다음 차례로 조선사신을 불렀단다.

박지원은 당시 정경을 이렇게 서술하였다.

"사신과 삼통사는 황제 앞으로 나가는데 무릎을 꿇고 무릎걸음으로 황제 앞까지 갔다.(중략) 황제는 국왕이 평안한가 물어서 사신은 평안하다고 대답하고, 황제는 다시 만주 말을 할 줄 아는 자가 있는가 하고 물어서 삼통사 윤갑종이 만주 말로 대답하니 황제는 기뻐하는 기색으로 웃었다.

황제는 모난 얼굴이 허옇고 멀쑥하게 생겼으나 약간 누런 기운을 띠었고, 수염은 반백인데 나이는 60밖에 안 되어 보이고 봄바람이 부는 듯 화기가 넘쳤다.(중략) 행사가 끝나고 나오는데 군기가 나와 황제의 뜻을 전하는데, 곧장 찰십륜포 라마(班禪喇麻, 활불(活佛)이 거처하는 곳)에 가서 판첸을 찾아보라는 것이었다. 사신은 불평이 가득했지만 두말없이 거기로 갔다.

반선 액이덕니(판첸)를 찰십륜포에서 보았다. 찰십륜포란 '우두머

리 큰 중이 거처하는 곳'이라는 티베트 말이다. 피서산장으로부터 궁
장을 끼고 오른편으로 쳐다보면 반추산이 보이고, 북으로 10여 리를
더 가 열하를 건너서면 산을 기대고 원(苑)을 만들었고, 뫼를 뚫고
언덕을 끊어 산 뼈다귀를 드러내고 있는 곳에 절로 절벽이 깎아져
십주(十洲: 신선이 산다는 전설속의 열 개 섬) 삼산(三山: 신선이 사는 세
개의 산)을 본떠 바위들이 겹겹으로 층이 되어있어, 짐승이 입을 벌
리고 새가 나래를 펴고 구름이 드리우고 번개가 숨은 듯한데, 다섯
개 홍예를 튼 다리가 놓였고 다리부터는 층층대로 길을 내여 용과
봉황무늬를 새겼다. 길가로는 흰 돌로 된 난간이 구부러지고 꺾어져
대문까지 닿았다. 다시 두 개의 각문이 있는데 다들 몽골군사가 지키
고 있었다.

대문 안에 들어서니 땅에는 박석 벽돌을 깔아 세 갈래로 층대를
냈는데, 흰 돌로 세운 난간에는 구름과 용무늬를 새겼고 길은 한 다
리로 모았다. 다리는 다섯 개 구멍이 났고 다시 축대는 다섯 길이나
되는데 난간을 둘렀고, 모두 무늬 있는 돌에다가 온갖 짐승모양을
조각하였는데 다들 돌 빛깔을 이용하였다. 축대 위에는 전각 두 채가
섰는데 전각은 모두 겹처마에 황금기와로 이었다. 지붕 위에는 여섯
마리 용이 솟구쳐가는 듯 만들어놓았는데 몸뚱이는 다 황금으로 되
었다. 이 밖에도 둥근 정자, 굽은 복도, 첩첩이 들어선 누각들이며
간드러진 난간과 층대들은 다들 푸른빛, 초록빛, 자줏빛, 남빛 유리
기와로 이어 공비는 억천만 금을 들였다. 채색은 신기루를 나무랄
듯 하고 아로새긴 솜씨는 귀신도 고개를 숙일만하였다."

내가 구구히 박지원의 이 부분 묘사를 빠짐없이 인용한 원인은,
그가 쓴 글이 너무너무 아름답고 묘사가 보는 듯하고 문장을 다룬
솜씨가 기가 막히게 능란하기 때문이다. 그리고 당시 티베트 라마들

에 들인 청조의 공력을 밝히고, 국고의 넉넉함과 황실의 화려하고 사치함을 엿보기 위해서이다.

천추절에 세 차례의 사찬이 내렸는데 사신에게는 사기로 만든 찻주전자 한 개, 차종과 받침대가 한 벌, 등으로 엮은 빈랑주머니 한 개, 단도 한 자루, 자양차를 넣은 주석병 한 개의 하사가 있었다. 저녁나절에는 작은 환관이 네모난 주석병 한 개를 황제의 하사품이라고 내놓고 나갔는데, 그 안에 든 것은 술이 아니고 여지즙이었다고 연암은 썼다.

이처럼 『열하일기』에서 본, 이전에 그 번창했던 정경들을 머리에 떠올리며 나는 한참 동안이나 나무걸상에 앉았다가, 이젠 그 화려하고 장대함이란 흔적조차 찾을 수 없는 낡아빠진 누각이며 정원들을 휘둘러보고 착잡한 기분에 잠겨 자리를 떴다.

300여 년의 풍우에 이만큼 낡은 전각이며 늙은 나무들이 그래도 보존되어 있다는 것만도 대단하고 행운이라는 생각이 들었다. 원명원의 폐허를 돌아볼 때의 그 슬펐던 생각을 하니 정말 다행스러웠다. 나라도 사람도 흥성, 번영은 한 때뿐이고 역사의 한 순간임을….

248

천수천안(千手千眼)보살을 모신
보녕사(普寧寺)

승덕 외8묘(外八廟)는 관광객들이 많이 찾는 곳이다.

산을 끼고 에돌며 숲 속에 울긋불긋 기이한 풍격으로 지은 외8묘 풍경들을 보노라면 눈이 모자란다. 황홀하다 할까, 신비롭다 할까, 웅장하다 할까. 공자님의 말마따나 "글은 말을 다 못 쓰고 그림은 내용을 다 표현하지 못한다." 실로 중국 건축예술의 극치라고 말하는 것이 과분하지 않을 것 같다.

외8묘는 청조 강희 52년(1713)부터 건륭 45년(1780)까지 건설한 사묘(寺廟)군이다. 내가 몇 년 전에 가보았던 북경 옹화궁(雍和宮)이 특이한 풍격을 갖추고 있어 인상이 깊었는데, 오늘 여기 와서 보니 바로 그 북경의 옹화궁이 당시 여기 외8묘를 관리하였다고 한다.

이처럼 많은 사묘들을 다 돌아볼 기력도 없고 또 그럴 욕망도 없었지만 보녕사만은 가보고 싶었다. 지난해 텔레비전에서 여러 번 보면서 감동했던 장애인들이 공연한 무용 '천수천안 관음보살'이 세계 여러 나라에서 환영을 받았는데, 그 특이한 예술적 착상과 표현에 깊은 호기심을 가지고 있었던 것이다.

그 호기심을 풀어주는 답이 되는 진짜 '천수천안 관음보살'이 여기 보녕사에 보존되어 있다고 한다.

피서산장 동북부 무렬하반에 위치해 있었는데 보녕사 경구 내에 보유사가 함께 있었다. 천하의 안녕을 보호하고 천하의 백성들을 보유한다는 의미로 이 두 사묘를 지었다고 한다. 먼저 보유사 정원에 들어서니 향내가 진동하였다. 숨이 막힐 정도라고 표현하고 싶었다. 정원 안의 향불 연기에 정신이 몽롱해지는 것 같았다. 큼직한 전당 안에서 작은 북을 치면서 장단에 맞추어 경을 읽는 소리가 나를 끌었다. 창문으로 숱한 사람들이 들여다보는데도, 젊은 중들은 붉은 장삼을 입고 앉아 열심히 노래를 부르듯이 경을 읽고 있었다. 맨 앞에 좀 높직한 무대 같은 곳에 늙은 라마 둘이 눈을 감고 앉아 묵상에 잠겨있었다. 나는 한참 구경하다가 돌아 나왔다.

20대 30대 젊은이들이 저렇게 매일 이곳에서 경을 읽고 있는 것이 이해되지 않았다. 종교의 힘이란 참 무서운 것이다. 인생길은 천 갈래 만 갈래라는 생각을 하면서, 향불 한 대 피우지 않고 절 한 번 하지 않고 나오는 내가 부처님께는 좀 미안하다는 생각이 들었다. 믿음이 없는 향불을 피워 무슨 소용이 있으며 마음 없는 절을 한들 무엇하랴!

나는 보녕사로 갔다. 과연 책 소개와 같이 보녕사는 엄청나게 컸다. 건륭 20년(1755)에 준가르의 반란을 평정하고 승리를 경축하여 건륭황제가 영을 내려 티베트의 어느 사묘를 본떠서 지었다는 이 보녕사는 승덕에서 5780m²의 땅을 점하고 있다고 한다.

보녕사 대승전각 안에는 방금 말한 천수천안 관음보살이 모셔져있다. 이 보살은 세계에서 제일 큰 목각불상이라고 한다. 기네스북에도 기록되었단다. 높이가 27m 남짓하고 허리통이 15m, 무게가 110톤인데 머리 무게만 5톤이란다. 과연 엄청난 불상이다. 옛사람들의 재능에 다시 다시 감탄했다. 저렇게 무거운 몸을 어떻게 지탱하고 있을까? 손과 눈은 아무리 세어봐야 천 개가 안 되는데 어째서 천 개라 했을까? 만약 정말 천 개라면 아무리 천년 묵은 나무통이라도 300년은커녕 5년도 안 돼 진작 쓰러져버렸을 것이다. 의문들이 잇달아 생기고 그럴수록 더욱 신비롭고 장엄해보였다. 소개를 듣고서야 그리고 책을 보고서야 그 숨은 비밀을 알게 되었다. 천수천안불상은 소나무, 측백나무, 느릅나무, 유자나무, 삼나무 등 다섯 가지 목재로 조각했다고 한다. 건축가들의 설계에 의해 통나무를 기둥으로 세운 다음, 3층 결구로 팔과 다리를 지탱하도록 하고 금칠을 했다고 한다.

사실 불상의 눈과 팔은 천 개가 아니라 42개의 손, 43개의 눈뿐이다. 그런데 어째서 천수천안이라고 했을까? 이 목각불상은 가슴에 달린 두개의 손 외에 양측에 각각 20개 팔에 달린 손이 있다. 불경의 해석에 의하면 손 하나가 25종의 인과응보를 대표하기에 40에 25를 곱하면 바로 천 개의 손이 되는 것이다. 각각의 손안에 눈이 하나씩 박혀있으므로 그것도 천 개의 눈이 되는 것이다. 그런데 이마에 하나의 눈, '천목'(天目)이 더 붙어있다. 손마다 이름이 있고 수많은 뜻이 담겨져 있어 더욱 신비롭다.

120m³의 목재로 조각한 이 불상은 누가 총 설계를 맡았던지 전해져 내려오지 않지만, 이 무명 영웅들의 예술창작품은 신으로 되어 많은 관광객들을 끌고 있고 신앙인들의 존경을 받고 있다. 조형이 생동하고 자태가 자못 정중하여 세계 불교예술 보물 중의 진귀한 유

산으로 되기에 손색이 없다. 보녕사와 보유사를 돌아보며 300여 년 전 기가 차게 번영했던 청조의 정경을 상기하게 되고, 박지원이 사당들을 묘사한 장면만 봐도 중국에 당시 불교를 얼마나 중시했고 성행했는가를 알 수 있다.

승덕 피서산장을 떠나며 다시 한 번 네거리에 우뚝 솟은 강희대제 기마동상을 쳐다보았다. 백화도 피고지고 인생도 피고지고 왕조도 피고 지는구나! 한 왕조가 흥성하기는 어렵지만 쇠망하기는 쉬운 것이다. 산으로 오르기 힘들지만 내려오기가 쉬운 것과 같다. 중국역사에 많은 공적을 남겼던 청 왕조는 치욕도 많이 남겼다. 도처에 성곽과 궁전과 폐허를 남기고 이 북방의 한 소수민족은 자신의 말과 문자까지 잃어버렸다. 슬픈 일이다. 하지만 역사를 돌아보면 어찌 청 왕조 하나뿐이랴! 이 땅에 존재했던 수많은 왕조와 세계 고대문명국들의 폐허를 돌아봐도 그렇지 않은가! 여기에 한족의 뿌리 깊은 문화의 위대함을 다시 한 번 느끼게 된다.

역사란 힘의 승리가 아니라 결국은 문화의 승리인 것이다.

이제 더는 폐허를 찾지 않을 것이다. 내 인생도 저물어 가는데 앞으론 아름다운 자연을 찾아 즐기리라!

청나라 고궁에서

청태조 누르하치의 시신이 묻혀있는 동릉을 잠깐 돌아보았다. 청태종, 황태극의 북릉에 비하면 어느 모로 보나 스산했다.

1616년 여진족(만주족)의 걸출한 수령 누르하치는 넓은 만주벌판의 여러 부락을 통일하고 후금이란 나라를 세웠다. 1625년 3월에 심양에다가 고궁을 짓기 시작하였다.

1626년 8월에 누르하치가 죽게 되자 제2대 황태극이 1636년에 황제가 되어, 여진을 만주로 고치고 후금을 청나라로 고쳤다.

누르하치는 죽을 때, 자기가 가장 사랑하던 비 안바프신을 순사시켜 합장하라고 유언을 남겼다고 한다. 그녀는 절세의 미인이었으나 성질이 사나워서, 누르하치는 자기가 죽은 후 그녀가 나라에 우환을 일으키게 될까봐 순사하게 했다고 한다. 37세였던 그녀가 생죽음을 당해서 황제의 옆에 누워있게 되었다는 억울한 장면을 떠올리니 소름이 쭉 끼쳤다.

곧바로 시내 중심에 있는 고궁으로 차를 타고 가보았다. 1636년에

완공된 심양 고궁은 주로 청태종 황태극이 사용했던 궁전이다. 330 여 년의 역사를 가지고 있고 6만여m² 땅을 점하고 있는 고궁은, 동로, 서로, 중로의 세 부분으로 이루어져있다. 동로는 청태조 누르하치 때 세운 대정전과 10왕정이 있고, 중로는 청태종 황태극 시기에 세운 내궁들이 그대로 보존되어 있으며, 서로는 건륭황제 시기에 증설한 문소각, 가음당, 양희재 등 건축물들이 있다.

고궁에 들어서면 두 눈을 번쩍 뜨이게 하는 건축물이 있는데 그것이 바로 대정전과 팔구자형으로 된 10왕정이다. 8기 대신들이 사무보았던 곳이라고 8기정이라고도 했단다. 금룡이 감겨 오른 대정전 앞 기둥의 조각이 하도 생동적이어서 손으로 슬그머니 만졌더니, 정말 살아있는 것 같은 느낌에 깜짝 놀라 나는 주춤 뒷걸음질 쳤다.

천정의 누런 유리기와가 햇빛에 금빛을 뿌리는데 변두리의 푸른색 기와가 띠를 두른 것이 어찌 보면 사치한 황제의 두루마기 같다.

나는 청녕궁에 들어가 잠깐 머물렀다. 청녕궁은 황태극과 황후가 살던 침실이었다고 한다. 1643년 8월 9일 청태종 황태극이 바로 여기 침실 용상에 앉은 채로 앓지도 않고 52세의 젊은 나이로 죽었다고 한다. 황태극은 중국역사에서나 만주족의 역사에서 한 페이지를 차지하는 걸출한 영웅이긴 하지만, 그의 위풍이 도도한 초상을 마주하고 섰노라니 마음 한구석에 어두운 구름이 슬금슬금 밀려와 기분이 좋지 않았다.

그 당시 당파싸움으로 국세가 극히 쇠잔해진 조선왕조는 기울어져가는 명나라를 그냥 떠받들면서, 파죽지세로 만주벌을 통일하고 전국을 삼키고 있는 후금을 오랑캐라고 배척하는 외교정책을 고집한 바람에 큰 봉변을 당하고야 말았다. 정묘호란 때는 인조임금이 강화도로 쫓겨 갔다가 3개월 만에 돌아와 후금과 평화조약을 맺고 끝을 냈지만, 9년 후 병자호란 때는 청태종 황태극이 직접 20만 대군을 거느리고 조선에 쳐들어갔다. 인조임금은 삼전도 송파나루에서 청태종 앞에 두 무릎을 꿇고 엎드려 굴욕적인 항복을 하고야 말았다.

조선 500년 역사에 임금이 무릎 꿇고 항복한 일은 처음이었다. 그래서 소현세자와 봉림대군이 인질로 심양에 잡혀와 굴욕적인 생활을 하였으며, 끝까지 대항해 싸울 것을 주장했던 홍익한, 윤진, 오달제 등 세 대신은 심양에 끌려와 황태극의 온갖 권유와 악형에도 꿋꿋이 버티다가 참형을 당했다. 무능한 치욕의 역사, 꿋꿋했던 선조들의 넋과 피가 스며있는 땅이 심양이고 고궁이었다.

심양은 또 1931년 만주사변이 일어났던 곳이기도 하다. 1931년 9월 18일 밤, 심양 북쪽 유조구에서 일본 관동군이 만철선로를 의도적으로 폭파하고는 그것을 장학량 장군 부대의 소행이라고 뒤집어 씌워놓고, 그걸 구실로 군사를 일으켜 만주 일대를 점령하고 1932년 3월에 이른바 만주국이란 괴뢰정부를 세웠다.

이처럼 심양은 청조의 발상지기도 하고 역사의 풍운에 휘감긴 유서 깊은 땅이기도 하다.

원명원(圓明園)의 메아리

비가 줄줄 구슬프게 내리는 날 나는 원명원을 찾았다.

사실 북경대학에서 공부하는 딸과 같이 그림처럼 아름답고 역사 유구한 북경대학 교정을 두어 시간 거닐며, 우거진 숲과 고색창연한 붉은 건축물, 이대소(李大釗: 사상가, 중국공산당 공동설립자)나 모택동 같은 위인들이 숨 쉬었던 북경대학 도서관 등을 하나하나 둘러보던 데서 시작되었다.

흥분과 감격에 젖어 딸의 설명을 귀담아듣다가 혁명의 선구자 이대소 선생의 조각상 앞에서 걸음을 멈추었을 때에는 감탄과 아쉬움이 엇갈린 사색에 잠겼다. 또 스페인 작가 세르반테스의 구리조각상 앞에 펼쳐진 파란 잔디밭 위에 털썩 앉아서는 돈키호테를 떠올리며 웃었다. 미명호(未名湖: 북경대 교내 호수) 주변의 펑퍼짐한 바윗돌 위에 앉아 한창 매력을 과시하는 탐스러운 연꽃들을 구경하였다. 연꽃을 대하면 언제나 흥분에 젖지 못하고 서글픈 추억에 잠기는 것이 나란 사람의 괴상한 성격이고 어쩔 수 없는 감정이다.

그날 미명호반에서 나는 놀랍게도 원명원 시비와 돌다리를 보게 되었다. 알고 보니 원명원이 불에 타버린 뒤 어느 인사가 이 대학에 가져와 보호한 것이란다. 아까 대학 건물 앞에서도 한 쌍의 화표(華表)와 한 쌍의 돌기린을 보았는데 그것들도 원명원의 유물이란다.

원명원은 청나라 흥성기였던 강희황제 중기부터 건설하였는데, 옹정황제, 건륭황제 때에 이르러서는 그 규모가 북경 자금성안의 고궁건축물 총면적보다 1만m²나 더 큰 황제의 어화원으로 되었단다. 궁정과 놀이터의 풍경의 화려함과 기묘함은 더 이를 데 없고, 250여 개의 크고 작은 산들이 원명원 면적의 40%를 차지하는 강과 호수, 늪들을 서로 끼고도는 그 경치야말로 천하제일이었다고 한다. 프랑스 작가 빅토르 위고는 구라파의 모든 황실의 재부와 보물을 합쳐도 원명원을 당할 수 없다고 찬송한 적이 있다. 이런 원명원을 영화나 책에서만 보고 읽었지만 제 눈으로 보지 못해 내내 안타까워했던지라, 비가 내리든 말든 기어코 원명원으로 떠났다.

북경대학 서쪽 문을 나서니 길 맞은편에 붉은 기둥에 회색지붕을 가진 대문이 안겨왔다. 그것이 바로 원명원 유적지공원이었다. 어마어마한 돌사자 한 쌍이 대문 양쪽을 지키고 앉았다.

"사자야, 사자! 산중대왕인 네 놈들이 그 억센 이빨과 발톱을 가지고도 종이범 코 큰 서양 놈들을 당해내지 못했으니 너들이야말로 진짜 종이범이었구나!"

폐허가 된 원명원의 모습과 위풍당당하게 앉아있는 돌사자들의 모습을 번갈아보며 자기도 모르게 탄식이 흘러나왔다.

1860년, 영국, 프랑스 침략자들은 북경에 쳐들어와 원명원을 점령하고 재물과 보물을 마구 약탈한 다음, 가장 야만적인 수단으로 사흘 동안이나 불을 질렀다. 세상의 일대 문명보물창고가 졸지에 폐허가 되었다. 40년이 지난 1900년에도 8국 연합군의 침략을 또 당하다 보니 150년의 역사를 가진 원명원은 잿더미가 되었다.

비에 젖은 원명원은 고요하고 쓸쓸하다. 어디라고 할 것 없이 숲이었다. 산이며 나무가 끝없이 가로세로로 우거졌고 도처에 물이고 호수고 늪이다. 불에 타고 칼에 찍혔는데도 수목은 눈부시게 우거졌다. 가래나무, 오동나무, 아카시아나무들이 많이 들어서있고, 그 외에도 이름 모를 기이한 나무와 풀, 꽃들이 옛 궁전의 초라한 무덤들을 고스란히 감춰주고 있었다. 수많은 보트들이 호숫가에서 비를 맞고 있었다.

아, 이것이 그래 한때 세상에서 가장 아름다운 황실 어화원으로 이름났던 원명원이란 말인가!

어린 홍력(건륭)황제가 공부했다는 궁전도, 2만 2천 개의 불상과 30개의 불탑을 모셨다는 방호승진도, 금, 은, 옥, 동으로 만들어진 10만 개 불상들을 저장했던 사위성도, 강남의 절승경개와 기묘한 건축물들을 본떠서 만들었다는 원명원의 40개 풍경구도, 모두 모두 간곳 없고 값없는 흙과 돌과 벽돌무지만 남았다.

뭇꽃들이 울긋불긋 피어난 숲속으로 들락날락하며 아이들은 좋다고 짝짜꿍을 노는데, 나이를 먹고 인간세파를 겪은 어른들의 얼굴들은 비 오는 하늘처럼 어둡고 우울하고 사색적이었다. 깨진 비석 앞에 꿇어앉아 한 늙은이는 안경을 추슬러 올리며 비문을 읽고 있었으며, 두 쌍의 청년남녀는 선인승로동상(대야를 머리에 이고 조용히 이슬을 받는 소녀조각상) 앞에서 다투어 사진을 찍고 있었다. 몇몇 중년남녀는 소나무 아래 긴 나무걸상에 앉아 비오는 호수를 멍하니 바라다보고 있었다.

청나라의 흥성쇠퇴와 잿더미 속에 깔린 염황 자손들의 치욕의 역사를 파내고 있을까? 아니면 약탈당한 보물들을 생각할까? 어수선한 서양루 유적지에서 구슬픈 역사를 되새기는 어두운 마음을 기념하여 사진 한 장 찍는 내 마음도 얼기설기 갈피를 잡을 수 없이 서글펐다.

왕년에 서양루는 대단히 멋진 구라파식 궁전이었단다. '대수법'(大水法)은 그중에서도 가장 아름다운 놀이터인데, 늪 속에 세워진 구리 사슴의 뿔에서 뿜겨 나와 퍼지는 분수는 칠색무지개를 두둥실 하늘에 띄우고, 10마리의 구리개 입에서 내뿜는 분수는 층층의 사나운 폭포를 이루었으며, 13층 물탑에서 88갈래의 구리관을 통해 쏟아져 내리는 분수는 마치 홍수가 터진 듯 그 기세가 용용하고 절묘하여 글이나 말로는 이루 형용할 수 없이 황홀한 극치였단다.

서방의 미궁(迷宮)을 모방하여 지었다는 만화집은 다시 재건되어 있었다. 4자 높이의 담으로 얼기설기 만들어진 미궁 유희터의 한복판에 빨간 등이 켜진 정자가 있었다. 그 정자가 바로 왕년에 청조의 다섯 황제들이 여유 작작 앉아서 술을 마시며, 노랑 비단 연꽃등을 들고 요리조리 뛰어다니는 궁녀들을 내려다보며 향락을 누리던 곳이란다. 향락에 도취되어 국사에 눈이 어두웠으니 그런 끝장을 볼 수밖에.

그지없이 아쉬운 것은 지식을 귀중히 여긴 건륭황제가 수많은 학자들을 모집하여 수십 년 동안 정성들여 정리한, 중국 고대 최대의 종합 총서인 『사고전서』(四庫全書)의 대부분이 불에 타버린 것이다. 세상에 둘도 없는 이 총서는 3천4백여 종으로 근 8만 권에 달하고

3만 6천여 책으로 분책되었단다. 그런 걸작이, 침략자들의 손에 무참히 타버렸으니!

그래도 강한 것은 물과 식물이다. 짓밟히고 파괴되고 불에 탔지만 저 호수들의 푸른 물은 어제나 그제나 다름없이 출렁이고, 산과 들의 나무와 풀들은 무성히도 자라 숲을 이루었다. 그것들은 자기들의 그 푸르디푸른 색으로 자강하도록 후세들을 일깨워주고 있다.

"강해야 한다! 부유해야 한다! 빈궁하면 업심을 당하고 약하면 짓밟힘 당한다!"

원명원의 중심호수인 복해(福海)의 변두리를 에돌며 화살처럼 달리는 보트를 멍히 보다가, 나는 수양버들 아래에 놓인 걸상에 주저앉았다.

구슬픈 매미의 대합창을 가슴이 쓰리게 듣고 있는데, 확성기 해설원의 목소리가 더없이 비장하게 들려온다. 우는 듯한 비 소리, 노호하는 듯한 파도 소리.

약한 것이 흠이다! 비굴한 것이 치욕이다! 코 큰 외국인 궁둥이에 너무 바싹, 아찔하게 따라다니는 저 한 떼의 젊은이들이 추접스럽게 보인다. 돈 있는 외국인 관광객들 앞에서 뼈 없이 침을 너무 질질 흘리는 여인들을 보는 것이 괴로웠다! 나라도 사람도 강해야 하고 부유해야 한다! 하지만 우선 뼈가 있어야 하고 떳떳해야 한다!

"어머니가 기어코 보자고 하니 왔지 난 이곳이 싫어요. 거울에 미운 얼굴 비춰보는 것이 싫거든요. 뱃놀이나 해요, 그래도 물이 좋지요. 안 그래요?"

딸애의 고백이다.

우리는 비를 맞으며 뱃놀이했다. 철렁철렁 출랑촐랑 철썩철썩─

예나 지금이나 아첨도 굴함도 모르는 너 물은 강자였다!

"강해야 한다. 부유해야 한다!" 산과 강과 흙과 애나무들이 함께 받아넘기는 비장한 메아리가 가슴을 쳤다. 저 끝없는 메아리는 어쩌면 당시 원명원을 지키며 침략자들과 싸우다 순국한 고인들의 넋이 외치는 피나는 유언 같기도 하다. 강해야 한다. 부유해야 한다.

자희태후 능원

1986년 8월초 어느 날, 당산(唐山)시에서 열렸던 '전국 우수소선대(優秀少先隊)대장 우수지도원 대표 여름철 야영'에 참가했던 나는, 이 대오에 끼여 하북성 준화현(遵化縣) 청나라 동릉 구경을 가는 행운을 얻게 되었다.

몇 년 전 북경 창평현 북쪽에 있는 13릉 저수지 구경을 가서 명나라 13릉을 돌아보았던 일이 지금까지 생생해서, 어느 때고 청조 황제릉을 돌아본 다음 두 곳을 대비해보고 싶었던 마음이었다.

이날따라 날씨는 맑고 따뜻하였다. 파아란 하늘 동쪽에 몇 장의 하얀 꽃구름이 함박꽃마냥 피어있어 그야말로 '만리창공'이었다. 열어젖힌 차창으로 후끈 시원한 바람이 불어 들어와 즐겁게 노래 부르는 학생들의 기분을 한결 부풀게 해주었다.

버스가 하북성 준화현 경내에 들어서자 안내원이 앞에 나서서 높은 소리로 청조 동릉에 대해 소개를 하였다. 아직 중국역사를 깊이 배우지 못한 초등학생들은 그렇게 큰 흥미를 느끼지 않는 덤덤한 표정들이다. 그러나 안내원이, 이제 동릉에 가면 자희태후 즉 서태후의 호화로운 능원을 구경하게 되는데, 보게 되면 그녀가 얼마나 부화사치하고 황음무도한 생활을 했는가 하는 것을 알 수 있다고 이야기하자 분위기가 완전히 달라졌다. 어린이들은 정신을 바짝 차리고 해설 속으로 끌려들어갔다.

청나라 동릉(東陵)은 북경에서 동으로 125km 떨어져있는 하북성 준화현 마란곡(馬蘭谷) 서쪽에 위치해있었다. 청나라는 중국 마지막 봉건왕조였다. 1644년(순치 원년)에 북경에 들어간 후 1911년(선통3년)에 멸망되기까지 268년 동안 10명의 황제를 거쳤다. 부의(溥儀)황제가 능원을 세우지 못한 외 9개 황제는 동릉과 서릉 - 하북성 이현(河北省易縣)에 있음 - 에 나뉘어 매장되었다. 청 동릉에는 다섯 황제, 열다섯 황후 136명의 비빈 등이 묻혀있다.

문득 우리 앞에 그림같이 아름다운 창서산이 안겨왔다. 창서산은 우뚝 솟은 주봉을 한복판에 모시고 양쪽으로 층층이 흘러내렸는데, 산마다 푸르청청한 소나무들에 파묻혀 천연적인 병풍을 이루었다. 산봉우리와 산봉우리 사이는 검푸른 띠를 두른 것 같기도 하고 붓으로 짙은 색깔을 올린 것 같기도 해보였는데, 그 이유는 아마 골짜기의 소나무들이 그렇게 무성하기 때문인 것 같다. 묘하게 기복을 이룬 산세를 따라 15개 능원이 차례로 누워있다. 금황색 지붕을 떠안은 진붉은 건축물들이 파란 하늘 아래 울울창창한 소나무 속에 자리잡은 것이, 꼭 마치 푸른 주단에 아름다운 보석을 뿌린 것 같은 장관을 이루었다.

창서산 앞에는 48km²쯤 되는 평원이 훤히 펼쳐졌다. 우리가 탄 버스는 어느새 능 입구 남쪽 평원에 자리 잡은 석패방(石牌坊) 앞에 이르렀다. 명나라 13릉으로 들어가는 길 어귀에도 이와 똑같은 석패방이 큰 대문처럼 세워져있었다. 그러니 이건 모방작임이 틀림없다. 모두 차에서 내려 석패방을 구경하였다.

여섯 개의 아름드리 기둥에 얹힌 크고 작은 11개의 정교한 누각엔 모두 채색한 짐승 도안들이 새겨져있었다. 300여 년의 세월이 흘렀어도 의젓한 그 모양새를 보전하고 있는 것이 과연 대단했다. 10년 전 세계를 놀라게 했던, 당산시를 땅속에 밀어 넣은 무시무시한 대지진때에도 끄덕 않고 있었단다.

하지만 31.5m 넓이와 12.48m 높이라고 적힌 안내문을 읽어보고는 어째 32m나 13m로 안 하고 저토록 소수점 아래 숫자를 취했는가 하는 의문이 생겼는데 지금까지도 풀지 못했다.

석패방으로부터 효릉의 명루까지 이르는 10여 리 사이에 있는 수많은 건축물들은 폭이 12m나 되는 돌길로 연결되어있고, 길 양편에 마주보며 늘어서있는 문무관원 돌조각상과 말, 코끼리, 기린, 사자, 낙타 등 돌조각상들은 그렇게도 엄엄한 자태로 길목을 지키고 있었다. 큰 것은 20여m³나 된다니 그 낙후했던 시대에 어떻게 여기까지 끌고 왔을까 하는 의문이 생겼다. 문관 조각상은 조용한 얼굴에 존엄이 내비쳤고 무관 조각상은 무뚝뚝하면서도 위풍이 늠름했다. 용맹한 사자, 미끈한 기린 같은 동물들의 조각상들은 조형이 기묘하고 형태가 산 것 같이 자못 생동적이어서 볼수록 세상에 보기 드문 예술진품이구나! 하는 감탄이 저절로 흘러나왔다.

능원 중심거리에서 우리는 이곳 만주족 마을 어린이들과 군중들의 열렬한 환영을 받았다. 마을에서는 우리에게 사과를 선물하였다. 어디나 관광객들로 붐비고 어디나 사과 파는 사람들로 들썩했다. 이곳의 사과는 불그스름하고 크고 달콤하고 향기가 그윽했다. 그 향기가 어찌나 진한지 어느 골목길에 들어서나 취할 것 같았다. 그래서 청나라 황제들은 죽어서도 이 향기 속에 취하려고 여기다 능원을 짓지 않았을까 하는 생각이 들었다.

자희태후 – 서태후의 능원에 들어서니 해설하는 아가씨들이 몽땅 궁녀복을 입고 머리장식도 아롱다롱하게 했다. 잠시나마 청나라 황궁 안에 들어선 듯한 기분에 잠겼다.

해설에 의하면 서태후의 지상건축물 공예수준은 청조 능원 중 제일이라고 한다. 서태후 용은전(龍銀殿) 주변의 한백옥석(漢白玉石) 난간, 벽, 기둥들에는 모두 용, 봉황새, 구름 등의 도안들이 섬세하고 아름답게 새겨져있었다. 용은전 앞 층계에 비스듬히 펼쳐져있는 용, 봉황, 채색 석각은 비할 바 없는 예술 걸작이란다. 자세히 관찰해보니 다른 황제나 황후의 능전에 새겨진 용과 봉황새 그림은 모두 용이 위에서 날고 봉황새가 밑에서 따르는 것이었지만, 서태후능원 앞만은 어디나 봉황이 위에서 날고 용이 밑에서 따르는 그런 모습이었다. 중국의 전통적인 습관에 의하면 용은 황제를 대표하기에 응당 위에서 날아야 할 것이다. 서태후는 생전에 황태후의 보좌에 앉아 두 세대 황제를 제 손안에 넣고 쥐락펴락했던 여자였으니, 죽을 때에도 그 발발한 야심을 버릴 수 없었던 모양이다. 용은전과 그 양 전각 안의 벽, 천정, 기둥들은 모두 싯누런 금칠을 하여 화려하고 눈부셨다.

지면으로부터 서태후 지궁(地宮)으로 올라가는 돌문 사이는 경사가 비교적 심했다. 괴이하게도 층계가 없이 발끝을 겨우겨우 붙일 만한 정도의 틈들이 있을 뿐이었다. 약간만 정신을 딴 데 파는 날에는 허망 곤두박질할 판이다. 정말인지는 몰라도 옆 사람이 하는 말이 서태후가 자기의 지궁으로 들어갈 때 머리를 잔뜩 숙이고 올라오도록 하기 위해 그런 '지령'을 내렸다는 것이다. 그야말로 고약하기 짝이 없다.

말쑥한 한백옥 돌문 안에 들어가니 한여름인데도 서늘한 냉기가 안겨왔다. 다시 층계를 따라 한참이나 땅속으로 내려가니 강당같이 널따란 지하실이 나타났다. 이것이 지하궁전인데 천정이 아득히 올려다보였다. 궁전 한쪽에 큼직한 관 하나가 외롭게 누워있었다. 진붉은 관에서는 음산하고 차디찬 기운이 뿜어 나오는 것 같았다.

해설원은 서태후의 시체가 지금도 관 속에 보존되어있다고 하였다. 서태후가 죽어서 20여 년 후에 도적놈들이 보물을 빼앗아가려고 서태후의 관 뚜껑을 열었을 때, 서태후의 얼굴에 갑자기 노기가 충천하는 바람에 모두 놀라 뒤로 넘어졌다고 한다. 이건 정말 거짓말 같았다.

서태후 관 밑에는 신비로운 우물이 있다고 한다. 이 우물은 비가 와도 불어나지 않고 가물어도 줄지 않았단다. 생전에 서태후는 이 우물을 직접 와서 본 다음, 중얼중얼 염불을 하더니 18알로 된 진주 손목걸이를 우물 안에 떨구어 넣었다고 한다.

서태후 관은 향기가 그윽하고 무늬가 화려한 금사남목이란 나무로 만들었는데, 이 진귀한 나무는 중국 남방 운남, 귀주의 원시림 속에만 있다고 한다.

일생동안 부귀영화를 누린 서태후는 죽어서도 '천당'에 가서 향락을 누리기 위해, 진귀한 보물을 수태 지궁에 파묻었다 한다. 이를테면 비취참외, 비취배추, 비취메뚜기, 옥석준마, 홍보석대추, 황보석

살구 등 진귀한 보물들 같은 것이다. 이런 보물들을 1928년도에 반동군벌 손전영 등이 도적질해갔단다. 그 뒤로 일제 놈들과 국민당 군경특무, 지방 불법분자들이 지궁에 들어가 약탈해 가다 보니 지금은 아무 것도 없단다.

나라를 망가뜨리고 악한 짓이란 악한 짓을 다한 서태후를 증오했던 나는, 이번에 그녀의 지궁을 돌아본 다음 더욱 그런 감정이 짙어졌다. 지궁을 짓기 위해 청백석 바윗돌은 경서 방산현에서, 투명벽돌은 산동성 임청에서, 유리기와는 북경에서, 누런 벽돌은 강소, 절강에서 구워왔단다. 물론 다른 황제릉들도 마찬가지였다.

현대식 기계도 없고 철도시설도 없는 그 시기에 수십만 노동자들은 그 큰 나무나 돌, 벽돌 같은 것을 동릉 현지까지 운반해오기 위해 갖은 고생을 다했다. 사람과 가축의 힘으로 먼저 길을 닦은 다음 길가에 우물을 파고, 겨울엔 그 우물을 땅에 쳐서 얼음판을 만든 다음 운반했고, 여름엔 밀짚을 땅에 펴서 하루에 몇 리씩 운반했단다. 골짜기나 모래판을 만났을 때엔 하루에 몇 m도 전진하지 못했다고 한다.

자희태후 능원 안에 있는 용복비 무게는 20여 톤이 된단다. 126마리 노새가 73일간 끌어서야 예까지 왔단다. 이 비석 하나를 건설하는데 그때 돈으로 백은 2만 2천여 냥이 들었다고 한다.

자희태후는 함풍황제가 죽을 때엔 아직 '귀비'에 지나지 않았다. 동치황제를 낳은 것으로 하여 황태후가 되었다. 황태후가 된 후 그녀는 8년이란 긴 시간을 들여 자기 능원을 건축하였다. 그러나 14년이 지나도 죽지 않았다. 서태후는 자기의 '존귀'함을 과시하기 위해 재건축한다는 명의로 이미 다 완성된 용은전과 동서 양쪽의 전각들을 몽땅 허물고 다시 짓게 하였다. 건축공정은 그가 죽을 때까지 계속되었는데 금칠 한 가지 항목에만 황금이 4,590냥 들었다고 한다. 그러기에 서태후 능원의 공예수준과 호화로움은 청나라 흥성기 건륭황제 능원인 유릉도 한탄할 정도이다.

해설원은 눈물을 흘리며 말하였다.

청나라 동릉의 벽돌 한 장, 돌 하나, 나무 한 대, 풀 한 포기 마다엔 모두 인민의 피와 땀이 스며있다! 천천만만 근로자들의 탁월한 총명과 재능, 눈물겨운 희생이 청나라 동릉이란 이 진귀한 역사유물을 후세에 남겨놓았다.

남방으로부터 온 조각가 뇌발달(雷髮達) 자손 7대는 모두 이 동릉의 설계, 건축을 하며 한평생을 보냈다고 한다.

음산한 지궁에서 나와 지하궁전 돌문 옆에서 사진을 찍고 난 나는 곧바로 전시실로 갔다. 서태후의 엄청 큰 화상이 걸려있고 그녀의 소지품과 수의, 보물들이 진열되어 있었다. 원래 수의에는 천여 개의 구슬을 달았다는데, 도적놈들이 다 뜯어가고 지금은 구슬 몇 알이 대롱대롱 달려 있을 뿐이었다. 꽃수를 놓은 작은 헝겊신 위에도 구슬이 몇 알이 달려 있었다.

이때 수염이 하얀 두 노인이 들어오더니 서태후의 화상 앞에 꿇어 엎디어 절을 하였다. 화상 밑에는 1전짜리 2전짜리, 5전, 10전짜리 각전과 지전들이 지저분히 널려있었다. 이런 장면을 보고 나는 깜짝 놀랐다. 글쎄 남편의 시체가 식기도 전에 정변을 일으켜 여덟 대신 죽이고, 후에는 술법을 써서 자안태후를 독살하고, 자기의 외동아들, 며느리까지 핍박하여 죽인, 인간성이란 털끝만치도 없는 그런 요귀를 자기의 조상으로, 신으로 숭배하는 사람들이 있으니, 아, 인간이란! 이런 우매와 무지, 노예근성이 중국 땅을 수천 년간 노예사회, 봉건사회 속에 몰아넣었으리라. 그것이 서태후 같은 인간을 낳고 서태후는 또 그것을 디딤돌로 삼고 부귀를 누리고 행패를 부렸을 것이다!

창서산 밑으로 맑은 냇물이 능원 뒤 벽을 에돌며 굽이굽이 흘러내리고 있었다. 점심때가 거의 되어갈 때 우리 일행은 냇가의 푸른 잔디밭 위에다 여러 개의 풍막을 쳐놓고 그 안에 들어가 누워 휴식하였다. 학생들은 만주족 마을 공청단원들이 가져다준 솥을 돌 위에 걸어놓은 다음, 전국 20여 개 성, 시의 특산물들로 국을 끓이느라 법석이며 고아댔다. 그 국 안에는 조선족 아이들이 가지고 간 목이버섯과 말린 명태고기도 들어있었다. 수십 가지 고기, 버섯, 새우, 나물 등속을 넣고 끓인 것이어서 냄새부터가 아주 향기로웠다. 우수대대장 대표 임화와 홍일이는 내 국그릇에 자기들이 끓인 국을 푹푹 떠다 자꾸 담아주었지만 나는 넘길 수가 없었다. 흐르는 이 냇물이 그처럼 맑고 시원해도 창서산의 숱한 능원을 에돌아 그런지, 아니면 해설원에게서 이 일대 수십 리 땅속에는 이름 없는 수천 수만의 백골이 한 벌 쪽 깔려있다는 말을 들어서인지 어쩐지 비릿한 핏물 같이 느껴졌다. '핏물'로 끓인 국이 아무리 향기로운들 어찌 목구멍으로 넘어가겠는가! 뭐니 뭐니 해도 어린이들은 배불리 먹고 즐겁게 놀아댔다!

집합 호각소리가 울리기에 나는 건륭황제 유릉을 돌아보다 다보지 못하고 나왔다.

268년의 역사가 묻은 동릉을 돌아보고 돌아오는 차 안에서 착잡한 생각이 자꾸자꾸 머릿속에 갈마들어 나의 기분은 내내 개운치 못하였다.

아픔을 안고 사는 나무

북경을 해마다 다녀왔어도 여태 옹화궁(雍和宮)을 가보지 못한 것
이 한이 되어, 이번 북경 행차에서는 만사를 제쳐놓고 도착한 이튿
날 찾아갔었다.

옹화궁은 북경에서 제일 큰 라마절일 뿐 아니라 전국에서도 이름
이 높은 절이다. 강희 33년에 지은 거라니깐 300년 나이를 먹은 셈
이다. 그럼에도 절 안의 건물마다 풍채가 예나 다름없이 좋고 생김
생김이 기막히게 절묘하다. 늦가을 차가운 날씨인데도 갖가지 꽃들
은 여름 못지않게 화려하고 여러 관광객들로 자못 흥성거렸다.

옹화궁은 원래 옹정황제가 황제로 즉위하기 전에 거처했던 저택인
데, 그가 황제로 모셔진 다음부터는 행궁으로 되었었다. 아들 건륭황
제가 즉위한지 9년 만에 이 행궁을 라마절로 고쳤다고 한다.

정원 안에는 옹화문, 옹화궁전, 영우전, 법륜전, 만복각 등 건물
들이 뜨르르하여 볼만했고, 가는 곳마다 갖가지 불상들이 엄엄히 자
리를 틀고 앉아있는 것이 걸음을 멈추게 하였다. 웃고 있는 불상이

있는가 하면 쌀쌀한 모습을 지은 불상이 있고, 또 아무 근심걱정 없이 천하태평스러운 자태를 보이는 불상도 있었다. 불교에 대한 연구가 없는 나였지만 그 불상들의 모습이 어찌나 진실하게 살아있는 듯이 느껴지는지 경건한 마음이 들기까지 하였다. 붉은 박달나무를 조각하여 만들고 금, 은, 동, 철, 석 등 금속물로 피부를 만들고 옷을 지어 입힌 '500나한상'과, 들메나무를 오밀조밀 깎아 만든 '불감'과 18m 거인의 '대불상'이 그렇게 깊은 인상을 주었다.

이 세 가지는 옹화궁의 보배이기도 하였다.

청조 황제 중 제일 오래 통치 자리에 앉아 장수했던 건륭황제는 그 어느 황제보다 나라의 부흥을 도모한 공훈자이다. 그 당시 나라 변경의 광활한 땅에서 강성하여 점차 위험이 되려던 장족과 몽골족을 자기 주변에 데려오고, 나라의 안정을 도모하고자 수도 북경에다 으리으리한 라마절을 만들어놓았던 것이다. 종교를 매개로 그런 민족들과의 왕래를 촉진하여 우정을 두텁게 하였으니 그 역시 명철한 행동이 아닐 수 없다.

옹화궁 라마절이 흥성했던 시기엔 장족, 몽골족 승려들이 500여 명은 족히 되었다고 한다.

7세 달라이라마(達賴喇麻)는 티베트로부터 수많은 이름 있는 승려들을 옹화궁에 파견하였고, 1908년에는 13세 달라이라마가 북경에 와서 광서황제와 자희태후를 배알하고 옹화궁에 가서 성대한 종교의식을 가졌다고 한다. 1954년도엔 14세 달라이라마가 북경에 와서 제1차 전국인민대표대회에 참가했으며, 옹화궁에 들려 종교의식도 하고 설교도 하였다고 한다.

1780년도에 건륭황제의 요청을 받고 6세 판첸대사가 북경에 와서 황제를 배알하고 옹화궁 라마절에서 여러 가지 의식을 차렸고, 1925년에 9세 판첸대사도 북경에 와서 옹화궁에 머물렀다고 한다. 얼마 전에 세상 뜬 10세 판첸대사는 1951년에 중앙의 초청을 받고 북경에 와서 티베트를 평화적으로 해방할 중대한 문제를 중앙지도자들과 상의했다고 한다. 뒤이어 1954년도에 북경에 와서 제1차 전국인민대표대회에 참가했으며, 1981년 이후로는 북경에 머무르면서 옹화궁에서 불교의식도 하고 외국 불교 대표단도 접견하였는데, 지금 이 궁전 안에 판첸루가 따로 있어 유물을 가득 진열하고 있다. 그러니 옹화궁은 종교뿐 아니라 정치무대로도 사용됐던 곳이다.

알아보니 지금은 티베트족, 몽골족 승려들이 80여 명 된다고 하였다.

뭉게뭉게 피어오르는 자욱한 향불 연기 속에 풍기는 짙은 향내를 맡으며 빨갛게 익은 감나무 열매를 쳐다보니 자못 흥분되었다. 조용히 빗자루를 들고 떨어진 감나무 잎을 쓸고 있는 젊고 멋진 스님을 보고 함께 기념사진을 찍을 수 없겠는가고 청을 드렸더니, 스님은 빙그레 웃으면서 머리를 끄덕여 보였다. 스님은 빗자루를 놓고 조용히 나의 곁에 와 두 손을 합장하고 서는 것이었다.

검은 장삼에 허리띠를 두른 스님의 모습을 사진에서 볼 때마다, 저 젊은 스님들은 평생 양복 한 벌 못 입어 보겠구나 하는 섭섭한 생각이 들었으며, 줄지어 차례로 향을 피우고 무릎 꿇고 앉아 큰절하면서 무언가 행운을 빌고 용서를 빌고 하던 수많은 모습들이 상기된다.

그 어떤 문명이나 원자탄으로도 종교의 흡인력과 매력은 깨뜨려 버릴 수 없겠다는 생각이 들었다.

경건한 믿음도 없이 향을 피우고 절한다는 것이 외려 씁쓸하고 죄

되는 느낌이 들어, 나는 향불 한 대 피워 올리지 못하고 옹화궁을 떠났다.

법륜전을 나와서 북으로 몇 십 걸음 걸어 들어가니 아주 어마어마하게 높은 궁전이 있었다. 이 건물은 여기 라마절에서 제일 큰 건물인데 높이가 24m란다.

건물 안에 발을 들여놓다가 깜짝 놀랐다. 아득히 올려다 보이는 거인 불상이 엄엄한 눈길로 나를 내려다보는 것이었다. 이 불상이 미래불조상 미륵이라고 한다. 지면 위의 키가 18m이고 지하에 파묻힌 다리가 8m란다. 이 불상은 그 무슨 토막나무들이나 구리 같은 것으로 만든 것이 아니고, 하얀 향나무 한 그루를 가지고 조각한 것이란다.

아, 세상에 이렇게 크고 우람진 나무가 어디 있었을까?

스님들의 말에 의하면 이 나무는 서장에서부터 운반해왔다고 한다. 1748년부터 1750년 사이라니깐 지금부터 240여 년 전 일이다. 제 7세 달라이라마가 노예들에게 영을 내려 이 나무를 티베트로부터 북경으로 운반해오게 했다고 한다. 건륭황제에게 선물로 바친 것이란다.

티베트에서 고이고이 자라던 향나무가 북경성에 와서 불상으로 되기까지 옹근 3년이란 세월이 흘렀단다. 만 3년 세월, 날짜로 따지면 1095날이 되는 셈이다. 1095날 동안 이 나무는 하루도 편히 자보지 못했을 것이다. 도끼에 찍혀서 넘어진 것은 말할 것 없고, 높고 낮은 산들과 크고 작은 강들과 넓고 넓은 사막과 초원들을 어떻게 넘어왔을까? 수천 리도 아닌 만 리 길을 그때는 기차도 자동차도 없었던 시절인데, 그러니 수천 명 노예들이 피와 땀을 뿌리면서 끌고 밀고 당기고 했을 것이다. 겨울엔 땅에 물을 쳐서 얼린 다음 끌었을 것이고, 여름엔 가시덤불과 돌자갈에 온통 찢기면서 끌리었을 것이다. 북경까지 왔을 때는 제아무리 좀이 먹지 못하는 박달나무라 하더라도 만신창이 되었을 것이다. 그 아픔과 슬픔을 참고 견뎠을 나무의 인내에 깊고 깊은 감격에 젖어본다. 북경성에 도착한 다음에는 또 모여들어 깎고 끊고 찢고 하여서 이처럼 엄엄한 불상을 만들고, 또 낯과 몸에는 금칠을 해주었을 것이다.

다른 불상보다 어쩐지 이 미래불 미륵불상은 너무나 과묵해보이고 차가워 보인다. 역사의 아픔을 참는 인내일까? 고향을 그리는 슬픔일까? 인간의 사욕과 물욕과 권욕에 대한 반항일까?

나는 한 시간은 실히 다리 아픔도 잊고 멍청히 서서 우둔한 선조들의 끔직한 창조물을 감회 깊게 지켜보았다. 볼수록 그 어떤 말 못할, 형용 못 할 아픔이 가슴속에서 물결쳐 올라왔다.

지난해 신장회의 때 만났던 티베트족 기자 단정쟈가 가져왔던 사진 한 장이 떠오르고, 잊을 수 없는 이야기 한 구절이 새삼스레 상기된다.

그 사진은 큼직한 바위틈에 숨어 앉아 한창 체조를 하고 있는 학교 아이들을 내려다보는 어린 스님의 뒷모습을 찍은 것이다. 티베트에는 아들이 둘 이상 탄생하면 그 중 한 명을 절에 바치는 풍속이 있는데, 그의 어머니, 아버지도 둘째 아들을 어릴 때 절에 바쳤다는 것이다. 동생을 환속시키려 애쓰니 부모가 노발대발한다는 것이다.

오늘 머나먼 고향 — 티베트를 떠나 북경성에 와서 뿌리내리고 만 사람들의 구경을 받고 절을 받고 있는 이 미륵불상 앞에서 다시금 그 두 가지 일이 떠오르니, 왠지 나로서는 마음이 서글퍼지고 쓸쓸해져 자리를 뜨고 말았다.

이 미륵불상은 1990년 8월에 '기네스 세계기록대전'에 실렸으니 과히 영예라고 하겠다.

이제 그만 돌아가려고 나오다가 사람들이 흥성거리는데 끌려서 소불루(小佛樓)에 잠깐 들렀다. 이 집은 건륭황제의 어머니 효성태후의 개인불당이었다고 한다. 여기서 볼만한 것은 들메나무를 조각하여 만든 불감(佛龕)이다. 이 불감의 도안은 몽땅 구름과 용으로 되어있는데 용이 99마리라고 한다. 어째서 100마리를 안 조각하고 99마리를 조각하였는지 이상해도 물을 곳이 없었다.

정원 앞에 나와 츠렁츠렁 달린 감나무 밑 걸상에 앉아 잠깐 휴식하고 숙소에 돌아와 눈을 감고 누우니, 내 눈앞에는 늘 아픔을 안고 사는 그 나무 – 미래불 미륵불상이 자꾸 떠올랐다. 너무 키가 커서 먼저 불상을 세운 다음에 전각을 지었다는 신비로운 나무, 땅속에 8m 다리를 묻어놓고 서서 사는 18m 키다리 나무, 240여 년을 아픔을 참으며 살아온 나무… 당신은 앞으로도 몇 백 년, 몇 천 년을 인내하며 살아갈 것입니까!

작은 것들이 준 감동 - 한국 유람 이야기
'생각하는 정원'에서의 사색

제주도 유람을 다녀온 사람은 많고 많다. 제주도에는 신기하고 아름다운 볼거리가 많아 감동도 컸고 즐거움도 많았다. 돌아와서 곰곰히 추억을 더듬어보니, 그래도 나의 머리에 인상이 제일 깊게 남고 사색의 여운을 내내 달고 있었던 곳은 '생각하는 정원' 같았다. 3만 5천m²라는 이 정원은 자연과 인간이 조화를 이룬 예술품이라고 할 수 있는 10,000여 점의 정원수와 500여 점의 분재가 있고, 물소리, 새소리와 나무, 풀, 꽃, 인간이 함께 세상을 즐기는 예술의 향취가 물씬 풍기는 곳이었다.

이 정원을 거닐며 이처럼 아름다운 예술세계를 만든 사람이 한 농부이고, 이 정원은 바로 그의 반세기 동안의 피땀과 영감의 창조물이라는데 놀라움과 큰 감동이 갔다. 한 인간의 힘은 작디작다. 그러나 그 작은 힘이 반세기란 오랜 세월을 모으니 '큰 힘'이 되고, 기적을 창조한 것이다. 작은 한 사람의 꿈이 끈질긴 노력 끝에 현실로 변한 것이다. 세계 명인들이 남긴 수많은 글들 가운데서 캐나다 산

276

림가 존 레벨이라는 사람의 글이 인상 깊었다. "자연의 아름다움을 결합하고 그 새로운 모양 속에서 완벽한 대칭을 재현하였습니다. 진정한 예술가이십니다." 맞는 평가이다. 이 제주도 '우공'(愚公)은 돌투성이 황무지에 싹을 틔우고, 거센 비바람과 눈보라가 몰아치는 거친 땅에서 날마다 쉼 없이 돌을 주어내고, 흙을 등짐으로 메어다 풀을 심고 나무를 심고 산을 깎아 폭포를 만들고, 그렇게 굽힘없이 분투한 그의 의지력과 분투정신에 머리가 숙여진다.

지난날 나는 공원 안의 분재들을 보면서 인간이 잔혹하다는 생각을 한 적이 있었다. 나뿐 아니라 적잖은 사람들이 자의로 가로수나 공원나무들을 이리 꺾고 저리 꺾고 하여 자연의 순리대로 살지 못하게 변형시켰다고 비난하였다. 오늘 '생각하는 정원'의 500점의 신기하고 아름다운 분재를 감상하면서, 특히 작은 질그릇 안에서 한 자가량 자란 난쟁이 S자형 늙은 소나무를 보면서 참 묘하다는 느낌을 받았다. 그 늙고 굽은 뿌리와 줄기를 보면 한 백 년은 살았을 것 같다. 예술인들의 영감과 직감으로 오늘은 인간들에게 향수를 주는 살아있는 예술품으로 되었구나 하는 감동을 받았다. 이 많은 분재들을 보면서 이 작은 소나무나 꽃나무들이야말로, 세월과 더불어 오래도록 인간과 감정을 나누고 이야기를 나누며 사색을 안겨주는 신비로운 향취를 갖고 있음을 깨달았다. 지난날 가졌던 '잔혹'하다는 단어가 머릿속에서 지워져감이 이상스러웠다. 최석룡이라는 시인이 쓴 시 '생각하는 정원'을 다시 읽어보았다.

세월이 흐른 모양이
소나무 굽어지듯
아름답구나
밤은 달을 보듬고
낮은 해를 보듬어
연모하는 손길로
태어난 정원에서
천년을 바라보아도
그래도 좋으리.

　세계에서 아름다운 정원으로 평가받는 '생각하는 정원'에서 작은
것의 질긴 힘과 신비로운 생명력을 보고 아름답고 평화로운 마음의
선물을 받은 것이 참으로 고맙다.

인사동의 작은 것들

서울에 체류하는 기간 인사동 거리를 두 번 구경한 것이 인상 깊다. 거리의 골목마다 상가마다 크고 작은 골동품, 공예품들을 팔고 있었는데 온 거리가 아롱다롱했다. 가방으로부터 놀잇감에 이르기까지 큰 것보다 작은 것이 더 깜찍하고 재미있었다. 그래서 작은 것들에 줄곧 눈길이 돌려졌다. 큰 것을 줄여서 작게 만들자니 자연히 사람의 손길도 더 가고 정성도 더 쏟기 마련이다. 그래서인지 큰 거나 작은 거나 값은 엇비슷했다.

나는 집에 이런 저런 가방들이 여러 개 되는데도 그것들의 매력에 끌려, 가죽이 아니고 꽃 천으로 만든 가방 두 개를 골라 사가지고 왔다. 여러 가지 천을 베고 쪼개고 붙이고 맞추고 한 것이 볼수록 우아하고 품이 있어 보였다. 집에 돌아와 그 가방을 볼 때마다 감동이 오고 인사동 거리가 눈앞에 떠오른다.

인사동의 수공업품들에는 숙련된 기술뿐만 아니라 만드는 사람의 재능과 영혼이 배어있었다. '인고의 기술을 넘어 심령을 잡고 울리는 것, 그것들에서 예술의 경지를 볼 수 있다.' 수공업품 선물가게는 1층부터 4층까지였는데, 층계가 없는 올림길 양쪽에 깜찍한 상가들이 자리 잡고 있지 않으면 고운 화분들이 진열되어 있으며, 길바닥에는 갖가지 도안들이 그려져 있어 그것들을 구경하느라 조금도 힘든 줄 모르고 올랐다. 참 재미있는 선물가게였다.

1km도 안 되는 인사동거리에 장식품전람관, 목인전람관, 화랑문구점, 골동품점들이 꽉 들어찼다. 차가 통하지 못하는 이 인도로 매일 4~5만 명이 드나든다니 인사동은 진짜 열린 예술거리임이 틀림없었다. 예술이 숨 쉬는 거리, 사람들이 물결치는 거리 인사동은 한 번 보고 싫은 거리가 아니다. 다시 오고 싶은 매력적인 거리이다.

'두 대문 식당'이라는 한옥에서 점심을 먹었다. 운 좋게 창문 곁에 자리가 차려져 기분이 그렇게 좋을 수가 없었다. 납작납작한 돌로 정원 담장을 쌓아올린 것이 묘하고 재미있었다. 담장 안의 작은 공간에 연분홍 철쭉꽃이 모락모락 피어나고 우리 고장에서는 못 본 노랑꽃이 곱게 피어있었는데, 파란 풀들이 꽃들과 잘 어울려 기분이 도도했다. 참으로 음식도 맛있고 분위기도 만점이었다. 그러니 식당은 먹거리만 요란해도 안 된다는 생각이 들었다. 우리 고장의 많은 음식점들은 먹거리에만 신경을 쓰고 환경미화엔 무관심 한 것이 참 안타깝다. 이용할 공간들이 수두룩한데 말이다. '두 대문 식당'이라고 한 것이 이상해서 두루 살펴보니, 앞뒤로 모두 문이 있어 식객들이 들어오고 나가게 열려져있었다. 주인의 상상력에 감동되었다. 정문 벽 밑으로는 작은 도랑물이 도란도란 흐르고 물가에는 작은 풀꽃들이 피어있어 참 재미있는 식당이고, 어쩌면 예술식당이라 할 수도 있을 것 같다. 작은 땅위의 일목일초(一木一草)를 아끼고 사랑하는 작은 나라 사람들의 정신에 감동되었다.

　인사동은 역시 '작은 것'들의 거리지만 큰 예술 향기를 주어서 인기가 높고 매력적이다.

경주 고분군

경주시를 사면으로 둘러싼 그리 높지 않은 산들과 호수와 강 그리고 멀지 않은 산 앞에 펼쳐진 동해바다를 보면서, 신라가 어찌하여 삼국을 통일한 후에도 서울을 북으로 옮겨가지 않았을까 하는 의문이 풀린다.

정말 좋은 곳이다. 땅도 좋고 바다도 가깝고 산도 있어 살기 좋은 고장이다. 150여 개의 고분들과 함께 살고 있는 경주 시내를 둘러보면서, 2천 년의 시간과 공간을 뛰어넘어 가까운 일체감을 주는 것이 여기라는 느낌이 들었다. 경주는 고분으로 하여 역사의 무게를 느끼게 하고 뿌리를 느끼게 한다는 말이 맞다. 만일 이 고분들을 모조리 처리한다거나 옮긴다면 경주는 생명을 잃게 될 것이라는 생각이 들었다.

희귀한 일은 이곳 고분들은 원래 모두 왕릉이나 왕후, 대신들의 무덤이었을 텐데 상상외로 나지막하고 자그마했다. 그럴싸한 비석 하나 없다. 일률적으로 파란 잔디를 올려서인지 너무 소박하고 깨끗해서 무덤 같은 느낌이 없고 어쩌면 작은 언덕 같다고나 할까, 무덤 곁에 앉아 쉬어도 을씨년스러운 감이 없었다.

　놀라운 것은 무슨 협회인지 하는 간판을 단 한 한옥은 두둑한 고분 옆에 바싹 붙여지어져 있었다. 이웃처럼, 친구처럼. 무령왕릉이라는 작은 비석을 세운 고분 옆에 앉아 한참 쉬었다. 너무 늙어 허리가 비틀어진 소나무들을 보면서, 그들이 옛 신라의 '영혼'을 지키는 호위병들 같다는 생각이 들었다. 그리고 이 소나무들과 고분들이야말로 묵묵한 침묵으로 천년수도의 다사다난한 역사를 지키고 이야기 하고 전해주는 것 같았다.

경주 남산에서

　경주 시내에서 얼마 떨어지지 않은 곳에 산치고는 그리 높지 않은, 어쩌면 구릉 같기도 한 남산이 있다. 신라 천 년의 성지이고 궁궐들이 앉았던 곳이며, 많은 유적들이 널려있는 노천박물관이기도 하다. 너비가 4km, 길이가 8km, 해발 468m인 이 작은 산에 35개의 계곡이 있고 왕터 반월성 성터가 있으며, 몇 십 개의 절터와 불상, 석탑들이 여기서 발굴되었다고 한다. 중국의 황궁과는 비교도 안 되는 이 작은 땅이 천 년 신라의 심장이었다는 것이 참으로 신비롭다. 거창했던 원나라, 명나라, 청나라도 기껏해야 이삼백 년을 못 넘겼는데 이 작은 남산이 천 년 수도의 성터를 지키고 있음이 신기하지 않는가!

　세상에는 작은 것이 큰 것보다 더 질기다는 사실을 홀시할 수 없다. 아이들의 놀이터 같은 포석정 옆에 앉아 생각이 많았다. 임금의 별궁 터로 알려진 여기에 지금은 까맣게 늙어버린 나무들이 있는데, 해설원이 이 나무들을 그때의 것이라고 하니 믿기는 어려우나 그 굽어지고 까맣게 늙어버린 볼품없는 모양새를 보면 그럴 법도 하다는 생각이 들었다. 왕이 신하들과 같이 술잔을 물에 띄우고 시를 주고받으며 즐겼다는 곳이, 겨우 폭 35cm, 구불구불 뻗은 전체 길이 10m밖에 안 되는, 전복모양으로 파서 만든 도랑물이다. 요렇게 작은 도랑물가에서 그리고 늙은 나무 그늘 밑에서 즐기다니…. 927년, 경애왕이 바로 이곳에서 후백제 견훤에게 습격 받아 목숨을 끊고 천년 신라가 역사의 막을 내렸으니, 이 포석정을 작디작은 놀이터로만 지나쳐버릴 수가 없었다.

남산까지 와서 세상에 널리 이름난 선덕여왕의 발자취를 찾지 않을 수 없었다.

후대도 남기지 못하고 나라를 부강하게하기 위해, 남존여비사상으로 가득 찬 궁궐 내의 기세를 높은 지혜와 뛰어난 재간으로 눌렀다는 한국역사의 첫 여왕, 진평왕에게 아들이 없어 왕위를 계승받은 선덕여왕의 이름은 김덕만이란다. 신라에 재위한 세 여왕 중 오직 선덕여왕에 대해서만 수많은 이야기가 전해지는 걸 보면, 그녀의 지혜와 공덕이 이만저만 아니게 뛰어났음을 알 수 있다. 여왕의 제의 하에 첨성대(동양에서 현존하는 제1천문 관측대)를 만든 이야기, 600여 명 유학생을 당나라에 파견하여 선진문화를 받아들인 이야기, 분황사와 영묘사를 세워 불교문화를 발전시킨 이야기….

호기심에 끌려 첨성대를 찾아보고 분황사도 가보았다. 그리고 선덕여왕이 재위했던 반월성 아래 옛 성터, 지금은 폐허로 풀과 숲의 세계로 돼버린 성터와 안압지 호숫가에서 쉬면서 선덕여왕을 떠올렸다. 너무나 작고 허술한 첨성대를 보고는 조금 실망이 갔고 성터도 작아서 실망이 갔다. 기대가 크면 실망도 그만큼 큰 모양이다.

첨성대와 안압지를 보고 돌아오는 길에 황룡사에 들렸다.

4세대 왕을 거쳐 93년간 건설했고 그렇게 휘황찬란했다는 황룡사는, 고려 고종 23년에 몽골 칭기즈 칸 군대의 침입으로 모조리 불타 버리고 잿더미로 되었다는 것이다. 모조리 타버린 사찰 터에는 소나무 한 그루 남지 않았다. 풀밭으로 작은 나비 몇 마리가 날아다니는 외에 별로 새들의 울음소리도 들리지 않았다. 금당 터 기석 위에 걸터앉아 묵묵히 앞을 내다보노라니 생각이 복잡해졌다. 이 땅에 언젠가는 황룡사를 다시 복구하려고 저렇게 넓은 땅을 그대로 보존하는 경주사람들이 돋보였다. 작은 나라, 작은 땅에서 이처럼 엄청난 유적지를 보존하고 있는 것에 감동되었다. 무어나 건설하고 세우기는 어렵지만 무너뜨리기는 너무 쉽다는 생각이 들었다. 인생도 마찬가지이다. 오르고 또 오르기는 어려워도 넘어지기는 쉬운 것이다.

석굴암에 기어오르다

5월 17일은 '부처님 오신 날'이란다. 아직 며칠이 남았는데도 절이 나 정원, 거리마다 오색찬란한 연등으로 장식되어 그야말로 황홀경 이다. 어떤 절에는 몇 만 개의 연등이 줄줄이 걸려있었는데 솔솔 부 는 바람에 춤을 추는 모습이 굉장히 볼 만했다. 한국은 아마도 불교 가 많이 흥성하는 나라인 것 같다.

오늘은 버스를 타고 석굴암으로 갔다. 마지막 오르막길은 차들이 오르지 못하게 되어 걸어야 했다. 굉장히 크고 신비롭고 기묘하다는 해설에 힘을 얻어 걷고 걸었다. 참으로 가파르고 돌로 쌓아 요리조 리 뺀 험한 길이어서 늙은 다리를 끌고 오르기가 힘들었다.

기다시피 올랐다. 엄청나게 큰 사찰이 내 눈앞에 펼쳐질 줄 알았 는데, 실망이 갈 정도로 작고 작은 석굴이 덩그렇게 내 앞에 나타났 다. 작은 무지개형 석굴 안에 햇빛을 받아 맑고 밝은 부처님이 있었 는데, 가까이 가서 이리 보고 저리 보아도 꼭 마치 살아있는 사람 같았다.

이 부처님 보러 저렇게 많은 관광객들에다가 학생 대오까지 찾아오고 있었다. 숨을 돌리고 해설을 듣고 다시 자세히 관찰하니 이 석굴암에는 이야기 거리가 많았다.

신라의 다섯 명산들인 토함산, 기룡산, 지경산, 태백산, 팔공산 중에서 경주와 제일 가까이 위치해있는 토함산 마루에 자리 잡은 석굴암은 신라 경덕왕 10년(751년), 재상 김대성에 의해 지어졌다고 전해진다.

작아도 가장 높은 평가를 받고 있는 석굴암이다. 석굴암이 지어지고 천 년 후에 정시한이라는 사람이 이 석굴암에 와서 투숙하면서 쓴 일기에 이런 기록이 남아있다.

"석굴에 이르니 모두 인공으로 지은 것이다. 석문 밖 양편은 네댓 개의 큰 바위에 불상을 남김없이 조각하였고 그 기묘함은 하늘이 이룬 듯하다. 석문은 돌로 다듬어 무지개 모양을 했다. 그 안에 거대한 석불상이 있으니 살아있는 듯 엄연하다. 좌아석은 정제하고 기교하다. 굴 위의 개석과 돌들은 둥글고 똑바로 서있어 하나도 기울어지거나 잘못 어긋난 것이 없다. 나란히 앉아 있는 불상들은 마치 살아있는 듯 하고 기괴한 모습들은 그 이름을 알 수 없다. 이러한 기이한 모습은 보기 드문 것이다."

그러니 종교적 의미로 보나 예술적 가치로 보나 과학적 의미로 봐도 놀라운 창조물이라는 것이다. 더더구나 신기한 것은 석굴암의 구조이다. 동해바다에서 솟은 해의 빛줄기가 본존불의 볼에 혈색이 돌게 하고 그 반사된 빛이 사방의 여러 공간과 조각들을 비추게 되어, 불교의 도리로 말하면 진리의 빛이 천지만물을 밝히는 것이란다. 구구한 해설문의 도움을 받아서야 이 작은 석굴암의 귀중함을 깨치게 되었다. 참 미안한 일이다.

경주 천 년 역사에 남은 유적은 결국 불교문화로구나! 하는 생각이 들었다. 산마다 골짜기마다 여기저기 널려있는 불상들이 그것을 증명하고 있었다. 아담지고 자그마한 한옥식당에서 점심을 먹고 커피도 마셨으며 경주빵도 두어 통 사들고 떠나왔다.

'벼룩시장'이 좋더라

    일요일이다. 광화문광장이라고도 하고 세종광장이라고도 부르는, 꽤나 길고 넓은 광장에 아침 10시부터 오후 4시쯤까지 '벼룩시장'이 열렸다.

    광장 양쪽으로 여러 시대 역사를 기록한 대리석판 위로 맑은 '도랑물'이 잔잔히 흐르고 있어 참 재미있다. 그 물판 양쪽에 큰 우산들을 씌워놓은 것 같은 새파란 풍막들이 줄쳐 앉았다. 누가 '벼룩'이라는 이름을 생각해냈는지 참 잘 지은 것 같다. 그리고 누구의 창의하에 열려진 것인지 참 기발한 착상이고 훌륭한 행동들이다. 생활이 어려운 사람들에게 조그마한 돈이라도 벌 장사기회를 주는 면세시장이란다. '벼룩'처럼 작은 풍막들에는 자기들이 손수 만든 수공품들로부터 쓰지 않는 물건들을 내다 팔고 있었다. 없는 것이 없이 품종이 다양하고 모두 저렴하였다. 풍막마다 볼거리가 있고 자기 특색이 있었다. 광화문 쪽으로 줄쳐 앉은 풍막들에서는 자기들이 생산했거나 손수 만든 식품들을 팔고 있었다. 어떤 풍막에서는 간이부엌을 만들고 여러 가지 빵떡이나 튀김을 만들었는데 인기가 많았다. 온 광장은 유람 온 사람들이나 쇼핑 나온 사람들로 인산인해를 이루고 있었다. 구경도 하고 자기들한테 필요한 물건들도 헐값으로 구입하니 이 얼마나 좋은 일인가!

나는 일요일을 기다려 꼭꼭 나가보았다. 꼭 사야 할 물건이 있어 그런 것도 아닌데 자꾸 일요일이 기다려졌다. 한번 나가면 무슨 물건이고 어김없이 한두 가지 사들고 흥이 도도해 들어왔다. '벼룩시장'은 그처럼 나에게 매력이 있고 흡인력이 있었다. 오늘은 자투리 꽃 천으로 만든 가방들을 하나에 천 원(인민폐 5~6위안)씩 주고 세 개나 사고, 마음에 드는 꽃 적삼 하나를 7천 원 주고 사들고 좋아서 흥흥거리며 돌아 나오다, 광장 한쪽에서 책들을 벌려놓고 팔기에 가보니 서점보다 절반 값으로 할인해주고 있었다. 주저앉아 반나절 골라서 소설집 『선덕여왕』과 수필집 몇 권을 사들고 돌아왔다. 참으로 즐거웠다. 온종일 기분이 좋았다. 백성들이 좋아하고 백성들에게 유익한 이런 '벼룩시장'이 우리 연길 빈 공간에도 만들었으면 좋겠다. 나처럼 싸구려를 좋아하거나 또 생활이 넉넉하지 못한 사람들이 반가워할 것이다. 하긴 연길 아침시장이 이와 비슷하다고 한다. 비록 수입은 별로 안 되겠지만 생활에 보탬이 되겠으니 파는 사람도 좋고, 또 적은 돈으로 필요한 것을 사게 되니 사는 사람도 좋고, 이래서 자연히 환영을 받는 것이다.

서울 체류기간 나에게 재미와 즐거움을 준 '벼룩시장'이 지금도 가끔 머리에 떠오를 때면 저도 모르게 기분이 좋아진다. 작다고 업신여기지 말라, 작아도 큰 환영을 받는 '벼룩시장'이 참 좋더라.

조선 다섯 왕궁들을 돌아보고

경복궁과 경희궁

　'경희궁의 아침' 오피스텔에 숙식을 정하다 보니, 창문으로 내다 보면 호텔들의 지붕 너머로 북악산에 감도는 안개와 구름이 보이고, 한참 걸으면 경희궁 서울 역사박물관에 이른다.

　오늘 모처럼 박물관에 찾아갔더니 월요일은 휴관이란다. 그래서 경희궁 유적지를 돌아보았다. 경희궁은 조선시대 다섯 개 궁궐 중에 서 제일 참혹하게 파괴되고 훼손된 궁궐이어서, 전각 몇 개만 남아 있고 궁궐터는 찾을 수가 없었다. 나무와 풀과 꽃들만 무성해서 작 은 공원으로 쓰이고 있었다.

　인조로부터 철종에 이르기까지 10대의 왕들이 머물렀던 곳인데 세월은 그 흔적을 여지없이 지워버렸다. 동궐 창덕궁, 창경궁 못지 않게 서궐로 유명했는데, 왜놈들의 침입으로 궁궐은 헐렸거나 학교 로 변해버렸다. 곳곳에 서있는 비석들이 옛 흔적을 말해주고 자그마 한 금천교만이 역사를 지키고 있었다.

　며칠 후, 따뜻한 날에 김밥을 사가지고 우리는 경복궁으로 갔다.

10여 년 전 유람 길에 들러 총망히 볼 때보다 좀 더 커보였다. 북경 고궁에는 비할 바 못 되지만, 이 궁전은 1395년에 지은, 조선왕조의 첫 궁전이다. 고려를 멸하고 조선을 세운 이성계는 고려의 서울 개성에 그냥 있기 싫어 서울을 한양으로 옮겼다고 한다. 그도 그럴 것이 고려왕조의 장군이고 대신이었던 그가 나라를 뒤엎고 왕위를 빼앗았으니 그 여론이 싫었을 것이다.

하지만 한 개 왕조도 인간과 마찬가지로 늙으면 쇠잔하기 마련이다. 고려가 500살을 지탱했으니 정몽주와 같은 충신들이 "이 몸이 죽고 죽어 일백 번 고쳐 죽어 백골이 진토 되어 넋이라도 있고 없고 님 향한 일편단심이야 가실 줄이 있으랴" 하며 충성을 다해도 기울어지는 왕조의 담벽을 받쳐낼 수가 없었던 것이다.

경복궁은 원래 북악산 아래로부터 정문인 광화문 앞으로 넓은 육조거리(지금은 세종거리)까지 펼쳐진 규모가 상당히 큰 으리으리한 궁궐이었다고 한다. 하지만 1592년 임진왜란으로 불타고 파괴된 그 뒤로 270여 년 간이나 복구되지 못하고 폐허로 방치되었다. 1867년에 이르러서야 흥선대원군의 주장으로 중건되었다고 한다. 그때는 500여 동의 건축물들로 그래도 찬란한 궁궐이었는데, 재차 일제의 조선 침략으로 계획적인 파괴를 당했다고 한다. 전각 몇 개를 내놓고 90% 이상이 헐렸다고 하니 어찌 통분하지 않으랴!

사람이나 나라나 약하면 당하기 마련이다. 1990년부터 복원하여 오늘에 이르렀지만 많은 건물은 이미 도로로, 새 아파트들로 변해버려 복원할 수 없다고 한다.

통일시장에서 얼마 떨어진 큰 길 한쪽에서 '세종대왕이 탄생하신 곳'이라는 작은 돌 비석을 보고 많이 격동되었다. 세종이 태어날 때는 궁궐 안의 어느 후궁이었겠는데, 이렇게 수많은 인간들이 오가며 밟고 다니는 길로 돼버리다니, 마음이 안 좋았다.

이틀 후, 나는 아무래도 그곳을, 그 비문을 잊을 수가 없어서 다시 찾아가 보고 사진 한 장을 남겼다.

'새 왕조가 탄생하여 큰 복을 누려 번영할 것'이라는 의미로 개국 왕이 지은 경복궁이었지만, 역시 500년 역사의 기록을 남기고 유적으로 남았다. 500년을 역사의 장하(長河)에 비하면 한순간에 지나지 않는구나 하는 생각이 들었다.

경운궁(덕수궁)의 비운

꽃피는 봄날, 덕수궁에 가보았다. 경운궁이 어딘지 몰라 고민했는데, 덕수궁에 와보니 바로 여기가 경운궁이란다. 운 좋게도 왕궁수문장 교대의식이 대한문 앞마당에서 성대히 진행되었다. 규모는 작아도 처음 보는 의식이여서 마치 조선 말기로 돌아가 보는 듯한 느낌이 들었다.

노랑 두루마기에 노랑 모자를 쓴 취라대의 음악에 맞추어 붉은 옷에 붉은 모자를 쓰고 깃발을 추켜든 기수대도 멋졌다. 복판에 정방형으로 선 장대를 추켜든 대오는 교대군 대오인데, 노랑저고리에 남색의 소매 없는 웃옷을 입고 깃을 단 갓을 썼다. 앞에 선 수문장의 지휘 하에 궁궐 문 열쇠보관함을 인계하는 교대의식도 별스러웠고 엄고수의 북치는 솜씨도 멋스러웠다.

대한문을 통해 안으로 들어가니 중화전이 꽤나 멋스러웠다. 왕의 즉위식, 신하들의 하례, 외국사절의 접견 등 중요한 행사들을 치르던 곳이어서 정원도 넓고 고풍스러웠다. 후원에 들어가면 석어당(昔

御堂)이라는 낡은 전각이 있는데, 이 세 한자는 고종이 손수 쓴 편액이고 덕수궁에서 유일하게 단청을 하지 않은 유물이란다. 덕수궁이라는 이름은 궁궐 이름이 아니라 고종에게 붙인 궁호로서 왕위에서 밀려난 고종을 가리키는 칭호일 뿐이다. 이 궁궐의 이름은 경운궁이라야 맞는다. 하지만 역사의 비극으로 경운궁은 그렇게 이름조차 잃어버렸다. 경운궁은 1611년, 광해군이 창덕궁을 중건하고 임시로 거처를 옮기면서 붙인 이름이다. 200년간 비어 있다가 1897년 2월 20일, 고종은 왕세자를 데리고 러시아공사관에서 경운궁으로 환궁하였다. 그로부터 10년, 경운궁은 파란만장한 대한제국의 중심무대가 되었다. 1907년, 고종이 네덜란드 헤이그에서 열리는 만국평화회의에 이상설, 이위종, 이준을 특사로 파견한 '헤이그밀사사건'을 빌미로, 일제의 압력에 고종은 퇴위하고 아들 순종이 즉위하였다. 일제는 부자간을 갈라놓기 위해 고종은 이 경운궁에, 순종은 창덕궁에 있게 하고, 고종에게 '덕수'(德壽)라는 궁호를 붙여주었다. 그 후로부터 사람들은 경운궁을 덕수궁이라 부르게 되었다.

수풀이 우거진 호숫가에 놓인 나무걸상에 앉아 조선 500년의 막을 내린 비운의 역사를 구구히 생각하다, 후원에 들어가 고종이 거처하였다는 함녕전을 들여다보았다. 이 함녕전은 고종의 침전이었는데 정원 한쪽에 고종, 순종 등의 가족사진이 걸려있었다. 역사의 죄인으로 몰린 그들의 비운을 떠올리니 야릇한 감정이 솟구치며 머리가 아파졌다.

후원을 돌아 나와 캐나다대사관 앞에 서있는, 몇 백 년 아니 천살 먹었다는, 늙어 볼품없는 아름드리 홰나무 밑에 서서 한참 올려다보았다. 줄기와 뿌리는 늙어버렸는데 나뭇잎은 무성하게 달려있었다. 식물의 생명력이야말로 억세고 질기다는 것을 심심히 느꼈다. 이 나무는 덕수궁인지, 경운궁인지 하는 이 궁궐 옆에서 묵묵히 이 왕조의 말로의 비운을 지켜보았으리라.

결국 500년 역사도 한 페이지의 파지와 같다는 엉뚱한 생각이 들었다.

창덕궁과 창경궁

전번 유람 때 경복궁은 가보았지만 창덕궁, 창경궁은 가보지 못했었다. 그래서 유감이었다.

철쭉 꽃들이 만발한 5월초 어느 날, 창덕궁으로 떠났다. 맘속으로 그저 경복궁 같겠지, 아마 더 작을 거야, 그런 생각들을 하며 창덕궁을 찾았다. 뜻밖이었다. 정문 돈화문은 2층으로 장엄해보였으며 홍화문을 통해 들어가 보니, 여러 전각들도 조선식 특색이 짙어 볼 멋이 있었고, 크고 작은 건축물들은 산세를 따라 어울려 지어졌고 후궁도 넓었다. 창덕궁은 경복궁 못지않게 규모가 생각 외로 컸으며 창경궁까지 옆에 붙어있어 엄청나다고는 할 수 없지만, 내가 두루 돌아다닌 나라들의 어느 궁궐보다 못지않게 개성적이고 아담지고 아름다워 자랑스러웠다.

창덕궁은 1405년, 태종 때 건립된 왕궁이다. 임진왜란 때 한양의 궁궐들이 모두 불에 탄 이후에 경복궁은 그 터전이 불길하다는 이유로 재건하지 않고 1610년(광해2년)에 창덕궁이 재건되었다. 그 뒤 창덕궁은 경복궁이 재건될 때까지 270년이나 정궁으로 사용되었다. 그러니 조선왕조의 대표적인 궁궐이라고 할 수 있다. 태종 이방원이 경복궁에 머물러있지 않고 창덕궁을 지은 것은, 두 번에 걸친 왕자의 난으로 정적인 정도전과 이복형제들을 죽이고 왕위에 오른 그로서는 그때의 현장인 경복궁이 싫었기 때문일 것이다. 역사는 어떠했던 창덕궁은 인위적인 구조를 따르지 않고 주변 지형과 조화를 이루도록 자연스럽게 건축되어, 조선식 궁궐의 특징을 가장 잘 살렸다는 평가를 받으며 세계문화유산으로도 등록되었다.

창덕궁 건물도 대부분 수차 재건한 것들이었지만 오직 하나, 지금까지 불에 타 죽지도 총칼에 무너지지도 않고 용케 남아서 줄곧 창덕궁 역사를 지키고 있는 유물, 그것이 바로 금천교였다. 작은 다리지만 600살을 바라보는 나이에도 끄떡 없이 제자리를 지키고 있으니, 그 돌다리의 인고와 강인함에 경외심이 저절로 생겼다.

창경궁은 벽을 사이에 두고 창덕궁과 붙어있었는데 주로 왕후, 왕족들이 살았다고 한다. 그래서 그런지 건축물들이 자름자름하고 아담 졌다. 일제 때는 창경원으로 소문나 벚꽃이 만발하고 일본 놈들이 욱실거리고 동물들이 가득한 놀이터로 된 치욕의 역사도 짊어지고 있는 궁정이다. 지금은 그 흔적들을 지우고 새로 복원되어 제법 창덕궁 궁궐의 후궁 같은 아늑한 느낌을 주었다.

골짜기마다 언덕마다 철쭉꽃이 만개하고 수풀이 우거진 아름답고 시원한 후원 꽃밭에 앉아 기분 좋게 휴식하였다. 어쩌면 아름다운 자연공원을 연상시켰다. 유감이라면 조선 삼천리 강산은 어디로 가나 궁궐로부터 사찰에 이르기까지, 산골짜기로부터 평원에 이르기까지 이르는 곳마다 왜놈들의 침략에 짓밟힌 흔적들이 남아있다는 것이다.

세종대왕을 찾아서

　이번 한국행의 숙소에서 10여 분 걸으면 광화문광장에 이른다. 거의 날마다 이 광장에 장엄하게 세워진 세종대왕 조각상과 이순신 장군 조각상을 만나게 되어, 위인들을 추모하고 업적을 기리며 사색도 많이 하였다. 우리 조선민족이 이 세상에 영원히 자랑할 수 있는 위인이 세종대왕과 이순신 장군이 아닐까 하는 생각이 들었다.

　어느 날, 세종대왕 조각상 밑에 건설한 세종대왕 지하박물관에 들어가 참관하였다. 상상 외로 박물관은 규모가 컸고 설계도 기발하였다. 우리들이 들어가 걸상에 앉으니 한 벽을 차지한 영사막에 세종대왕 영화 단편이 상영되었다. 충무공 이순신 장군 영화까지 보고 해설 소책자를 가지고 돌아와 다시 읽어보았다. 어릴 때부터 배운 글이고 한글로 글을 쓰는 사람이어서 그런지, 나는 세계적으로 우수한 문자로 평가받는 한글을 아주 자랑스럽게 생각하며 한글을 창제한 세종대왕을 우러러본다. 사람들은 세종대왕 이름은 알고 있지만 세종대왕의 업적은 잘 모르고 있다.

세종대왕(1397~1450)은 조선의 제4대 임금이다. 조선이 세워진지 27년밖에 안 되는 때이다. 태종 이방원의 셋째아들인데 형님 양녕대군이 너무 방탕하고 주색에 빠져 태종의 눈에 나면서 폐위되고, 충령대군인 세종이 왕세자가 되어 왕위를 이어받았다. 그는 품성이 온화하여 형님, 동생을 따뜻이 대했다. 형님 양녕대군이 평양유람을 마치고 돌아올 때도 세종은 숭례문까지 나가서 환영하고, 경복궁에 잔치를 차려 형님을 위로했다고 한다. 그래서 궁궐 내의 형제간 상잔의 비극을 모면했다고 한다.

　세종대왕은 백성들을 위해 한글을 만들었을 뿐만 아니라, 측우기, 일성정시의(日星定時儀)를 완성하였다. 그리고 최윤덕 장군으로 하여금 북방여진족을 정벌하게 하였으며, 김종서 장군으로 하여금 함경도 6진을 개척하고 왜놈의 침입도 물리치게 하였다. 정치, 경제, 사회, 문화 등 모든 면에서 역사상 빛나는 업적을 쌓았다. 천재적인 예술가 박연과 합작하여 아악을 발전시키고 악기 10종을 발명하였다. 박연은 25년이나 세종에게 봉사하고 81세에 세상을 떠났다. 세종대왕은 집현전을 설치하여 30명 학자를 등용하여 여러 영역의 학문을 연구하고 저술, 출판하게 하였다.

　그중 학자 장영실은 7년간 각고하여 다섯 가지 신기한 기계를 만들었는데, '옥루기륜'(물시계)이라는 기상측정기를 만들었으며, 세종은 경복궁 서쪽에 흠경각이라는 천문기상대를 세웠다. 측우기 발명(1442년)은 유럽보다도 앞섰다(유럽은 1639년에 발명).

　세종의 창안으로 학자 이천은 활자와 인쇄기계를 만들었다. 고려 때부터 활자 인쇄를 하긴 했지만 그것을 더 발전시켰던 것이다. 이천은 또 화포를 발명하여 군사상으로 큰 힘을 남기고 76세로 세상을 떠났다. 세종대왕은 학자들에게 명하여 『고려사』 37권(정인지 등), 『농사직설』, 『효행록』, 『삼강실행도』, 『치평요람』, 『오례의주』 그리고 『용비어천가』 등 책들을 편찬하게 하였다. 『용비어천가』는 세종 27년에 출판되었는데, 4대조인 목조에서 시작하여 익조, 도조, 환조, 태조, 태종의 등극과 한양에 도읍을 건설할 때까지의 사적을 찬양한 노래들을 엮은 것이다. 특히 『월인천강지곡』은 세종대왕이 석가의 공덕을 찬송하여 지은 노래를 묶은 책이다.

뭐니 뭐니 해도 세종대왕이라 하면 훈민정음을 떠올리게 되니 그의 수많은 공적 가운데서도 한글 창제가 으뜸인 것 같다. 어렵고 불편한 한자를 빌려 쓰던 백성들을 위해서 세종대왕은 쉬운 자기 문자를 만들려고 노력하였다. 궁중에 정음국을 새로 설치하고 정인지, 신숙주, 성삼문, 박팽년, 최항, 이개, 박문수, 이선호 등에게 한글을 만들라고 지시하였다. 사실은 아니고 떠도는 말에 의하면, 어느 날, 세종대왕은 창문 문살을 내다보다가 문득 'ㄱ' 'ㄴ' 'ㄷ' 글자 모양이 떠올랐고 문고리는 'ㅇ'으로 보였다고 한다. 이것을 계기로 심사숙고한 끝에 마침내 한글을 만들어내었다고 한다. 훈민정음을 역사적으로 반포한 날은 세종 28년 9월 3일(양력으로 1446년 10월 9일)이었다.

재위 30년간 백성들을 위해 수많은 공적을 세운 세종대왕은 1450년 1월에 54세를 일기로 병사하였다. 세종이 세상을 떠난 후 단종을 죽이고 왕위를 쟁탈한 수양대군(세종의 둘째 아들, 세조)은 한글을 탄압하였다. 수양대군의 탄압과 임진왜란의 화재로 훈민정음의 원본은 소실되어 다시 찾을 수 없게 되었다. 지금 유엔에서는 백성들에게 글을 널리 보급한 공적을 기리여 주는 상을 '세종상'이라 명명하고 있으니 이 얼마나 자랑스러운 일인가!

세종박물관에서 영화도 보고 문물도 관람하고 사진도 찍고 돌아
온 후, 관람실 머리에 세워진 목판인지 석판인지에다가 새겨놓은 시
한 수를 읽은 것이 인상 깊어 그것을 베끼려고 이튿날 다시 찾아갔
다. 너무 감동되어 이 글에 옮긴다.

아, 세종
저 푸른 하늘의 넋으로 쓴다
아침 북악
저녁 남산으로 쓴다
내 조국의 자음과 모음으로
내 목숨을 쓴다

여기 살리라
여기 살리라

저 해와 달 아래
오늘을 쓴다

비가 온다 눈이 온다
여기 살리라

그 누가 잊어버리겠느냐
내 자음인 내 모음인 이름
그 이름
내 뜨거운 오장육부로 쓴다

아, 세종
그 불멸의 이름으로
내일을 쓴다.

- 고은

세종은 죽었지만 그의 이름은 영원하다.

제3장

잊을 수 없는 '별'들을 찾아

실망은 죽음이다

중국 역사에 이름난 증국번(曾國藩)은 학문을 닦음에 있어서 깨우침에 만족하지 말고 지둔(遲鈍)한 부분, 즉 어려워 막히는 그런 부분에 깊은 사색을 해야 한다고 했다. 증국번은 학문이 깊기로, IQ가 높기로 중국역사에 이름난 지성인인데, 이런 말을 한 것으로 보아 아마 그도 학문을 닦음에 그런 '지둔'한 부분을 파고들며 사색하고 사고하고 연구하여 마침내는 깨달음에 이르고 성공했을 것이라는 생각이 든다.

몇 년 전, 중국 화학공업부 10대 공훈자 중의 한 사람으로 이름난 북경화공대학 학술위원회 주임이며, 박사지도교수인 세계 제4통계 역학 이론을 발명한 조선족 김일광 교수를 취재하고 크게 감동된 바 있다. 문화대혁명 때 '조선특무', '일본특무', '반동학술권위'로 수용소에 갇혀있을 때 모든 자유를 잃고 살았다. 그때 그는 속으로 '과학자에게 실망은 죽음이다'를 수백 번 외치며 자신을 단속하고 안위하였다. 한 가지 자유라면 모 주석 어록과 모 주석 저작을 학습할 수 있는 것이었다. 이 한 가지 자유가 이 과학자를 살리고 그로 하여금 위대한 '제4통계역학 이론'을 낳게 하였다.

김일광 교수는 책을 읽을 때 증국번처럼 '지둔'한 부분, 어려워 막히는 그런 부분을 파고들면서 사색하고 연구하는 습관이 있었다. 그는 검토서를 쓰고 투쟁 비판을 받는 시간 외에는 모 주석 저작을 읽고 또 읽으며 사색하였다. 아마 '모순론'은 수백 번 읽은 것 같다고 했다. 정전이 된 날 밤에는 가로등 밑에서 모기에게 뜯기면서 모순론을 연구하였다. 그가 하도 진지하게 읽으니 감시자들은 그가 아무래도 머리가 돈 모양이라고 내버려두었다. 김일광은 문득 이런 생각을 하였다. '모주석의 대립통일에 관한 이론이 모든 사물의 보편진리라고 한다면 자연과학에도 맞을 것이 아닌가?' 10억도 넘는 중국 사람들이 날마다 학습해도 생각하지 못한 문제를, 자칫하면 큰 일이 날 아슬아슬한 문제를 김일광이 '바보'같이 제기하였다. 번개같이 떠오른 영감이다. 김일광은 이 '지둔'처에 사색의 뿌리를 내려 고심참담한 연구를 거듭한 결과, 마침내 1978년에 '모순론'을 수학방정식으로 풀이한 '군자이론연구'에 성공하였다. 그가 밤마다 남몰래 계산한 종잇장이 몇 마대는 되었다고 한다.

그는 자기를 지도했던 당오경 원사(院士)가 그에게 써주고 거듭 강조했던, '꾸준히 견지하면 기필코 성과를 거둔다'(持之以恒, 必得碩果)는 여덟 글자를 일생동안 가슴속에 명기하고 꾸준히 분투한 결과라고 했다. 그리고 몇 만 톤이나 되는 우라늄을 4년 동안이나 제련하여 1/10그램의 순수한 라듐을 얻어 노벨상을 받은 퀴리 부인을 우상으로 모셨기 때문이라고 한다. 증국번처럼 '지둔'처에 못을 박고 거듭 사색하고 계산하고 또 사색하고 계산하면서 영감을 얻고, 가능성을 내다

보면서 끈질기게 노력한 결과란다.

그때 그는 나보고 웃으며 문화대혁명이 없었더라면, 내가 언제 시간이 있어서 '모순론'을 그렇게 몇 십 번, 몇 백 번 보고 또 보면서 사색할 수 있었겠습니까? 하고 말했다. 그러니 나쁜 일이 때로는 좋은 일로 된다는 뜻일 거다. 그 같은 하나 또 하나의 바보 같은 천재들 앞에서 수없이 감동되고 힘을 얻어 나도 바보처럼 바보 같은 사람들을 찾아 헤매고 다녔다, 수만 리를.

"선생님은 그때 무서운 감시 속에서 몇 년을 비판투쟁을 받으며 어떻게 실망이나 원망을 하지 않고 모주석의 모순론을 연구할 수 있었습니까?"

"원망도 했지요. 전 모 주석 어른의 초상을 보면서 이분이 가난한 우리 조선족 농민자식들을 돈을 대주면서 대학공부까지 시켰는데 이렇게 죽여 버릴 수가 있을까? 아니, 아니다. 그런 생각을 하면 앞이 조금 내다 보입디다. '과학자의 생명은 연구다. 실망은 적이다.' 그렇게 속으로 외치면 잡생각을 버리고 연구에 몰두할 수 있었지요."

지당한 말씀이다.

김일광 교수의 취재를 마치고 여관에 돌아온 날 밤, 나는 잠을 이루지 못하고 뒤척이다 취재수첩에 이런 글을 써놓았다. 제 딴엔 명언처럼.

'그는 천재이다. 노력 분투하는 사람이 모두 천재로 되는 것은 아니다. 하지만 천재는 오직 노력 분투하는 바보 같은 사람들 속에서 만날 수 있다. 자연과학자뿐 아니라 사회과학자도, 작가도, 예술가도 마찬가지이다.'

고독이 성공을 낳는다

어느 날 서점에 갔는데 미국 화가이며 작가인 유용이 쓴 책『열린 인생을 맞이하자』(迎向開闊的人生)가 나의 흥미를 끌었다. 늙어도 마냥 확 열린 인생을 맞이하고 싶은 심정이다. 재미있게 읽어가다가 고독에 대한 글에 눈길이 멎었다. 오래전부터 관심사였던 고독과 성공에 대한 글이라 자연히 읽고 난 뒤 머리에 많이 남았다.

어느 한번 북대황(흑룡강성 변경)에 쫓겨가 막노동을 죽도록 하고 돌아온 한 작가가 있었다.

"많이 고생하고 또 고독에 시달렸겠지? 아까운 시간을 잃어버리고." 유용의 말이다. 그 작가의 대답은 아니었다.

"그때를 공백의 7년으로 봐선 안 되지, 나는 아주 충실하게 살았거든, 수많은 일들을 생각하면서, 이전에 생각할 시간이 없어서 생각 못했던 일들을 생각하고. 북대황이란 어떤 곳인가? 자기의 그림자밖에 아무도 옆에 없지. 그런 무서운 고독이 나더러 생존을 생각하게 하고 생명을 생각하고… 나는 이 세상에 생명보다 더 귀중하고 강렬한 것이 없다는 것을 깨달았네." 그래서 이 작가는 7년이란 무서운 고독 속에서 생명의 귀중함을 깨닫고, 그 뒤 더 훌륭한 글들을 써낼 수 있었단다.

어느 날, 텔레비전을 보다가 세계 3대 테너 가수 중의 한 사람인 호세 카레라스가 갑자기 폐암에 걸려 14개월간 병원에서 치료받다가, 기적적으로 무대에 다시 올랐다는 장면을 보고 깊이 감동된 바가 있다. 그도 북대황에 살았던 작가와 똑같은 말을 하였다.

"고독, 고독은 나로 하여금 처음으로 자신을 돌이켜보고 과거를 회상하고 앞날을 생각하고 생명의 귀중함을 깨닫게 하였다."

이런 깨달음은 그로 하여금 생명을 더 빛낼 수 있게 하였다.

지난날 내가 찾아다니며 취재했던 과학자들을 떠올리게 되었다. 중국 원심기 전문가 김록송은 유럽 분자생물화학 연구센터의 초청을 받고 독일 하이델베르크에 갔을 때이다. 외국의 일부 원심기 전문가들은 그에게 원심기 연구는 이제 종지부를 찍을 때가 되어 새로운 발견을 할 수 없으므로 연구항목을 바꾸라고 하였다. 맹목적인 숭배와 순종은 과학자에게 있어서 자살과 다름없다고 생각하며 그는 스스로 고독을 찾아 들어갔다. 연구실에다 먹을 것을 장만해놓고 잠자리를 만들어놓았다. 그리고는 매일 연구실 안에 들어박혀 실험 연구를 하였다. 실험을 하다가 배고프면 빵으로 대충 요기를 했고, 깊은 밤 졸음이 오면 책상 옆에 마련한 자리에 누워 잠깐 눈을 붙였다가는 또다시 일어나 연구를 계속하였다. 석 달이란 시간이 흘렀다. 그것은 실로 불면불휴의 나날이었다. 마침내 1982년 1월 30일 새벽 2시 30분에 '자체흡입 연속유동 원심 원리'라는 원심기의 새로운 이론이 드디어 세상에 태어났다. 뒤이어 그에 따르는 견본도 만들어졌다. 그 하나뿐이 아니다. 우리 조선족 1세대 과학자들은 그 억울한 환경 속에서도 고독과 싸우며 실망하지 않고 마침내는 성공하였다.

나는 나 나름대로 고독을 생각해보았다. 고독은 무아경을 만들고 한 사람을 외계와의 동떨어진 공간에서 한 가지 일에 전심하게 만든다. 고독을 이기지 못하는 사람은 죽거나 실패하고, 고독을 얻기 어려운 기회로 삼고 각고한 분투를 한 사람들은 성공할 수 있었다는 도리를 배우고 깨달았다. 고독이 기적을 낳을 수도 있다. 작가의 작품도 어떤 의미에서는 고독과의 싸움의 열매라고 생각한다.

나도 할 수 있다!

　'나도 할 수 있다!'고 장담한 과학자가 있다. 큰 소리 친 것일까? 겸손하지 못한 허풍으로 볼 것인가가 아니다. 내가 취재한 1세대 과학자들은 모두 어릴 때부터 "남들이 해낸 일을 나도 해낼 수 있다, 남들이 못한 일도 나는 해낼 수 있다."고 장담했다. 그래서 다른 애들의 놀림을 받기도 했었다.

　늘 자신은 남보다 못하고 자기 해놓은 일은 보잘 것 없다고 하면서 자신을 얕보는 사람은 큰일을 해내기 어렵다. 남이 하는 일을 나도 할 수 있고 남이 못한 일도 나는 꼭 해내야 한다. 이런 용기야말로 감히 도전하고 모험하고 창조를 하고 발명을 할 수 있는 것이다.

　옛날, 싸움에서 진 조나라는 할 수 없이 재상 평원군이 초나라로 원군을 청하러 떠나지 않으면 안 되었다. 평원군은 수행할 식객 20명을 선발하는데 열아홉 명까지는 뽑았으나 나머지 한 명을 아무래도 고를 수 없었다. 그때 '모수'(毛遂)라는 사람이 자진해 나섰다. 평원군은 그를 보고 시답잖게 여기며 "유능한 인재는 송곳과 같은 것이오,

설령 자루 속에 있다 해도 그 뾰족한 끝은 금세 나타나는 것이 아니겠소, 그런데 귀공은 나에게 온 지 3년이 된다고 하는데 나는 귀공의 이름도 들어보지 못했소, 그러니 물러가시오."라고 거절했다.

그러나 모수는 물러서지 않았다.

"그 자룬가 뭔가 하는 것에 지금부터 저를 넣어주시오. 만일 그전부터 자루에 들어가 있었더라면 송곳 끝뿐만 아니라 몸뚱이까지 다 빠져나왔을 것입니다."

이 같은 멋진 반격솜씨는 평원군의 마음을 흔들어 20명 속에 끼게 되었고, 그 뒤 초나라 왕과의 회견석상에서 평원군을 보좌하고 멋지게 활약하여 무사히 담판을 성공으로 이끌었다고 한다. 그의 용기와 자신감은 지금까지도 귀감으로 전해져 내려오고 있다.

저명한 음악가 레너드 번스타인은 젊은 음악가들에게 이런 말을 하였다.

"위대한 연주가가 되자면 힘들게 연습하는 것도 중요하지만, 더욱 중요한 것은 네가 무대에 올라 수많은 관중들로부터 오는 압박에서 모든 공포와 우려를 단번에 떨쳐버리는 것이다. 그래야 내심으로부터 일종 특수한 힘이, 일종 못해낼 일이 없다는 용기가 생긴다. 그 힘이 너로 하여금 대연주가로 만든다."

바로 그 힘이 성공에로 이끄는 자신감이다. 늘 우려하고 주저하는 사람은 총명해도 성공하기 어렵다는 것이다.

중국 어뢰연구 분야에서 유일한 국가급 과학기술진보 1등상 수상자로, 중국 ××형 어뢰총설계사로 국가어뢰 발전에서 중요한 문제를 해결하고 세계 선진수준으로 접근시키는 데 크게 기여한 조선족 1세대 과학자 유영철이 그러했다.

어느 한번 친구에게 "빛나는 우리 민족을 위해 기개를 떨치자"는 열정적인 내용의 편지를 띄운 것이 빌미가 되어, 문화대혁명 때 '특무'(스파이)로 몰려 수쇄, 족쇄를 차고 옥고를 치렀다. 3년 한 달 만인 1971년도에야 겨우 석방되어 다시 어뢰연구실에 돌아갔지만 조직에서는 그를 중용하지 않았고, 그 자신도 정신적 육체적으로 받은 엄한 상처에서 회복되지 못하고 있는 때였다. 하지만 그는 결코 실망하지는 않았다.

어느 날, 어뢰실험을 할 때였다. 만들어낸 어뢰가 발사하면 가라앉고 발사하면 가라앉고 했다. 그래서 주위 분위기가 긴장돼지고 지도자들과 기술책임자들은 안절부절못하였다. 이때 깊은 생각에 잠겨있던 유영철이 별안간 자리를 차고 일어났다.

"저에게 시간을 좀 주십시오, 제가 원인을 꼭 찾아내고 방법을 대보겠습니다."

유영철은 자신에 가득차서 떳떳이 총책임자에게 말하였다. 그의 이 같은 용기가 총책임자를 감동시켰다.

"그렇게 하오, 자신을 가지고 연구해보오, 기다리겠소."

총책임자는 유영철의 등을 밀어주기까지 하였다. 그때 그 어려운 처지에서 어떻게 그런 용기가 나왔는지 자기도 모르겠다고 하였다. 평소에 꾸준히 탐구를 하고 깊은 사색을 해왔던 그였기에 그 시각에 그런 용기가 솟구쳤을 것이다. 그는 즉시 숙소에 돌아가 불면불휴의 나날을 보내며 어뢰초기탄도 계산과 분석에 몰두하였다.

마침내 기적이 나타났다. 그가 계산한 수치에 따라 어뢰를 다시 설계 제작하였더니, 발사실험을 하자마자 쏜살같이 목표물을 향해 날아갔다. 명중이었다. 이 성공이 기회가 되어 한쪽에 밀려나있던 그는 하나 또 하나의 중임을 맡게 되었고, 고급기술자, 총설계사로 승진되었으며 여러 가지 유형의 어뢰설계에 성공하고 잇달아 숱한 영예가 그의 앞에 차려졌다.

성공한 우리 민족 1세대 과학자들을 취재하면서 그들의 성공에는 물론 총명과 분투와 인내 등 수많은 요소들이 조합되어 있지만, 제일 중요한 것은 남다른 용기와 자신감이 아니었겠는가 하는 생각이 들었다. 재질은 있는데 용기가 없으면 그 재질은 볕을 보지 못하고 썩을 수 있다. 하긴 재질이 없는 용기는 허풍에 지나지 않는다. 출중한 재질에다 뛰어난 용기, 자신감을 겸비한 사람에게는 성공의 문이 앞으로 다가오는 법이다.

남과 다른 길을 선택하라

송나라의 저명한 여류시인 이청조(李淸照)의 아버지 이격비(李格非)가 "먹은 칼이 아니다"(墨不是刀)란 제목으로 쓴 글이 너무 인상 깊어 베껴두고 여러 번 읽으며 사색하였다.

"사람들은 모두 이정규(李廷珪)의 먹이 한 자루에 황금 얼마라느니, 어떻게 어떻게 대단한 물건이라고 하는데 나는 그렇게 보지 않는다. 어떤 사람들은 그 먹의 테두리 질이 섬세하고 견고해서 물건을 벨 수도 있다고 한다. 그러나 물건을 베려면 칼을 쓸 것이지 하필 먹을 쓸 건 무언가? 또 어떤 사람들은 그 먹이 물속에 떨어져 며칠 후에 건져내도 썩지 않고 풀어지지 않는다고 한다. 하필 먹을 물에 담가 놓을 건 무언가? 또 어떤 사람들은 보통 먹은 20년이 못 되어 변질하는데 이 씨의 먹은 100년을 둬도 변하지 않는다고 한다. 나는 이건 아무 것도 아니라고 본다. 먹은 2~3년 쓰면 되지 하필 100년씩이나 둘 건 무언가? 또 어떤 사람은 그의 먹은 특별히 검다고 한다. 나는 웃으며 말했다. 천하에 본래부터 흰 먹이란 없는 법이다. 내가 그 이 씨의 먹과 보통 먹을 가져다 뒤섞어놓고 칭찬하던 그 사람더러 분별해내라고 하니 가려내지 못했다."

이는 무조건 권위라면 숭배하는 전통적인 관념과 행위에 대한 대담한 부정이다. 송대에 진작 이런 사람이 나왔는데, 오늘에 와서도 '100년 썩지 않는 먹'을 찬양하는 인간들이 너무 많은 것이 유감이 아닐 수 없다. 텔레비전 화면을 보면 어느 시대 어느 황제가 쓰고 먹었다는 보약이요, 궁중 비책이요, 하는 광고가 쏟아져 나온다. 그리고 몇 천 년 전 성인들의 말이라 그냥 넘길 수 없는 '대지혜'란다. 볼수록 들을수록 의문이 생긴다. 2천여 년의 세월이 그래 헛되이 흘러버렸단 말인가? 몇 백 년, 몇 천 년 전의 궁정에서 먹었다는 약을 현대의학이 못 뛰어넘는단 말인가? 우리는 무엇 때문에 '옛 것'만 숭배하고 오늘을, 자기를 믿지 않는단 말인가?

과학자들의 성공비결이 바로 '옛 것', '남의 것' 심지어 '자기 것'도 과감히 의심하고 부정하고 '0'에서부터 새롭게 시작한 데 있다. 과거는 과거다. 옛 것은 옛 것이다, 물론 우리는 옛 것에서, 성인들의 성과에서 좋은 것을 섭취해야 한다. 하지만 우리는 위인들, 성인들의 어깨 위에 대담히 올라서서, 더 높이 더 멀리 내다보면서 새 것을 창조 발명하여야 한다. 이런 관념은 과학자들에게서 배웠다.

중국에서 제일 먼저 '주형 응고 수치 모의 기술'을 개발한 김준택 교수는 1987년부터 시작하여 300여 차례나 실험 실패를 거듭하고, 마침내 '전자기 주조법' 시험에 성공하였다. 이는 중국 오천 년 주형 역사에 대한 도전이었다. 전자기 주조는 전자기 감응원리를 이용하여 주형이 없이 연속 주조해내는 기술을 말한다. 즉 전자기 마당의 힘의 약속 하에 부동한 형태의 액체기둥이 형성되었다가 냉각에 의해 완성품으로 되는데, 주형과의 접촉이 없기에 표면이 거울처럼 반들거리고, 강한 자기마당의 작용 하에 응고되기에 내부조직이 치밀하고 강도와 가소성이 대폭 높아진다.

김준택은 젊어서부터 남들이 다니지 않거나 다니기 싫어하는 그런 오불꼬불한 '길'로 다니길 좋아했고, 또 스스로 그런 길을 선택했다. 대학 기계학부에 입학하여 전업을 선택할 때 남들은 모두 주조를 더럽고 힘들다고 밀어놓는데, 그만은 낙후한 속에 연구할 학문이 있다고 인식하고, 지원서의 세 개 난에다 몽땅 '주조, 주조, 주조'라고 써넣어 모든 교원들을 놀라게 하였다. 대학졸업 후, 그가 배치받은 대련이공대학 주조 강좌에는 40여 명 교원이 있었다. 주조합금, 주조설비, 주조공예 등 세 가지 분야로 나누어져 있었는데, 힘든 주조공예실에 가려는 교원이 없었다. 김준택은 원래 모두 가려고 하는 주조합금 교무실에 배치받았는데, 자진하여 주조공예로 가겠다고 하여 또 한 번 사람들을 놀라게 하였다.

남들과 다른 그의 이런 기이한 선택이 그의 성공에 하나의 기회와 조건을 마련해주었다고 한다.

"길은 닦으면 평탄해진다. 하지만 오불꼬불한 닦지 않은 길만이 천재의 길이다."라고 말한 윌리엄 브레르의 명언을 김준택은 자신의 실천으로 진리라는 것을 증명하였다. 그래서 아인슈타인의 어머니는 자기 아들더러 남들과 다른 사람으로 되라고 했는지 모르겠다.

우리는 어릴 때부터 이런저런 경쟁 속에서 살아가고 있다. 하지만 남들이 선택하지 않는 길, 싫어하는 길을 걸으면서 남들과의 경쟁보다 자기 자신과의 경쟁을 선호하는 것이 바람직하다고 생각한다.

잊을 수 없는 한 장의 사진

우리 민족(조선족)의 저명한 육종 전문가 김윤식 교수를 취재하고 돌아올 때, 나는 문 어귀에 서있는 교수에게 허리 굽혀 작별인사를 하였다. 다시는 만날 수 없을 것 같은 예감이 들면서 눈시울이 뜨거워졌다.

이젠 저세상에 가신 지도 여러 해 되지만, 그때 그 따뜻해보이던 낡은 집, 작은 녹색 정원, 영원한 증명사진 한 장을 내내 잊을 수가 없다. 그 사진 한 장을 떠올리면 머릿속에 수많은 생각들이 갈마들면서 가슴이 답답해지기도 하고 아파지기도 한다. 그리고….

1942년에 일본유학을 마치고 귀국한 김윤식 교수는 1949년에 우리 민족 대학 연변대학이 성립되자, 초청을 받고 교육 사업에 참가하여, 수상육묘, 종합육묘, 한전육모, 비닐하우스육묘 등 한층 한층 더 높은 단계의 육묘 실험에서 성공하였다. 그 과정에 겪은 간난신고에 대해 물었을 때 그의 대답은 간단했다. "과학연구란 본래 고생살이입니다." 그리고 웃고 말았다.

김윤식 교수는 중국 서북과 동북지구 여러 대학과 농업연구소를 전전하면서 수많은 학술보고를 하고, 일본에만도 세 차례나 초청을 받고 가서 학술발표를 하였다. 그래서 나는 그가 이런저런 곳에서 찍은 사진들이 많을 것이라고 생각하고, 책에 낼 생활 사진을 고르겠다고 사진첩을 요구하니 그의 대답은 역시 간단하였다.

　"나에겐 사진첩이 하나도 없습니다."

　누구에게나 몇 책씩 되는, 지금은 흔한 사진첩이 이 과학자에게는 하나도 없단다. 칠십이 넘어 보이는 후더분한 사모님께서 제꺽 말귀를 알아차리고 서랍을 열더니, 낡은 편지 봉투 안에서 2촌짜리 증명사진 한 장을 꺼내주는 것이었다. 사진을 요구하는 일이 자주 있으니 미리 여러 장 준비해둔 것 같았다. 그 봉투 안에는 이런저런 모임에서 찍은 단체사진들이 있을 뿐 생활 사진 같은 것은 한 장도 없었다. 그 봉투가 일생의 흔적을 남긴 전부란다. 정말 믿기 어렵고 이해가 도무지 안 가는 성미였다. 수많은 명승지를 다니며, 수많은 실험에 착수하기 전에 어째 사진을 안 찍었는가 하고 물으니 역시 그의 대답은 간단했다.

　"그런 생각을 못 했습니다. 키도 작고 별로 잘나지도 못한 사람이 멋진 풍경에서 사진을 찍는다고 잘 나오나요, 명인들과 사진을 같이 찍는다고 내가 명인이 되나요."

　나는 엉뚱한 생각을 해보았다. 아마 저분의 추도식에도 이 증명사진을 확대해서 걸었을 거라는. 사진 속에 묻혀 사는 내가, 그리고 이 시대 사람들이 이 한 장의 사진이 담은 이미지를 참으로 이해할 수 있을 건가?

　또 한 가지, 나를 교수댁까지 안내해준 고 선생의 말 "우리 교수님은 유명한 전문가이지만 댁이 너무 허름해서 기자선생님은 이해가 안 갈 겁니다. 외국손님들도 자주 찾아와 대학본부에서 몇 번이나 아파트로 옮기려 했지만 아예 막무가내입니다."

좀 의심하면서 들었지만 사실은 그의 말이 맞았다. 말 그대로 노 교수의 댁은 허름했다. '옷'을 안 입힌 나지막한 단층 벽돌집이었다. 미닫이문이 달린 두 칸 온돌방에 낡은 이불장과 책장, 벽 쪽에 붙어 있는 고색창연한 책상 걸상이 머나먼 옛날을 생각나게 해주었다.

70년대 중국 간부들의 통일복장이었던 회색 중산복(국민복)을 입은 키가 작달막하고 몸이 강마른 노인이 내가 취재하는 노학자였다. 반 시간쯤 지나 서로 감정소통이 되어 웃음이 오고가자 당돌한 질문을 해보았다. 교수님은 세 번이나 일본까지 출국하셨는데 어쩌면 지금 도 70년대 통일복장을 고집하십니까? 그의 대답은 진지했다.

"멋나는 양복도 있고 넥타이도 있어요. 하지만 그건 우리 늙은이 들에겐 불편해요. 나서면 산이고 논판이고 흙길인데 양복이 어울리 나요. 출국할 때는 나라 위신이 깎인다고 해서 차려입긴 하지만 평 시엔 이 옷이 제격이라고요." 기분이 도도해지자 나는 두 번째 질문 을 해보았다.

"교수님은 어째서 학교가 지어준 새 아파트에 안 들어갑니까?"

나이 든 교수는 대답 대신 허허 웃으면서 허름한 유리창 문을 열 어젖혔다. 삽시간에 짙은 향기와 풀냄새가 물씬 풍겨 들어왔다. 아! 궁색해 보이는 이 방 안에 비해 얼마나 부유하고 아담지고 멋진 정 원인가! 무성히 자란 탐스런 함박꽃나무, 미끈히 자라난 붓꽃나무, 그윽한 향기를 풍기는 라일락, 이름 모를 여러 가지 애나무들, 그리 고 배나무, 오얏나무, 딸기넝쿨 등등, 김 교수가 수십 년 심고 옮기고 접목하고, 그렇게 정성을 쏟아 가꾼 녹색정원이란다. 애인이란다. 낙원이란다.

이곳을 떠날 수 없는 이유와 해석이 더 필요할 것인가?

그의 말이다.

"문을 열면 땅을 디딜 수 있고, 나서면 초록의 수목과 거기에 깃든 새들과 옆으로 흐르는 개울물이 새삼스레 고마운 거지요. 아무리 친한 벗이래도 이 정원처럼 나를 동무해주고 기쁘게 해줄 수 있을까요. 덩실한 기와집은 양복처럼 멋은 있어도 이 중산복처럼 편하지 못해요. 감옥처럼 침침하고 메마르지요. 이젠 80을 바라보는 늙은이에게 그저 조용히 책보고 연구하면서 늙은 부인과 함께 있는 곳이 최고의 행복이지요. 욕심을 버릴수록 행복이 가까이 오는 법입니다."

그의 늙은 부인은 한 번도 만나보지 못하고 어렸을 때 부모가 정해준 부인이란다. 일본에 유학 갔을 때에도 부인을 버리지 않았고, 귀국해서 교수가 되었어도 지금까지 고맙게 믿고 산단다. 늙은 부인이 옆에 있는 것이 더없이 고맙고 편하고 행복하단다.

그의 진지한 이야기는 눈물 나도록 나를 감동시켰다. 금전도 권세도 대대로 물려주려는 욕심 많은 이 세상, 우리의 후대들이 이해할 수 있을 것인가? 바보라고 취급할 것인가?

나는 감동되고 또 감동되고 사색하고 또 사색하였다. 오는 길에서, 돌아온 후에도, 그의 실화를 쓰면서도 눈물을 흘리며 썼다. 지혜로운 사람은 전통과 인습의 늪으로부터 벗어나 끊임없이 자신을 실험하고 훈련하고 인식하면서 형성되어간다. 그러니 욕심을 버릴수록 행복은 몸 가까이에 찾아온다는 도리를 자신의 행동으로 우리에게 가르쳐준 것이다. 그의 따뜻한 온돌방에서, 파란 정원에서, 한 장의 사진에서, 마음을 비우며 인생을 즐겁게 살아가라는 장자의 '지혜'를 보았다. 즐거운 인생은 결코 높은 벼슬에 있지 않다, 산더미처럼 쌓은 금전에 있지 않다, 궁궐 같은 별장에, 호화로운 자가용에 있지 않다, '황궁'의 산해진미에 있지 않다.

욕심을 버릴수록 행복이 가까이 온다!

바치는 인생, 받는 인생

　부모나 자식, 혹은 다른 사람들로부터 그 어떤 대접을 받는 인생보다, 남을 위하여 나라를 위하여 더 크게는 인류를 위하여 자신을 바치는, 공헌하는 그런 인생이 보람차고 값지고 사는 멋이 있다. 이런 선전을 많이 들었는데 그때는 별로 깊이 느끼지 못했지만, 과학자들을 취재하면서 그 도리를 깊이 깨달았다.

　많은 과학자들은 나라를 진흥시키기 위해서 나라에서 필요로 하는 그 어떤 한 가지 연구 항목을 일생 동안 연구하다가 죽어간다. 무거운 사명감과 책임감을 안고.

　중국에서 키워낸 50년대 60년대 대학생들은 새로 설립된 신중국이란 이 낙후하고 광활한 땅덩어리의 '보배'이고 '인재'이고 '희망'이였다. 나라에서 어려우면서도 무료로 대학생들을 공부시켜주지 않았더라면, 가난한 우리 조선족 농민들이 언제 자녀들을 대학에 보낼 엄두를 낼 수 있었겠는가? 학비도 안 내고 밥값도 안 내고 나라 덕분에, 대학공부를 한 우리 그 세대 지식인들은, 나라가 부르면 고향을 떠나 수천 리 되는 서북이든 남방이든 말없이 달려갔다. 맘에 없어도 아무 군말 없이 불평 없이 아니 자원해가기도 했다. 가장 척박한 곳으로. 그곳에 가서 뿌리를 내리고 나라를 위해 일생을 바치는 것을 영광으로 생각하고 마땅한 일로 생각했다. 지금은 이해할 수 없을 수도 있겠지만 그때는 진심으로 그렇게 자신을 바쳐 분투했다.

머나먼 서역 땅, 신장 우루무치에서 '서역 땅의 산 지질사전'이라고 불린 이정수 고급기술자를 취재하면서 난 속으로 눈물을 흘렸다. 50년대 대학을 졸업한 그는 나라에서 절실히 필요로 하는 광산자원을 탐측하고 개발하기 위해, 길도 없는 서역 땅으로 화물차에 앉아 사막을 넘고 고비를 넘으며 왔단다. 퇴직할 때까지 수십 년을, 자신의 청춘, 중년, 노년, 그러니 일생을 다 바쳐 인적 없는 거친 사막에서, 눈 덮인 천산산맥에서, 곤륜산맥에서 불가마라 불리는 타림분지에서, 혹은 사나운 짐승을 만나 혹은 물이 떨어져서 수십 번 죽을 고비를 넘기며 나라에 수많은 광산자원을 개발해주었다. 물과 토양에 적응 못한 안해(아내)는 중병에 걸려 잘못되고 자녀들은 다른 민족과 결혼하고, 하지만 그의 입에서는 한 마디 원망소리가 없었다. 그는 고향이 그리워 이제 늙어 근무를 할 수 없게 되면 고향에 나가 살겠단다. 자식들은 여기서 나서 여기서 자랐으니 뿌리를 내린 셈이란다. 그 말을 하는 그의 얼굴은 쓸쓸해보였다.

내가 신장 이리(伊犁)에서 교통사고로 두 달 동안 병원에서 치료받을 때 우연히 만난 박태룡 고급회계사도 60년대 서북지역 임업사업을 지원하기 위해 화물차에 실려 온 사람이다. 이리자치주 이녕시에 유일한 조선족 가족으로 살면서 고향으로 돌아가야지 돌아가야지 하면서 수십 년을, 그러니 자신의 일생을 신장 임업건설에 바쳐왔다. 아이들이 모두 이곳이 제일이라지만 그는 지금도 고향으로 돌아가야지 하는 생각을 하고 있단다. 그도 "이젠 신장귀신이 되었다"고 말할 때 얼굴에 쓸쓸한 표정을 짓고 있었다. 하지만 그들은 모두 나라에 바치며 살아온 인생이 가치 있고 보람 있고 뜻이 있단다. 나라에서 키워준 은혜에 약소한 보답을 한 것 같아 기쁘게 생각한단다.

심각한 교통사고로 오른팔을 잘 쓰지 못하면서 취재하여서인지 편지로, 또 그 후에는 그의 고마운 방문으로 힘들게 끝낸 이정수 기술자를 자연과학자 실화집에 넣을 때 한없이 감개무량했다. 이정수 선생을 만나 취재하던 순간 내 머릿속에는 이런 사람들을 세상에 알리지 않고, 우리 민족의 후세에 알리지 않고 죽는다면, 나는 양심의 가책을 받게 될 것이라는 생각이 떠올랐다.

다른 과학자들도 마찬가지다. 모르는 첨단과학이어서 많이 힘들게 취재하고 수없이 치료받으면서 아픔과 싸우면서 쓴 글 들어서인지, 나는『한 세대의 별』이란 이름으로 출판되어 내 손에 쥐여졌을 때 나도 모르게 눈물이 줄줄 흘러내렸다. 그리고 갑자기 높은 소리로 부르짖고 싶었다. '나도 공헌하며 사는 사람이다!'

사실 앞 세대 우리의 과학자들이 바친 고생과 희생에 비하면 내가 바친 고생은 아무 것도 아닌 데도. 그렇게 고향을 그리던 이정수 선생은 지금 어디서 어떻게 살고 있는지? 일생을 바친 서북 땅에서 그냥 살고 있는지? 만나보고 싶다. 알고 싶다.

저 하늘의 별 하나

눈보라치던 지난겨울 어느 날 밤, 갑자기 고혈압으로 쓰러지는 바람에 한 달쯤 병원에 입원하게 되었다. 죽음의 사자가 금방 내 병상에 다가와 시간을 재촉하고 있다는 생각이 들었다. 기나긴 70여 년이란 세월을 살았는데도 채 하지 못한 일들이 왜 이리 많은지 가슴이 아팠다. 좀 더 살고 싶었다. 채 처리하지 못한 일들과 쓰던 글들도 마무리하고 싶었다. 그래서 시간을 달라고 내가 아직 모르는 하느님께 빌고 싶었다.

깊은 밤, 고요한 병실 창턱에 기대어서서 멍하니 하늘을 쳐다보았다. 유리창이 커서 그런지 하늘이 넓게 보였다. 유난히 하늘이 맑고 별들이 많이 안겨왔다. 옛날에 할머니가 별들을 보면서 좋은 사람은 죽어서 저 하늘의 별 하나가 된다고 말씀하셨다. 60여 년 전에 들었던 이야기가 갑자기 어제 들은 이야기처럼 생생히 떠오른다. 허무하다는 생각을 하면서 다시 하늘을 쳐다보는데, 이상스레 수줍은 듯 숨었다가는 반짝하고 빛나는 별 하나가 내 시선을 끌었다. 정말 고운 별이다. 순간 저 별처럼 아름다운 한 여인의 얼굴이 금방 내 눈앞에 나타났다가 숨어버린다.

아, 저 별! 틀림없는 그녀다. 조용하고 겸손하고 말쑥한 얼굴을 가진 여인, 내내 미안하고 그립고 아쉽고 가끔 내 머리에 떠올라 나를 아프게 하는 그녀, 바로 그녀가 맞다. 그녀가 저 하늘의 별이 되어 지금 조용히 나를 지켜보고 있는 것이다.

이미 저 하늘의 별 하나로 된 여과학자, 그녀의 이름은 심아명(沈亞明)이다. 1991년 가을 항주 모 연구소에서 근무하는 과학자 허 선생님의 배려로 처음 심아명 여사를 만났을 때, 너무나 고운 얼굴과 날씬한 몸매를 가진 그녀를 보면서, 어쩌면 예술을 안 하고 과학의 길을 택했을까? 하는 엉뚱한 생각을 하였었다.

허 선생님의 소개에 의하면 심아명 선생 부부는 신비한 가정배경을 가진 분들이라고 해서 더구나 내 호기심을 끌었다. 경술국치 후 나라 잃고 중국에 들어와 항일투쟁과 중국혁명에 한 생을 바친 유명한 우리 민족 유지들의 후대였다. 그녀의 남편 유지청 선생은 일찍 강소사범대학에서 유명한 교수로 재직했던 유자명 선생의 아들이고, 심아명 교수는 무관을 양성하는 황포군관학교와 쌍벽을 이루었던 국민당 정치학교를 나온 사람의 딸이었다. 친분이 깊은 두 분이 자기 민족 며느리, 사위를 삼겠다고 두 자녀의 연분을 맺어 주었다는 것이다. 호기심이 동해 자꾸 캐물어보고 싶고 알고 싶은 일도 많았지만, 허 선생님 부부가 대학동창인 나의 남편을 위해 마련한 연회석에서 내가 주역을 맡아 나설 수가 없었다. 심 선생은 조선말을 꽤나 하는 축이었지만 유 선생은 어머니가 한족이어서인지 조선말은 전혀 못했다. 농담 삼아 자기에게 남은 조선족 흔적은 고사리를 특별히 잘 먹는 것과 고추장을 좋아하는 것이라고 했다. 어찌나 좋아하는지 고사리 철이면 산에 들어가 혼자 뜯어다 데쳐서 무쳐먹는 정도란다.

밤 깊도록 이야기는 끝이 없었다. 몇 십 년 만에 만났으니 그럴 수밖에. 나는 만나기 전에 이미 허 선생님을 통해 절강대학 화학학부 교수인 심아명 선생은 서부 독일 모회사로부터 수입해온 기계고장 문제로 벌어진 담판에 참가하여, 사고원인 계산을 정확히 하여 담판을 성공으로 이끌고 상대측 회사로부터 엄청난 배상금을 받아낸 소문을 들은지라 옆에 앉은 그녀에게 낮은 소리로 관계 자료를 달라고 하였다. 이튿날 오전 심 선생은 강의가 있고, 오후에 우리는 상해 소주로 가는 기차표를 허 선생님이 진작 끊어놓은 터라 다시 만나 취재할 기회를 놓치고 말았다. 시간은 많은데 기회는 제한되어 있음을 새삼스레 느꼈다. 그러니 무슨 일을 성사하려면 기회를 놓치지 말아야 한다. 능력이 있어도 기회를 잃으면 실패다. 후회막급이다. 아쉽지만 편지로 연락하기로 약속하였다.

이튿날 허 선생님 부부가 우리를 역까지 환송하였다. 그런데 심아명 부부가 택시를 타고 역으로 나와 깜짝 놀랐다. 강의를 마치고 바삐 나오느라 두 분은 땀에 흠뻑 젖어있었다. 그렇게 멋진 두 분을 다시 만나니 정말 기쁘고 반가웠다. 다음번에 만나서 긴 이야기를 하자고 약속하였다. 그런데 그때 만남이 처음이자 마지막일 줄 누가 알았으랴!

그날 심아명 선생은 나한테 묵직한 자료봉투를 넘겨주면서 그것이 담판자료라고 하였다. 한 일이 너무 적어 취재자료를 더 제공할 것이 없어 재삼 미안하다는 말을 하였다.

연길에 돌아온 후 자료를 꺼내보니 수많은 계산식과 화학명사, 영어문자들로 가득 찬, 10여만 자도 더 되는 자료묶음을 나로서는 갈피를 잡지 못해 편지로 이것저것 물었더니 짤막한 회답이 왔다. 이제 교수 업무가 적어지면 다음 학기쯤 시간을 내어 연변대학에 와서 조선어를 좀 더 배우겠다는 것이었다. 나더러 관계부문과 연락해달라고 하였다. 그래서 당시 중국 조선족 과학자협회 회장 강귀길 교수와 연결하여 협회에도 참가시키고, 조선어공부 문제도 쉽게 해결을 보아 금방 답장을 보냈더니 고맙다는 편지가 날아왔다. 이제 만나서 곡절 많은 자기 인생사며 가정사를 이야기하자고 하였다.

　나보다 한 살 위인 그녀는 1962년도에 절강대학 화학학부 기계학과를 졸업한 후, 뛰어난 성적으로 본교에 남아 줄곧 교수를 해와 위망이 높았고, 그녀의 남편 유지청 선생도 역시 절강대학 지리학부 교수였다.

　오겠다는 편지까지 보내온 그녀는 오지 않았다. 한 해 두 해 기다려도 오지 않았다. 너무 바빠서 못 오려니 생각하였다. 강의도 해야 하고 과학연구에도 바쁜 사람이니깐. 전번 편지에 그녀는 산동성 어느 곳에 수정공장을 꾸리는 일을 도와주느라 좀 바쁘다고 했던 것이다. 그때 나도 과학자들을 취재하느라 여기저기 뛰어다니며 매일매일 바삐 살았으니깐, 그 일을 잠시 잊고 있었던 것이다.

　그녀는 끝내 오지 않았다. 영문을 몰라 항주 허 선생님한테 전화했더니 심아명 선생이 암으로 세상을 뜬 지 한참 된다는 비보를 전해왔다. 가슴이 철렁했다. 마치 고인에게서 꾼 돈을 생전에 갚지 못한 그런 안타까운 심정이었다. 아쉽고 미안했다. 만일 그날 기차표를 물리고 하루 더 있었더라도, 내가 소홀히 하지 않고 다시 한 번 찾아갔더라도 그녀의 과학자 실화를 끝냈었겠는데… 끝없는 유감과 후회가 나의 마음을 아프게 하였다. 그 고운 얼굴이 가끔 나타나 내 마음을 괴롭힌다.

아프고 미안한 마음을 달래기 위해, 그 아름다운 여성의 영혼이 남긴 이야기를 한 가지라도 이 세상에 남기기 위해, 나는 병원에서 퇴원하자 먼지 낀 자료뭉치 속에서 마침내 심아명 교수가 항주 역에서 준 편지와 자료를 찾아내었다. 병원 창턱에서 만난 저 하늘의 별과 약속한 글을 쓰기 위해, 오르내리는 혈압을 약으로 누르면서 보고도 모를 10여 만자 잘 되는 '담판자료'를 한 장 한 장 넘겼다.

80년대 중국은 개혁개방을 시작하고 나라 문을 열어 선진국들에서 설비와 기술을 도입하였다. 발전은 빨리하고 싶은데 기술인재들이 많이 부족하였다. 절강성 진해석화 총화학비료공장을 비롯한 몇 개 공장이 서부 독일 모회사로부터 도입한 기계설비에서, n2 압축기가 시공에 들어간 다음 여러 차례 축 받침대가 타버리는 사고가 생겼다. 중국 측 회사들은 서독 모회사에 배상을 요구하였다. 담판이 벌어졌는데 상대측에서는 중국기술자들의 조작기술이 낮아 문제가 생겼다고 딱 잡아뗐다. 그런데 중국 측에서는 기계설비에 문제가 있다는 정확한 수치를 내놓지 못해 담판이 진전을 보지 못했다. 기계 고장 원인을 밝히는 연구 과업이 절강대학 화학학부 심아명 연구소 조에 떨어졌다. 연구소 조의 책임을 맡은 심아명은 다른 두 연구원과 함께 밤에 낮을 이어 원인을 찾고 분석하고 수치를 계산하고 하였다. 수많은 고생 끝에 끝내 서부 독일demag회사의 설계에 오차가 있고, 그 오차로 인해 사고가 생긴다는 정확한 계산수치를 내놓아 외국 측으로 하여금 기계설비를 재검토하게 하였고 담판은 성공하였다. 심아명 선생은 시종 담판에 참가하여 과학적 근거로 상대방을 납득시켜, 중국 측 회사들이 엄청난 배상금을 받고 또 무상으로 기계를 받게 하였다.

진해석유화학공장에서 절강대학에 보내온 편지에는 심아명 등 세 연구자의 공로를 아주 높이 평가하였다. 계산이 정확해 상대방이 착오를 인정했고 또 그들이 제기한 기계설비 개조, 조절 등에 대한 의견은 실제 효과를 보았다. 1986년도에 외국담판으로 받은 배상금과 기타 부품 값을 합치면 인민폐로 7,291만 위안이란다. 그해 요소중산 1,158만 위안, 기계고장 손실을 절약한 금액은 600만 위안 등등 심아명 연구소 조가 한 개 항목에서 거둔 성과를 돈으로 따지면 이렇게 엄청난 숫자가 된다. 또 돈으로는 계산할 수 없는 가치가 있다. 그것이 바로 국격, 인격, 존엄이다.

조선어, 한어, 영어, 일어에 능한 총명한 그녀가 외국회사와의 담판과정에서 보여준 높은 인격과 재능, 재질, 당당함에 대한 찬양이 깔린 자료를 읽으며, 나는 그녀의 죽음이 너무 아쉽고 다시 만나지 못한 유감으로 가슴이 아파졌다. 저 하늘의 하나의 별로 된, 우리 겨레의 우수한 여과학자 – 심아명! 그렇게 아련하고 조용하고 겸손한 자태로 내 앞에 높아보였던 그녀 – 누군가 겸손은 인생에서 성공하는 데 첫 번째 열쇠라고 말했었다. 그녀가 그렇게 겸손한 학자였다.

영원한 비밀로 남은 그녀의 인생이야기를 접고 이렇게라도 미숙한 글 한 편을 써서 저 하늘의 별에게 부치고 나니 마음이 어지간히 가벼워졌다.

인생은 짧은데 이야기는 길다. 인생은 언제나 빚을 지고 사는, 빚을 채 갚지 못하고 가는 유감투성이인 것 같다. 카네기는 "아무리 보잘 것 없는 것이라 하더라도 한 번 약속한 일은 상대방이 감탄할 정도로 정확하게 지켜야 한다"고 말했다. 나는 살아서 지키지 못한, 그녀와의 약속을 후생에라도 지키련다. 내가 저 하늘로 날아가게 되면 반짝이는 저 별 - 심아명을 찾아가 취재하리라.

압력을 이겨내고
기회를 잡는 자가 성공한다

누군가 사람은 엄마의 뱃속에서 압력을 받으며 태어나서 죽을 때까지 압력을 벗어나지 못한다고 말했다. 미국의 유명한 화가이며 작가인 유용 선생의 글을 읽다가 인상 깊었던 한 토막 이야기를 적는다.

속이 빈 강철공을 두 쪽으로 만들었다가 다시 붙인 다음 그 속의 공기를 몽땅 뽑아낸다. 강철공의 두 쪽은 딱 붙어 16필의 말의 힘으로 당겨도 갈라지지 않는단다. 이 유명한 '마더보 반구실험'(馬德堡半球實驗)은 대기(大氣)의 압력을 증명한다. 우리가 마시며 생존하는 공기는 지면으로부터 60~300km 사이에 있는데, 우리가 느끼지 못하고 사는 것은 상대적으로 그걸 맞서는 동력이 우리 인간의 체내에서 생겼기 때문이다.

이 이야기를 떠올리면 중국과학원 원사(院士) 강경산의 모습이 눈앞에 나타난다. 그가 바로 대기압력 같은 무형의 압력을 이겨내고 그 압력 속에서 기회를 용케 잡아 성공한 사람이기 때문이다. 어느 날, CCTV에서 '국가명운'(國家命運)이란 영화를 시청하면서, 50, 60 년대에 그 무서운 가난과 정치투쟁 압력을 이겨내며 중국의 첫 원자탄, 수소탄, 인공위성을 발사한 수많은 과학자들 속에, 조선민족의 우수한 과학자 강경산, 현광혁 등 많은 인재들도 들어있다는 것을 생각했다. 순간 그들을 취재하던 나날들을 저도 모르게 회상하게 되었다.

강경산 원사(院士)는 자기의 좌우명은 '압력을 이겨내고 모든 기회를 잡아야 한다'는 것이라고 말했다. 분투 노력은 모든 과학자들의 공통된 특징이다. 이 세상에는 분투 노력해도 성공하지 못한 사람들이 수두룩하다. 그 근본 원인은 무거운 압력을 이겨내지 못하고 기회를 잡지 못했기 때문이다. "모든 기회를 잡아야 합니다"라고 하던 강경산 원사의 말씀이 십여 년이 지난 지금도 내 귀가 쟁쟁하게 울린다.

기회? 기회가 정말 과학자나 우리 인간들이 성공하는 데 필수적인 것일까? 호기심으로 독서필기를 하며 평소에 적어두었던 기회에 관한 명언들을 찾아보았다.

기다림으로 사는 사람은 굶어죽는다. (이태리 속담)
세월은 자리 잡으려 하지 않고 시절은 흐르는 물과 같다. (공융)
기회가 오지 않을 때에는 스스로 기회를 만들라. (스마일즈)
기회는 폭풍과 같아서 일단 지나가면 두 번 다시 돌아오지 않는다.
(그라시안)
1%의 가능성, 이것이 내가 갈 길이다. (나폴레옹)
승자는 눈을 밟아 길을 만들지만 패자는 눈이 녹기를 기다린다.
(탈무드)

이들 수두룩한 기회에 관한 명언은 모두 승자들의 실천에서 나온 경험이고 교훈이다.

강경산 원사가 바로 자신의 의지와 용기와 행동으로 이런 명언들을 실천에 옮겨 승자의 위치에 오른 사람이다. 14세 때, 그는 공부를 잘 하여 다른 두 학생과 함께 길림고등학교로 갔는데 유감스럽게도 길림고에서는 이미 입학시험이 끝났었다. 북경에 가서 학교를 다니라는 형님의 귀띔을 받고 그들 셋은 집으로 돌아가지 않고 모험적인 이 기회를 잡았다. 대련까지 갔는데 여비가 떨어졌다. 죽 한 사발 사먹을 돈도 없었다. 당시 형님의 친구가 대련에서 사업하고 있었는데 그들은 염치불구하고 찾아갔다. 형님 친구의 도움을 받아 그들은 북경에 가기 위해 우선 당고(塘沽)까지 가는 배표를 끊었다.

그들은 굶으면서 북경의 여러 학교를 찾아 헤맸다. 한어가 능숙하지 못해 그들은 한자를 써서 보이며 사정하였는데, 마침내 한 학교의 교장을 감동시켜 겨우 입학하게 되었다. 입학은 했는데 개학까지 20여 일 동안 먹고 잘 데가 없었다. 누군가 민정국에 가보라고 하였다. 그들은 민정국에서 배치한 모 소년 수감소에 다니며 하루에 두 끼씩 옥수수떡을 타 먹었다. 공부할 수 있는 기회만 보이면 이유 여하를 무릅쓰고 꼭 잡았다. 강경산은 솜옷 한 벌 없이 고교 3년을 다니고 가장 우수한 성적으로 소련 유학을 쟁취하였다. '무선통신의 아버지'로 불리는 포포프가 창설한 레닌그라드(상트페테르부르크) 블라디미르 공정학원에 입학하였다. 소련에서 6년 동안 공부하고 귀국한 후, 원자탄 연구 발사와 인공위성 연구 제작에 참가하여 운반 로케트의 위치 확정 과제를 맡았다.

'문화대혁명' 때 그는 특무로 몰리면서 반란파들의 무서운 감시 속에서도 첫 중거리 미사일의 위치확정 과제를 끝내 완수하여, 전학삼 (錢學森: 중국 원자탄, 인공위성 개발의 아버지)으로부터 높은 평가를 받았다.

강경산은 이렇게 말했다.

"기회를 잡아야 합니다. 기회는 누구에게나 다 있습니다. 그러나 하늘에서 떡이 스스로 입 안으로 떨어져 들어갈 수 없듯이, 기회는 가만히 앉아있는 사람에게는 차례지지 않습니다. 모든 어려움을 물리치고 기회를 찾아야 합니다."

1985년, 강경산에게도 미국에 유학 갈 기회가 생겼다. 기회를 놓칠 수 없었다. 그는 미국 캔자스 대학에 가서 세계적으로 이름 높은 과학자이며 미크로파 원격측정 창시자인 R. K 모르 교수와 함께 연구를 하였다. 짧디 짧은 3년 동안에 강경산은 모르 교수와 공동으로 세계에서 처음으로 '원격측정지물 미크로파 개전특성 현지측량방법'이란 새로운 원리를 내놓아 큰 반향을 일으켰다. 미국에 체류하는 동안 강경산은 16편(그 중 독자적으로 완수한 것이 9편)에 달하는 논문을 발표하였다. 강경산은 미국의 우월한 연구조건과 대우를 마다하고 조국으로 돌아왔는데, 연구소의 일부 질투쟁이들은 그를 헐뜯고 책임자는 그에게 연구항목을 맡기지 않았다. 역경 속에서도 강경산은 기가 죽지 않고 기회를 찾았다. 그는 호북, 호남 등 지방으로 내려가 비행기탑재 컬러영상 실시전송(机載彩色圖像實時傳輸) 원격탐측 시험성과, 홍수방지 원격탐측 응용시험성과 등을 따냈고, 무수한 시련 끝에 마침내 과학원 공간연구소 소장으로까지 진급했다.

역경 속에서 그가 기회를 찾지 않고 잡지 않았다면 이런 성과들을 거둘 수 있었을까? 만난을 물리치며 기회를 잡고 분투하여 성공한 우리 민족의 첫 과학원 원사 강경산, 멋진 체격, 당당한 인격, 겸손하고 화기롭던 모습을 내내 잊을 수 없다.

무가지보(無價之寶)

자료를 찾다가 무심중 서랍 안에서 노란 보자기에 곱게 싼 '보물'을 발견했다. 순간 너무 기뻤다. '보물'을 꺼내들고 한참 바라보았다. 이 보물은 2년 전 여름, 뜻밖에 한 과학자에게서 받은 귀중한 선물이다.

정말 생각 밖이었다. 사전에 연락도 없이 보내온 우편물을 받고 우선 주소부터 확인하였다. 북경 모 연구소라고 쓰고 아래에 오현숙이란 이름이 적혀있었다.

십여 년이 지났지만 오현숙이란 이름을 보는 순간, 그 기나긴 세월의 공간을 훌쩍 뛰어넘어 그의 미끈하던 체격이며 쌍꺼풀눈이며 말쑥한 고운 얼굴이 생생히 눈앞에 나타났다. 그렇게 차분하고 온화한 분위기가 느껴지는 아름다운 여성과학자와 마주앉아 속으로 '이렇게 멋진 미인이 어떻게 과학자가 되었을까?' 하는 생각까지 했었다. 특히 인상 깊었던 일은 북경대학 안태상 교수가 나한테 이 여과학자를 소개할 때 "6개 나라 언어를 장악한 천재적인 여성입니다."라고 소개했던 이야기가 떠올랐다. 그 당시 6개 나라 언어를 구사하는 과학자들이 그리 많지 않았기 때문에 특별히 나의 머리에 깊은 인상을 남겼었다.

그런 과학자가 갑자기 우편물을 보내온 것에 여간 호기심이 끌리지 않을 수 없었다. 나보다 서너 살 이상이니 진작 퇴직을 했을텐데 지금은 무엇을 하고 있을까? 한꺼번에 몰려드는 이런저런 생각들을 안고 조심조심 우편물을 뜯었다. 그리 크지 않은 종이 함통이 나오고 비닐주머니에 싼 회색 옷감과 역시 회색 천 바지가 있었다. 그리고는 솜으로 두텁게 꽁꽁 싼 보자기가 나왔는데 한 겹 한 겹 벗겨보니 색 바랜 비닐 같기도 하고 도자기 같기도 한 노르스름한 꽃바구니가 나왔다. 귀가 양쪽에 달린 꽃바구니를 들고 나는 한참동안 이리 보고 저리 보고 하였다. 과학자가 무슨 생각을 하고 꽃바구니를 나한테 보냈을까? 도무지 이해할 수 없었다. 꽃바구니를 놓고 함통 밑을 헤쳐 보니 편지 한 통이 나왔다. 편지 내용은 나를 눈물 흘리게 하였다.

편지에는 그의 남편인 중국과학원 물리연구소의 저명한 과학자였던 멋진 윤영룡 선생이 수렴동(水簾洞)에 유람 갔다가 심장병으로 갑자기 돌아갔다는 비통한 소식과 하늘 땅이 맞붙는 듯한 슬픔을 겪고 있는 심정을 쓰고 나서, 자기 앞날이 멀지 않다는 생각을 하다가 문득 일생에 처음 만난 여작가 선생을 생각하게 되었다. 몇 십 년 동안 상자 안에 넣어두었던, 소련 유학을 마치고 돌아올 때 기념으로 사 가지고 온 '꽃바구니'를 작가선생에게 드리고 싶어 보내니 소중하게 간직해달라고 쓰여 있었다. 그리고 그때 인상에 내가 키가 큰 것 같아서 이 바지를 사 보낸다는 것이었다. 바지를 몸에 대보니 한 자가량 더 길었다. 나는 눈물을 흘리다 웃어버렸다. 보통 키도 안 되는 내가 어떻게 그의 첫 눈에 훤칠한 여성으로 보였을까? 일생에 처음 키 크다는 평가를 받고 보니 웃음이 저절로 나왔다. 나는 다시 바구니를 들고 훑어보았다. 거꾸로 들고 보니 바구니 밑에 '1960년 10월, 모스크바에서'란 글씨가 나타났다. 1960년, 장장 53년 동안, 반세기 동안 그의 상자 안에서 잠자고 있었던 '보물'이 신비하게도 모스크바로부터 북경, 북경으로부터 연길 이 산골까지 여행해온 것이다. 금방까지 궁금증에 싸였던, 꽃바구니가 '무가지보'로 둔갑했다.

한 식경이 지나서야 나는 마음을 다잡고 그 꽃바구니를 투명한 비닐천을 얻어다 잘 포장하였다. 금이나 돈으로 바꿀 수도, 살 수도 없는 우정의 표징이다. 한 여과학자의 분투의 자국이 찍혀있는 보물이다.

'무가지보'를 받고 나니 슬그머니 걱정이 생겼다. 늙어버린 내 손에서 이 무가지보가 소실된다면 얼마나 아까운 일인가? 지난여름에 여러 곳에 있는 자식들이 휴가차로 연길에 모였다. 모두 사회과학, 자연과학 분야에서 연구를 하는지라, 그들 앞에 이 '무가지보'를 꺼내놓고 구구히 이 무가지보의 내력이며 중요성을 거듭 설명하고 앞으로 대대로 전하라고 당부하였다. 그래도 시름이 놓이지 않아 이 여과학자의 발자취를 대강 소개해주었다.

오현숙은 어릴 때 가난에 쫓겨 연길, 목단강, 치치하얼, 통료, 북안, 심양 등 동만주, 북만주, 남만주를 돌다가, 아버지까지 잃고 그들 일가는 그야말로 비참한 처지에 빠졌다. 북안에 있을 때 현숙이는 20리나 떨어져있는 소학교를 언니 따라 걸어 다녔다. 눈보라치는 겨울에 때론 치마에 오줌을 싸서 치마가 다리에 얼어붙어 그녀는 엉엉 울면서도 이악스럽게 학교를 다녔다. 살 길을 찾아 심양으로 이

342

사 온 후 늘 1등을 하던 현숙이는 가난 때문에 학교를 중퇴하지 않을 수 없었다. 그녀는 12살부터 남의 집 보모로 들어가 청소하고 남새 사오고 밥을 지었다. 집주인이 외국으로 가자 현숙이는 엄마, 언니 따라 간장 장사도 하고 떡 장사도 하고 콩나물 장사도 하였다. 해방이 되어서야 그녀는 직접 중학교에 들어갔다. 어떻게나 노력했던지 그녀는 중학교 졸업시험에서 전교 1등을 따냈다.

화학자 후더방이 공기에서 질소를 뽑아냈다는 기사를 읽고는 즉시로 화학선생을 찾아갔다.

"선생님, 쌀 분자를 알려주세요?"

"CH, 탄화수소 화합물이지, 현숙이는 장차 유기화학자로 되고 싶니?" 현숙이는 대답 대신 피식 웃었다. 가난에 시달린 그는 공기에서 쌀을 뽑아낼 환상에 부풀어 화학공부를 각별히 열심히 하여 화학 최고성적을 따냈었다.

소련 식물학자 리쎈코가 한랭한 시베리아 땅에다 접목하는 방법으로 배, 사과가 열리게 하였다는 기사를 본 이 환상가 소녀는 또 식물학에 각별한 흥취를 가졌다. 그녀는 식물학에 관한 서적들을 도처에서 구하여 학습하였다. 나무에 빵이 열리게 하기 위해서였다. 그때까지 현숙이는 빵이란 말은 들었어도 먹어보지는 못했던 것이다. 그래서 그녀의 식물학과 성적도 또 최고였다.

어느 날, 조선의 한 여성정치가가 세계대회에서 멋지게 연설하는 장면이 실린 신문기사를 보고는 또 정치가가 되고 싶어 막스의 『자본론』이며 『정치경제학』 같은 저서들을 통독하였다. 그리고 건축학도….

고등학교에 들어와서야 이 천재적인 여학생은 환상세계에서 해탈되어 현실에 발을 붙였다. 그녀의 이상은 유기화학이었다.

끈질긴 노력으로 전 학년 졸업시험에서 1등을 따낸 그녀는, 거듭되는 시험에 계속 합격하여 나중에 남자 두 명, 여자 한 명을 뽑는 소련유학생에 선발되었다. 유학 훈련반으로 북경외국어학원 러시아어 훈련반에 들어가 공부하였다. 러시아어에 합격되지 못하면 또 탈락할 수도 있었다. 현숙이는 길을 걸으면서도 밥을 먹으면서도 잠을 자면서도 러시아어 단어를 외웠다. 그녀는 이번에도 전 훈련반에서 1등을 따내었다.

소련에 간 다음 유기화학가로 되려던 그녀는 국가 장학금을 받으며 우크라이나 하리꼬브 농기계화학원을 다니게 되었다. "'성공'이라는 못을 박으려면 '끈질김'이란 망치가 필요하다."는 명언이 있다. 러시아어가 문제였지만 현숙이는 '끈질김'이란 망치로 부지런히 '못'을 박아 5년 유학기간에 줄곧 우등을 따냈으며, 오토바이, 트럭, 콤바인 등을 익숙하게 다뤄 운전허가증도 탔다. 그리고 엔지니어 칭호도 받았다.

1960년 10월, 현숙이는 우수한 성적을 내고 귀국하였다. 그 후 일생동안 한 가지 일 ─ 농기계 연구에 정력을 쏟아부어 수많은 성과들을 거두고, 많은 논문을 국내외 잡지에 발표하였다. 그녀는 외국의 선진기술을 빨리 파악하기 위하여 '끈질김'이라는 망치로 '못'을 부지런히 박아, 영어를 배우고 독일어를 배우고 6가지 언어 즉 조선어, 중국어, 일어, 노어, 영어, 독일어로 자료를 번역하고 논문을 쓸 수 있게 되었다. 두 아이의 엄마로서 그녀는 억척스럽게 일하고 공부하고 연구하고 지도사업을 해내었다.

십여 년 세월이 흘렀는데도 그녀의 일생이 생생히 흘러나왔다. 우리 민족의 천재적인 여과학자! 그녀의 발자취를 더듬어보면 모두 그녀의 99%의 노력 분투로 바꾸어온 것이다. 앞에 엄청난 어려움이 가로막아도 그녀는 누구에게 의지하거나 요행을 바라지 않고 꾸준히 자기 스스로 개척하였던 것이다. 그녀의 좌우명은 '앞길은 스스로 개척해야 한다'는 것이었다.

자식들은 모두 앞 세대 과학자의 사적에 감동되어, 앞으로 이 '무가지보'를 잘 보관하고 후세에 전하겠다고 다짐하였다.

무가지보, 이 꽃바구니를 받아 안았지만 마음이 무거워지고 생각이 많아진다. 자식들에게 그녀처럼 열심히 자기의 길을 개척하라고 거듭 당부해야 하겠다.

과학자와 문예인들의 만남

우리 집 객실 한쪽 벽에는 두 폭의 족자가 걸려있다. 오는 손님들이나 친척, 친구들은 모두 그 붓글씨가 멋지다고 한다. 서예에 흥취 있는 분들은 그 붓글씨가 남다른 특색을 가지고 있다고 평한다. 그러면 나는 여러 번 거듭한 말을 또 자랑스럽게 되풀이하곤 한다.

이 족자는 저명한 유기화학 전문가이며 중국 조선족 과학자협회를 창립한 강귀길 교수의 친필 붓글씨라고.

모두 의아해한다. 자연과학자가 어떻게 예술가로 둔갑할 수 있는가하고? 모르고 하는 소리이다. 자연과학자들을 취재하다 보면 많은 과학자들이 노래도 잘 부르고 춤도 잘 추며 심지어 여러 가지 운동도 잘하는 모습들을 보게 된다. 가끔 이성과 감성은 갈라놓을 수 없다는 것, 상상력은 발명이나 창조를 낳으며 어쩌면 예술은 과학자들의 두뇌를 안식시키고 마음을 진정시키고, 새로운 발명이나 연구를 하도록 자극을 주는 것일 수도 있잖은가 하는 생각을 하게 될 때가 있었다.

강귀길 교수는 어릴 때부터 그림을 잘 그리고 붓글씨를 잘 써서 해방 전에 간도성 성장의 상장까지 받은 적이 있으며, 자취로 공부를 할 때에는 생활이 너무 곤란하여 끼니를 잇기 어려울 때, 그림, 서예 솜씨가 한 몫을 담당했다고 한다. 그림을 그려주고 잡곡을 받아 끼니를 이었다고 한다. 그는 서예뿐 아니라 정구, 달리기, 축구 등 여러 가지 운동에서도 프로수준이라고 한다.

원래는 과학과 문학 예술이 동서남북 같은 존재인 줄 알았는데 그것이 아니었다. 양자는 어쩌면 서로 돕고 서로 자극을 주는 미묘한 유대 관계가 있는 것 같았다.

언젠가 아인슈타인의 글을 보았는데 몇 년이 지나도 잊어지지 않는다.

누군가 아인슈타인을 보고 물었다. "상대론이란 무엇입니까?" 아인슈타인은 한참 생각하다가 다음과 같이 간단히, 교묘하게 대답하였다.

"한 사람이 어떤 대상을 열렬히 사랑할 때는, 그러니 사랑에 빠졌을 때는 한 시간이 1초처럼 빠르게 느껴진다. 그러나 뜨거운 난로 옆에 앉아있는 사람은 1초가 한 시간처럼 길어진다. 바로 이것이 상대론이라는 것이다."

그는 이처럼 형상적인 언어로 첨단적이고 난해한 학술문제인 상대론을 알기 쉽게 비유해 설명해주었다. 그의 뛰어난 형상 사유에 놀라지 않을 수 없다.

몇 년 전, 김일광 교수를 취재하고 쓴 『한 세대의 별』 원고의 초고를 보내드렸더니, 다 본 다음 재취재를 할 때 나보고 만면에 웃음을 띠우며 칭찬해주는 것이었다.

"선생은 어떻게 내가 3년씩 석사생들에게 강의하는 군자론을 3일 취재 끝에 이렇게 알기 쉽게 재미나게 썼습니까?"

나는 웃으면서 대답하였다. "솔직히 말해서 나는 지금도 선생님의 그 복잡한 군자이론이나 제4통계역학을 잘 모릅니다. 저는 문학적 상상력의 힘을 빌려 선생님의 연구성과와 인격, 개성, 인생을 표현하고 전달했을 뿐입니다…"

그건 그렇고 다시 돌아가 두 폭의 족자를 언급하기로 하자. 이 두 폭의 글귀는 내가 하루에도 몇 번씩 보고 감동하고 사색하는 족자이다. 1998년 7월 31일, 그날 연길시 북방호텔에서는 내가 쓴 중국 조선족과학자 실화문학집 『한 세대의 별』 출판모임이 성대히 열렸다. 전국 각지로부터 과학자협회회의에 온 60여 명 과학자대표와 30여 명 작가, 예술가들이 참가한, 과학과 문학의 만남 모임이었고 교류였다. 과학자협회 주석 강귀길 교수가 축사를 하였고, 2000명 과학자회원을 대표하여 '학같이 오래 앉으시라'는 두 폭의 족자를 대회에서 나에게 선물하였다. 그렇게 받은 소중하고 귀중한 보배이고 재산이다. 족자에는 이렇게 쓰여 있다.

壽考祝南山,　飛飛鶴正還
樂哉君子福,　春滿益堂簡。

그 뜻인즉

오래 장수하시라 남산에 기도하니
훨훨훨 학이 날아왔네.

좋구나 군자의 복이여
봄빛이 아름다운 집안에 가득하도다.

1998년 7월 31일
강귀길 드림

　나에게 장수를 축복했던 과학자이며 예술가였던 강귀길 교수님이
이 세상을 떠난 지 몇 년 된다. 그처럼 인자하고 정직하고 열정적이
었던 교수님은 아쉽게 장수하지 못하고 급급히 떠나셨다. 막을 수
없는 길이다. 하지만 교수님이 1989년에 친히 건립한 중국 조선족
과학자협회는 나날이 장성하여 회원 2000여 명을 훨씬 넘기고 있
다. 사람은 갔어도 그가 쌓은 공적은 길이 빛난다. 일생동안 그가 합
성한 400여 개 화합물, 그가 써낸 130편의 논문, 그가 취득한 4개의
국가특허권, 그가 양성한 40명의 연구생(13명 박사생과 10명 정교수,
17명의 부교수), 일생을 바쳐 수많은 일을 하고 조용히 떠나셨다. 나
는 지금도 가끔 선생님이 남긴 선물, 족자 앞에 서서 사색에 잠기곤
한다. 그리고 내가 중국 조선족 자연과학자 실화문학집 두 책에 써
준 그의 서문도 다시 읽곤 한다. 그 두 편의 서문도 선생이 붓으로
쓴 글씨였다. 그의 해박한 지식, 남다른 필체, 빛나는 지혜가 담긴
글들이어서 읽을수록 감동을 받는다.
　그는 서문에 "한 권의 책은 한 척의 배와도 같이 우리를 좁은 곳으
로부터 드넓은 바다에로 이끌어갈 것이다."라는 명언을 인용하면서
나에게 큰 기대를 가졌는데, 자연과학자들을 더 많이 써내지 못한
유감을 안고 족자 앞에서 나는 수없이 자책하고 이해를 빌었다.

김영금

1938년 4월, 훈춘시 오도구촌에서 출생
1961년 연변대학 조문학부 졸업
훈춘2중 교원, 『연변일보』기자 및 편집,
『중국조선족 소년일보』기자 및 편집 역임,
1993년 12월 편집주임으로 정년 퇴직
중국작가협회 회원, 연변작가협회 회원

문학작품

소설『바닷가에서 만난 여인』(1987년),
『마지막 질투』(2004년),
실화문학집『빛나는 탐구의 길』(상, 하)(2003년),
수필『인생길 굽이굽이』(2005년),
동화『새파란 마음』(2004년),
문집『해와 달과 함께』(2011년) 등 23권 출판

수상경력

전국 제6기 소수민족문학 〈준마상〉,
2005년 연변자치주 〈진달래문예상〉,
2006년 연변작가협회 〈공헌상〉,
제10기 KBS 〈자녀교양수기〉 해외부문 금상,
한국월간 아동문학상 등 다수.

흘러간 세월의 흔적을 지우고 싶지 않다

2017년 8월 10일 초판 1쇄 펴냄

지은이 김영금
펴낸이 김흥국
펴낸곳 보고사

책임편집 김하놀
표지디자인 손정자

등록 1990년 12월 13일 제6-0429호
주소 경기도 파주시 회동길 337-15 보고사 2층
전화 031-955-9797(대표)
　　　02-922-5120~1(편집), 02-922-2246(영업)
팩스 02-922-6990
메일 kanapub3@naver.com / bogosabooks@naver.com
http://www.bogosabooks.co.kr

ISBN 979-11-5516-689-5 03810
ⓒ 김영금, 2017

정가 16,000원